誘拐の免罪符

浜中刑事の奔走

小島正樹

masaki kojima

本格MWS

南雲堂

誘拐の免罪符

浜中刑事の奔走

装幀　岡 孝治

photo
mits / PIXTA
Erhan Inga / Shutterstock.com
Anna Utkina / Shutterstock.com

目次

喜多村家家系図

喜多村弥生
喜多村俊郎

喜多村奈緒子
佐月高秀
喜多村真知子
喜多村雄二

佐月愛香
喜多村美穂

第一章　決意

「喜多村俊郎（きたむらとしろう）さんですね。お薬のご用意ができましたら、お呼びします。しばらくお待ちください」

中年女性の薬剤師が言った。うなずいて、喜多村は窓口を離れる。

安中（あんなか）市内の、大きな病院に隣接する調剤薬局だ。三人がけのソファが三列四段ほど置かれ、向かい合う格好でカウンターがあり、窓口が五つ並ぶ。

ソファが満席で、立って待つこともよくあるのだが、今日は少し空きがある。喜多村は隅のソファに腰をおろした。植木鉢の観葉植物に目を留めて、静かに思いを凝らし始める。

佐月愛香（さつきあいか）を誘拐する。

その準備はまもなく整う。あとは決行するか否かだ。そしてやるのであれば、この時季がよい。寒さはもうないから、愛香は風邪を引かないだろうし、まだそれほど暑くもない。

さて、どうするか——。

自問しつつ、喜多村は自分の気持ちを知っていた。迷うふりをしているだけなのだ。

罪と罰を秤にかけて、さんざん思い悩んだ末、愛香の誘拐を決めた。それからひとりで計画を立て、考えつく限りの策を練り、何度も修正してここまでこぎ着けた。あと戻りするつもりはない。

それでもなお、かすかな逡巡があった。

そのためらいを、そっと体の外へ出す。そんなふうに、喜多村は小さく細く息をつく。

「喜多村さん、喜多村俊郎さん」

先ほどの薬剤師が、窓口の向こうで言った。立ちあがり、喜多村は窓口へ行く。

いつも処方してもらう睡眠薬。それを薬剤師から受け取り、喜多村は代金を支払った。釣り銭をもらう際、さりげなく口を開く。

「もしも子供が誤ってこの睡眠薬を飲んだ場合、命に関わること、ありますか？」

「よほど多量に飲まない限り、死に至ることはありません。ですがお子さんの手の届かないところに保管したほうが、よろしいでしょうね」

　薬剤師が応える。

　これで最後の杞憂が消えた。

「解りました」

　そう言って喜多村は窓口を離れ、調剤薬局を出た。

　やはり決行だ――。

　心の中で呟き、喜多村は歩き出す。その体を梳くように、薫風が吹き抜けた。

第二章
暗雲

1

昭和六十一年五月。

枕元のベルの音で、浜中康平は目を覚ました。

午前七時、起床時間だ。浜中はすぐに寝床を出た。敷き布団と掛け布団をたたみ、部屋の隅に寄せる。

この習慣は警察学校の合宿生活で、徹底的に叩き込まれた。ぬくぬくした布団から出るのがつらい冬場でも、浜中は時間になれば直ちに起床し、寝具を手早く片づける。

顔を洗った浜中は、トースターに食パンを入れ、湯を沸かした。

トースト二枚とインスタント珈琲。丸い卓袱台で、いつもの朝食を取る。

ほんとうは和食が好きなのだけれど、アパートにひとり暮らしの浜中は、料理をほとんどしない。昼食と夕食は、いつも外で済ませる。

朝食を終えて歯を磨き、身なりを整えた浜中は、外の郵便受けから新聞を取ってきた。定時に登庁する場合、これから三十分ほどかけて朝刊を読む。

浜中は朝刊を開き、そこへ内ポケットが振動した。ポケットベルだ。取り出して画面を見れば、職場の電話番号が表示されている。

部屋の隅へ行き、浜中は黒電話の受話器を取りあげ、番号をまわした。呼び出し音一回目で相手が出る。

「群馬県警刑事部、捜査一課二係」

二係の係長である美田園恵の声だ。凛として、緊張がわずかに滲む。

「浜中です」

「すぐにきて」

「解りました」

そう応えて浜中は電話を切り、戸締まりをしてアパートをあとにした。道に出て、すっかり見慣れた風景の中、足を速めて歩き出す。

浜中の住むアパートは群馬県の前橋市内にあり、県警本部まで徒歩で十五分ほどだ。

六年前。大学を出た浜中は、群馬県警の採用試験を受けて及第した。警察学校を卒業し、高崎警察署の地域課に配属されて派出所勤務に就く。

一年後、浜中は留置管理課へ異動になり、そのあと刑事課へ移った。いわゆる刑事になったのだ。

刑事を志望する警察官は多い。ドラマや小説でよく描かれるから、その活躍に憧れるのだろう。だが浜中はただの一度も、刑事に憧れたことはない。いやそれどころか、刑事にだけはなりたくなかった。

ではなぜ浜中は、警察官を志したのか。

群馬県には山が多く、美しい稜線に囲まれた町や村がいくつもある。浜中はそういう風景が大好きで、鄙びた土地の駐在になりたかったのだ。

住民たちから駐在さんと呼ばれ、山里でのんびり暮らす。

そのためには手柄を挙げず、目立たずに、駐在になるためのきざはしを見つけていこう。

そんなふうに浜中は考えていた。

だが——。

なぜか浜中は手柄を挙げてしまうのだ。手柄が向こうからくる感じさえあって、気がつけば犯人を逮捕する羽目になる。

この幸運、浜中にとっての不運は、地域課で派出所勤務に就いてほどなく発揮された。

不審な男性と道で行き合い、仕方なく職務質問したら、それがのち、群馬県最大の麻薬密売組織の摘発に繋がった。

それを皮切りに浜中の不運は続く。

腹を押さえて路上でうずくまる男性がいて、心配だから声をかけたら、無銭飲食の常習者だった。腹一杯食べて走って逃げ、腹痛に襲われたらしい。現行犯逮捕。

盗みを終えたばかりの窃盗犯と、路上で鉢合わせする。浜中とぶつかって相手がのびて、窃盗犯をその場で逮捕。

非番の日、ひどく強引な呼び込みに腕を引っ張られ、バーに連れ込まれる。注文していないのにビールがきて、その五分後に店員が請求書を持ってきた。ビール一本五万円也。

ぼったくられた浜中の証言を元に、この店を捜索して経営者らを一斉逮捕。

駅前で懸命に募金を呼びかける女性がいる。訊けば友人の子供が重い病気で、莫大な治療費が必要だから、それを集めているという。

放っておけるはずがない。浜中はすぐに募金し、勤務時間外に募金活動を手伝おうかと切り出した。すると相手が動揺を見せる。街頭募金詐欺集団、逮捕。

嫌なのに、浜中は手柄を挙げ続けてしまう。刑事課に移ってからも不運は続き、とうとう二年前、県警本部の刑事部捜査一課へ転属になった。

県警本部の刑事部捜査一課は、群馬県内で発生したほぼすべての凶悪事件を扱う。所轄署の刑事課から選り抜かれた者が集う花形部署だ。

端(はた)から見れば浜中は、とんとん拍子に県警本部の刑事になった。そんな浜中を「ミスター刑事」と呼ぶ人もいる。

「駐在さん」と呼ばれてのんびり暮らしたいのに、「ミスター刑事」と言われて死体と向き合う日々。せわしさの中にやりがいを感じるけれど、浜中は駐在を諦めていない。夢は叶えるためにあるのだ。

茶と白に塗り分けられた、無骨な十階建てのビルが見えてきた。県警本部だ。あの四階に刑事部捜査一課はある。

捜査一課はいくつかの係に分かれ、各係は十名前後の捜査員で構成される。事件が起きれば原則として、係ごとに担当するのだ。重大な事件であれば、複数の係で捜査に当たる。

浜中が所属する二係は、少し前に前橋市内の強盗殺人事件を解決した。以来、待機状態だ。順番どおりであれば、次の事件は二係の担当になる。

浜中は先ほどの、美田園恵との通話を思い出す。美田園の声にはかすかな緊張があった。

重大な事件が起きたのだろうか。

気を引き締めて、浜中はさらに足を速めた。

2

県警本部四階の捜査一課は大部屋で、係ごとに机が島をなす。浜中が捜査一課に入ると、二係の島には美田園だけがいた。

「おはようございます」

係長席の前に行き、浜中は言った。

「おはよう」

そう応え、美田園はかすかに笑みを灯す。

四十代だが、美田園は年齢よりもよほど若く見えた。華やいだ印象があり、彼女がいるだけで、場がぱっと明るくなる感じだ。接しやすい雰囲気があって、ふたりでいても、会話を探しての気詰まりなどはない。

だが、それだけではない。

捜査一課の係長として、刑事たちを率いる身だから、美田園には厳しさと強さもある。

浜中は自分の席に着いた。ひとり、またひとり二係の刑事が登庁し、それぞれの席にすわる。

待機が終わり、事件を担当する。誰もがそれを悟っており、朝の挨拶を交わすその表情は、やや硬い。

　三十代前半の男性が、ほどなく姿を見せた。長身で、一見痩せているが、実戦的な筋肉がしっかりつく。それがワイシャツ越しにうかがえた。

　夏木大介（なつきだいすけ）だ。

　美田園に挨拶して、夏木は浜中の隣の席にきた。無精ヒゲと少し緩めたネクタイ。しかし夏木に、だらしなさはない。少し崩れたその雰囲気が、逆に精悍（せいかん）さを醸すのだ。

「よう、相棒」

　ぼそりと夏木が言う。

「おはようございます」

　浜中は応えた。夏木が席に着き、すぐにもうひとり登庁する。美田園を含めて十人、二係が全員揃った。美田園以外、男性だ。

「行きましょう」

　よくとおる声で、美田園が言った。浜中たちは席を立ち、美田園に先導されて廊下へ出た。美田園や先輩刑事たちの背に、緊張がみなぎっていくのを感じつつ、浜中は最後尾を歩く。

　一行は、やがて会議室に入った。上座に三人用の長机があり、向かい合う格好で同じ長机が四つ、二列に並ぶ。上座の机の右手にはホワイトボードがあった。

　列をなす長机。浜中たちは前から順にすわる。美田園が内線で連絡を取り、待つほどもなく扉が開いた。刑事部捜査一課長の泊悠三（とまりゆうぞう）、理事官、それに管理官の与田（よだ）が入ってくる。

浜中たちは一斉に立ちあがり、上体を十五度に折って敬礼をした。泊悠三が誰にともなく手を挙げて応える。

理事官、泊、与田管理官という並びで、彼らは上座の長机を占めた。与田と理事官は警察官僚で三十代、泊は五十代前半で、刑事畑一筋の叩きあげだ。

泊は部下の面倒見がよくて、見るからに親分肌だが、その表情にはどこか愛嬌がある。しかし時折、凄みがちらと顔を出す。

とても強い剣豪が、腕前を隠して柔和に振る舞う。泊にはそういう雰囲気があった。その泊が浜中たちを眺め渡して、口を開く。

「安中市内で誘拐事件が起きた」

浜中の背に緊張が走る。

「誘拐されたのは佐月愛香、五歳の女の子だ」

泊が言った。

愛香というその女の子は、今、この瞬間にもたいへんな恐怖に震えているかも知れない。あるいは犯人に怯え、泣きじゃくっているのではないか。

まだ見ぬ少女のことを思い、知らず浜中は両手を握り締めた。今すぐ捜し出して、保護したい。そんな気持ちがほとばしる。

「犯人からはまだ、第一報がきただけだが、ちょっと変わっていてな」

言って泊が詳細を語った。それから具体的な指示を出してくる。一語一句、聞き漏らすまいと浜中は全身を耳にした。

殺人や強盗などは、起きた事件を遡って捜査する。だが誘拐は同時進行の犯罪であり、捜査員の些細なミスが、誘拐された者の命の危機に直結するのだ。

高崎警察署の刑事課に在籍中、浜中は一度だけ誘拐事件に携わり、その時にそれを痛感した。

「お前さんたち、いつも以上に気を引き締めて頼む」

打ち合わせを終えて、泊が言う。

「はい」

声を揃えて、浜中たちは応えた。

3

幕末の動乱期、米国に憧れて密航した男性がいる。男性は無事に米国へ渡り、洗礼を受けてキリスト教徒になり、およそ十年後に帰国。すでに明治になっており、男性は京都に学校を創設した。

男性の名は新島襄（にいじまじょう）。彼が創った学校は同志社英学校、のちの同志社大学だ。

新島襄は上州安中藩に生まれた。旧中山道を入ったところに、今も新島襄の旧宅がある。

宿場町として栄えた安中は、明治になって安中町と呼ばれ、昭和に入って安中市になった。群馬県の南西部に位置し、温泉マーク発祥の地である磯部（いそべ）温泉を有し、西の彼方に碓氷峠（うすいとうげ）を望む。

そんな安中市のほぼ中心、国道十八号沿いに殺風景なビルがあった。安中警察署だ。

浜中は安中警察署の駐車場に、スバルのレオーネを停めた。夏木とともに車を降り、建物に向かう。中に入り、浜中と夏木は三階の刑事課へ行った。十名近い刑事が在席しており、どの表情も硬い。みなすでに佐月愛香誘拐事件を知っており、指示があり次第すぐ動くという、気の張った待機状態なのだろう。

奥の席にいた男性が、浜中たちに気づいて腰をあげた。こちらへくる。五十代後半だろう、がっしりとして眼光はやや鋭いが、どこか優しい雰囲気があった。

「お久しぶりです」

夏木が頭をさげた。

「夏木か。うん、久しぶり」

そう応え、男性が隅の衝立を目で示す。浜中たちはそちらへ移動した。衝立の向こうは応接コーナーで、テーブルを挟んでふたりがけのソファが向かい合う。

浜中と夏木が並んですわり、向かいのソファに男性が腰をおろした。浜中は初対面だ。所属と階級を男性に告げ、それから名乗った。

「浜中康平か。私は加瀬だ」

男性が言った。浜中もその名は何度か耳にしている。

加瀬達夫。かつて群馬県警本部の捜査一課で、名を馳せた刑事だ。六、七年前に本人の希望で、古巣の安中警察署に戻ったという。

浜中は無論、夏木も捜査一課で加瀬と机を並べていないはずだ。しかし何かの事件で、夏木は加瀬と一緒になったのだろう。

「加瀬さんがいてくれれば、心強いです」

夏木が言った。加瀬は謙遜の様子を見せるが、浜中も同感だった。目の前に加瀬がすわっているだけで、なんとなく安心する。加瀬の裡(うち)から出るなにかが、この区切られた空間に安定感をもたらす。そんな感じなのだ。

「失礼します」

衝立の向こうで声がして、二十代の女性が入ってきた。細身の体に濃紺のパンツとジャケット、白いブラウス。短めに切り揃えられた、まっすぐな黒髪。

服や髪型だけ見れば、やや鋭い印象なのだが、それを顔立ちがぐっと和らげていた。人の良さそうな、優しい感じの童顔なのだ。

しかしその顔はこわばっていた。傍目(はため)にも気の毒なほど、がちがちに緊張している。

「うちの刑事課で唯一の女性だ」

加瀬が言う。

「希原由未(きはらゆみ)と申します」

その女性、由未が名乗った。加瀬にうながされ、ソファに浅く腰かける。

加瀬が口を開いた。

「誘拐犯はどのような要求をしてくるか、解らない。女性しか立ち入れない場所へ行けと、愛香の母親に命ずるかも知れない。

だから泊さんと話し合って、女性をひとり、入れることにしたわけだ」

「ではこの四人で？」

夏木が問う。

「ああ。今から佐月家へ向かう」

加瀬が応え、由未が膝の上で両手を握り締めた。その手にかすかな震えが走る。浜中は思わず由未に声をかけた。

「そん、なにき」

「なにかの呪文か？」

眉根を寄せて、夏木が言う。由未も浜中を見て、不思議そうな面持ちだ。

「『そんなに緊張しないでも』と、言うつもりだったのですけれど」

と、浜中は頭をかいた。夏木が口を開く。

「口が渇いて、言葉が引っかかったのか」

「はい。僕も相当緊張しているみたいです」

「緊張し過ぎて、自分の緊張に気づかなかったと？」

「はい」

「ありがとうございます」

いきなり由未が言った。

「え？」

「肩の力、少し抜けました」

と、由未は微笑んだ。一拍おいて、加瀬が口を開く。

「こう見えて私だって、緊張している。でも大丈夫、われわれには多くの仲間がいる」

「はい」

浜中と由未は揃ってうなずいた。

4

浜中はレオーネのハンドルを握っていた。助手席に夏木大介、後部座席に加瀬達夫と希原由未。

安中署を出て、安中市を東西に走る旧中山道に入ったところだ。道に沿う格好で右手に碓氷川（うすいがわ）が流れ、その水面が時々望める。

やがて左右の街並みが変わった。往時の賑わいを語るかのように、時代を感じさせる建物が見え始める。安中宿跡に入ったらしい。

旧安中藩武家長屋と郡奉行役宅。明治初期に建てられた日本初の私設図書館址。大正時代竣工の安中教会。

往来にはそれらが点在し、このあたりを散策すれば、安中の歴史そのものを巡ることができる。けれど今は、月曜日の午前九時前だ。観光客の姿はない。

少し先で浜中は左折した。宿場跡の雰囲気がゆっくり消えて、閑静な住宅街に入っていく。

浜中は慎重にハンドルを切った。ほどなく左手に、えんじ色の屋根の家が見えてくる。その家の向かいは、二十台ほどが停められる月極駐車場だ。

月極駐車場の柵沿いに、車が一台停まっていた。俗に覆面パトカーと呼ばれる、群馬県警本部の車輛だ。

速度を落としつつ、浜中はレオーネを覆面パトカーに近づけていく。運転席には捜査一課二係の刑事がすわり、助手席には知らない顔の男性がいた。安中署の刑事だろう。

彼らに会釈して、浜中はレオーネを道端に寄せて停めた。えんじ色の屋根の家に目を向ければ、「佐月」と表札にある。

三人か四人家族が住むのにちょうどよいほどの二階屋で、左手にささやかな庭があり、その手前が車一台分の駐車場だ。

駐車場からバックする格好で、日産のセドリックが庭に停まっていた。警察車輛のために、駐車場を空けてくれたのだろう。

夏木が車を降りた。インターフォンを鳴らしてなにやら話し、それから門扉を開け放つ。

佐月家の駐車場に、浜中はレオーネを入れた。車を降りて庭の向こうに目をやれば、ちょっとした空き地があって、先の道に覆面パトカーがいた。ほかにもう一台、近くに停まっているはずだ。

合計三台。各車輛には交代制でふたり乗り込むから、佐月家は二十四時間、六名の刑事によって死角なく見張られる。

夏木が玄関扉を開けた。浜中たちは素早く中に入る。沓脱(くつぬ)ぎの先に廊下があって、そこに男女が立っていた。男性は三十歳前後で、女性はそれよりいくつか若い。

「佐月高秀です」

その男性、高秀が言った。なかなかたくましく、太い眉とドングリ眼の、意志の強そうな風貌だ。

「奈緒子です」

隣の女性、奈緒子が名乗る。少しだけ染めたのか、首までの髪はやや茶色い。はっきりした顔立ちにその髪がよく似合い、軽やかな印象があった。

高秀と奈緒子はすっかり青ざめ、ふたりの面持ちは見ていられないほど痛ましい。焦燥、心配、不安。それらが無数の矢になって、ひとときも休むことなく身に突き刺さる。そんな様子だ。

誘拐されたのは、高秀と奈緒子の子である佐月愛香。ふたりには、ほかに子供はないという。

奈緒子に勧められ、浜中たちは廊下にあがった。だがそのあとで、奈緒子にためらいの色が浮く。娘が誘拐されたことは無論、刑事を家にあげるのも初めてなのだろう。浜中たちをどう遇してよいか、解らない様子だ。

「居間を拝見させてください」

落ち着いた口調で加瀬が言う。

「はい」

と奈緒子が歩き出した。廊下を少し行き、左手の扉を開ける。

そこは洋間で、六人がゆったり囲める食卓があり、その奥にソファがL字型に置いてあった。

加瀬が口を開く。

「ここなら全員、集うことができます。ここをお借りしても？」

高秀がうなずき、そこへインターフォンの音がした。高秀と奈緒子の顔が瞬時にこわばり、浜中も緊張に包まれる。

「彼らでしょうか」

普段の口調で夏木が言った。

「だろうな」

と、加瀬が高秀に断ってから、玄関に向かう。やがて加瀬に導かれ、群馬県警捜査一課、技術係の面々が居間に入ってきた。インターフォンを押したのは、彼らなのだ。

「この作業が最優先です。邪魔にならないよう、私たちはあちらへ行きましょう」

加瀬が言い、浜中たちは隅のソファに陣取った。高秀と奈緒子をソファにすわらせ、浜中たちは近くに立ち、技術係の作業を見守る。

まず、彼らはパトカーや県警本部と繋がる無線機を、食卓に設置した。それから電話の移動にかかる。

廊下の玄関近くにある黒電話。佐月家に電話はこの一台だけだ。壁から黒電話へ延びるコードは短いから、長いコードにさし替えて、黒電話を居間に運んで食卓に置く。

それから電話機に、機器を接続していく。これで通話を録音でき、受話器を持つ者以外でも、スピーカーやイヤフォンをとおして、相手の声が聞けるようになる。

ドラマや映画では、逆探知の装置を電話に繋げる場面を時折目にする。だが浜中はこれまで、そういう装置を見たことがない。

通常は警察がＮＴＴなどに要請し、逆探知してもらうのだ。ただし、発信した電話から受信した電話まで、いくつもの交換機を経由する場合があって、それをひとつずつ辿らなければならない。その途中で電話が切れたら辿れないから、誘拐犯からの電話をなるべく引き延ばす必要はある。

やがて作業は終わった。

「交代で近くに待機します。機器に不都合が生じたら連絡を。すぐ駆けつけます」

そう言い残して、技術係たちは佐月家を辞した。

5

「では改めて、これまでの経緯をお話し願えますか」

加瀬が言った。浜中たち六人は、佐月家の居間で食卓を囲んでいる。午前九時半を過ぎ、窓から陽光が注ぐ。その光を浴びる高秀と奈緒子は蒼白だ。

苦しげに見えるほど、ふたりの面持ちは硬い。まだ見ぬ犯人への憤りが、改めて浜中の裡に湧いた。

「はい」

そう応え、高秀をちらと見てから、奈緒子が話し始めた。

昨夜。佐月高秀、奈緒子、愛香の三人でこの食卓につき、日曜日恒例のカレーライスを食べた。それから奈緒子はあと片づけのために台所へ入り、高秀と愛香はソファへ移動して、テレビを見たという。

「午後八時半、愛香に声をかけました。歯を磨いて、部屋で寝るようにと言ったのです。愛香はそのとおりにして、八時四十分頃、自分の部屋に入りました」

「愛香ちゃんの部屋は？」

加瀬が訊く。

「一階です」

奈緒子が応えた。加瀬にうながされ、話を続ける。

「それから私たちはテレビを見て、交代でお風呂に入り、午後十時半頃に休みました。そして今日の朝、六時前に起きていつもどおり郵便受けに新聞を取りに行くと」

その時の怖さが、蘇ってきたのだろう。奈緒子の声がかすかに震えた。浜中たちは静かに続きを待つ。

「これが入っていたのです」

と、奈緒子が食卓に置かれた、三つ折りの紙に目を向けた。加瀬が紙に手を伸ばす。両手で持ち、ゆっくり広げた。

Ａ４サイズの一枚の紙だ。縦罫が入り、定規を当てて書いたような、角張った文字が並ぶ。原物ではなく、郵便受けに入っていたという便箋の複写だ。

浜中たちより一足先に鑑識が佐月家を訪れ、本物の便箋を受け取り、この複写を残していった。便箋は県警本部の科捜研で解析される。

便箋にどのような内容が、したためられているのか。浜中たちはすでに知っている。午前六時十五分に佐月高秀が一一〇番通報し、そこで語ってくれたのだ。

だが——。

角張った文字を目で追い、浜中は改めて首をひねった。

> 佐月愛香を誘拐した。追って指示を出すから自宅で待機しろ。それからこの便箋を読んだらすぐ、警察に電話するんだ。この便箋のことを話し、警察官を数名、佐月家に呼べ。
> 佐月家近辺での張り込みなど、介入した警察がどのように振る舞おうと、それで愛香の命が消えることはない。
> 愛香が死ぬとすれば、お前たち夫妻が指示に従わない時だ。

紙にそう書かれている。

どういうことだろう。

心の中で呟き、浜中は思いを巡らす。

誘拐事件の場合、犯人にとって最大の難所は身代金の受け取りだ。しかし警察が絡まなければ、授受は容易になる。

だから誘拐事件の場合「警察に知らせたら人質は殺す」が、常套句とさえ言えるのだ。

実際、身代金を犯人に渡し、人質が解放されたのち、被害者が警察に連絡してくることもある。

これまでに発生した誘拐事件を調べていけば、警察に知らせるなという指示を出さない誘拐犯も、それなりの数いただろう。だが、警察に知らせろという指示は、前代未聞かも知れない。

「私はすぐに、愛香の部屋へ行きました。愛香はいません。それで高秀さんを起こして便箋を見せ、ふたりで家の中を捜しました。愛香の姿はなく、高秀さんが一一〇番通報したのです」

　奈緒子が言う。

「警察以外の誰かに、誘拐の件を話しましたか？」

「身内に電話しようか迷ったのですが、指示書に書いてないことはしないほうがいい。高秀さんとそう話し合い、どこにも電話しませんでした」

「賢明です」

　と、加瀬が先をうながした。

「そのあとは高秀さんと、ずっと家にいました」

　奈緒子が結ぶ。

「念のためお聞きしますが、誘拐犯に心当たりは？」

「いえ、まったく」

　奈緒子が応え、横で高秀も首を左右に振る。

「そうですか。ちょっと、家の中を見せてもらえますか」

　加瀬が言い、高秀が首肯した。浜中たちは腰をあげ、まずは一階をざっと見てまわる。

　玄関から廊下がまっすぐ延びて、その左右に部屋がある。そういう間取りで、玄関から見て廊下の左側には階段、居間、台所。右側は客間、風呂、トイレ、そして洋間が並ぶ。

二階には十畳ほどの洋間と、それより少し狭い洋間、ほかにトイレと納戸があった。広い洋間は高秀の、狭い洋間は奈緒子の寝室で、納戸には季節用品などが、整頓されて収まっていた。

一階の奥の洋間が、愛香の部屋だという。

二階を見たあと浜中たちは階段を降り、愛香の部屋の前に立った。奈緒子が扉を開ける。六畳ほどの洋間で、突き当たりと左手の壁に腰高窓があった。

右手の壁に小さなタンスと本棚、左手の窓際にベッド。それら調度の意匠はとても可愛くて、いかにも女の子の部屋だ。

タンスと本棚の上にはぬいぐるみが並び、その横に写真立てがあった。開いて立てるタイプで、右と左にそれぞれ一枚、写真が収まる。

右の写真には、高秀が女の子と写っていた。佐月家の玄関の前にふたりで並び立ち、微笑んでいる。左の写真も佐月家の玄関前だ。右の写真と同じ女の子が立ち、奈緒子が寄り添い、ふたりとも幸せそうに見える。

高秀は背広、奈緒子は上品なツーピース、女の子はよそ行きらしき、淡い黄色のワンピース。

「去年の愛香の誕生日です。三人でレストランへ行こうと家を出て、そういえば家の前で撮ったことなかったね、という話になって……」

声を潤ませて、奈緒子が言った。

「昨夜の八時四十分頃、愛香ちゃんはこの部屋に入った。ひとりで、ですか？」

加瀬が奈緒子に訊く。

「はい」

「それ以降、愛香ちゃんの様子を見ましたか？」

高秀が口を開く。

「寝る前に一度、午後の十時半前ですが、愛香の部屋に入りました」

「愛香ちゃん、どんな様子でした？」

「窓からそよと風がきて、気持ちよさそうに眠っていました」

「窓を開けて寝ていた？」

加瀬が高秀に訊いた。

「このあたりは静かで治安もよく、事件など起きたことはありません。今頃から秋口まで、窓を開けたまま寝る夜もあります。もう五月の下旬で、昨日は少し暑かったですし……。でも昨夜あの時、私が窓を閉めていれば」

と、高秀が唇を嚙む。

「ご自分を責めないほうがいい」

高秀は何も応えない。小さな沈黙の中で、浜中たちは窓に目をやった。どちらの窓も閉まっている。

奈緒子がしじまを破った。

「高秀さんが一一〇番通報したあと、私が窓、閉めました。気味が悪いので」

「そうですか」

と、加瀬が浜中に目配せしてきた。うなずいて手袋を嵌め、浜中は窓に近づく。窓際にベッドがあるから、それに乗らないよう手を大きく伸ばし、窓を開けた。

いずれ数区画に分けて分譲する。そんな様子の空き地があって、その先は舗装道路だ。

空き地に柵はない。佐月家の敷地は、十センチ間隔で縦棒が並ぶ鉄柵に囲われているが、高さは大人の腰ほどだ。道路から空き地に入り、柵を越えてこの窓に近づくのはたやすい。

「昨夜に話を戻します。午後十時半頃、高秀さんと奈緒子さんは、それぞれの寝室に入ったのですね」

高秀たちはうなずいた。

「それから今朝にかけて、不審な物音がしたり、なにか異変を感じたりしましたか？」

加瀬が問い、高秀が話し始めた。

高秀は一度眠れば、多少の物音にも目を覚まさない。昨夜もそうで、午後十一時前に寝て、今朝、奈緒子に起こされるまでぐっすりだったという。だからなにも気づかなかった。

奈緒子が口を開いた。

「私が寝ついたのは十一時半頃で、それまで物音ひとつせず、とても静かな夜でした。よく眠れたらしく、朝、目覚ましの音が聞こえるまで、一度も起きませんでした」

「解りました。では、居間に戻りましょう」

加瀬が言った。

6

浜中たちは、再び居間の食卓を囲んだ。浜中と夏木が並んですわり、その向かいに加瀬と由未。浜中から見て右手に高秀、左手に奈緒子だ。

奈緒子が茶を淹れようとしたが、湯飲みを倒して卓上の電話や機器に茶がかかったら、たいへんなことになる。

喉が渇いた者は、各自台所かソファで飲み物を飲む。そんな約束事をしてから、加瀬が口火を切った。

「さし支えない範囲で構いませんので、これまでの佐月家のことを話して頂けませんか。家庭の様子を知っておいたほうが、誘拐犯の指示に柔軟に対処できます」

高秀が食卓に視線を落とし、少考してから口を開いた。

「私が奈緒子と結婚したのは、三年前です」

浜中は内心首をひねる。誘拐された愛香は五歳なのだ。

「愛香は私と先妻の間に生まれた子なのです。愛香を産んでほどなく、先妻は病死しました」

その瞬間、浜中の横で夏木が、かすかに身を硬くした。ちらと窺えば、夏木は能面さながら無表情だ。しかし双眸(そうぼう)に、苦悩の色が仄めく。

浜中の視線に気づいたのだろう。まばたきをして、夏木は苦悩の色を消した。刹那(せつな)、浜中は思いを巡らす。

かつて夏木は、婦警と結婚したという。だがその女性はすでに、鬼籍に入る。病死らしいが詳しくは解らない。

頼もしい先輩として、浜中は夏木を尊敬し、夏木も浜中のことを相棒と呼んでくれる。そういう間柄なのだけれど、亡くなった女性について、浜中からは訊きづらい。そして夏木は、過去を語る男ではない。

「私たちはその頃、高崎市内の賃貸マンションに住んでいました。実家が近くでしたので、妻が亡くなったあとは、私の母が愛香の面倒を見てくれたのです」

と、高秀が話を継ぐ。

高秀は高崎市内の、自動車部品を製造する会社に勤務しているという。

群馬県には、富士重工業の大きな工場がいくつかある。スバル自動車を製造する富士重工業の系列会社や、各自動車メーカーに部品を供給する会社など、県内には自動車関連の会社が多い。

ある日。高秀は取引先との懇親会で、奈緒子と知り合った。初対面で意気投合し、それからふたりで会うようになる。やがて高秀は妻の死や愛香のことを、奈緒子に語った。

「そのすべてを受け止めて、奈緒子は私の求婚に、うなずいてくれたのです。出会ってちょうど一年後。その日に婚姻届を提出し、結婚式は挙げず、家族でささやかな食事会を開きました」

高秀の問わず語りが続く。

ローンを組み、この一戸建てを購入し、高秀、奈緒子、愛香の三人で暮らし始めたという。奈緒子は富士重工業の子会社に勤めていたが、結婚を機に辞めた。

高秀の先妻が亡くなった時、愛香はまだ零歳だ。まず、産みの親を覚えていない。愛香にとって最も近い女性は、高秀の実母だろう。

ここで暮らし始めた時、愛香は二歳。奈緒子を受け入れず、ママと呼ばずに「奈緒子おばちゃん」と言い、高秀の実母を恋しがってよく泣いた。そのため実母は毎日ここへきて、時々泊まっていく。毎日が週五日になり、週四日になり、三日になり、少しずつ時間をかけて、実母は訪問回数を減らした。それにつれて、愛香も奈緒子に懐いていく。やがて愛香がおどおどと、奈緒子をママと呼ぶ日がきた。

「この、いわば育児の引き継ぎは、とてもうまくいきました。私の母と奈緒子がよく相談し、辛抱強く丁寧に時を紡いでくれたお陰です。今でも私は感謝してるよ」

と、高秀が奈緒子に顔を向けた。だが、奈緒子の表情はどこかつらそうだ。小さく息を落として、高秀が口を開く。

「血の繋がりなどなくても、私たちは立派な家族だ。私はそう思い、それを誇りに日々働きました。家に帰れば奈緒子と愛香がいる。それだけでもう、どれほど仕事がきつくても、苦にならなかったのです。しかし奈緒子には、つらい思いをさせてしまった」

高秀の表情が歪む。静寂が訪れて、じっと耳を傾ける由末の、まばたきの音さえ聞こえてきそうだ。

「今年の二月。離婚という言葉が、奈緒子の口から漏れました」

言葉をひとつずつ、静かにそこへ置くように高秀が言った。再び訪れた沈黙の中で、浜中は自らの過去を振り返る。

浜中が十三歳の時、両親は離婚した。以来父とは音信不通で、母とふたりで暮らしてきた。

その母も六年前に亡くなったのだが、浜中は寄る辺なき身ではない。頼もしくて大好きな、神月一乃（こうづきいちの）という大伯母が健在なのだ。

静かに奈緒子が語り出す。

「愛香を可愛いと思えば思うほど、愛香が愛しくなればなるほど、血が繋がっていないという事実が、重くなっていくのです。その重さにいつしか、耐えられなくなって」

「いや、私がいけなかったんだ。血は繋がっていなくても家族だと、ことあるごとに君に言い、逆に追い込んでしまった」

互いを大切に思い、愛し合っているのに、少しずつ心に何かが降り積もっていく。夫婦や家族の難しさを浜中は思い、だからこそ、家族はかけがえがないのだと気づく。

「済みません」

そう加瀬に言い、口調を改めて高秀が話を続ける。

奈緒子が離婚を切り出し、高秀は何度も翻意を促した。だが、奈緒子の決意は揺るがない。

長くつらい話し合いの末――。

「二週間ほど前に、離婚届を提出しました。けれどまだ、愛香に告げていないのです。どう話せばいいのか。

焦るのはやめよう。奈緒子とはそう話し合いました。折をみて愛香に話し、その上で奈緒子がここを出る。そういう予定だったのですが、まさか愛香が誘拐されるとは……」

と、高秀が首を左右に振った。

浜中の脳裏に、とある疑念がふと浮かぶ。

「車で動け。誘拐犯がそう指示してくる可能性があります」

不意に夏木が口を開いた。加瀬が振った話題を勝手に転じた格好だが、加瀬は小さく首肯する。夏木が話を続けた。

「庭にセドリックが停まっています。この家に車はあれ一台だけですか？」

「いえ」

そう言って、高秀が説明を始めた。

佐月家はセドリックのほかにもう一台、スバルのレックスを所有している。道の向こうの月極駐車場を一台分借りており、レックスは普段、そちらへ停める。

レックスを庭へ乗り入れて、駐車場にセドリックを停めれば、敷地内に二台収まる。だがそうなると、庭が使えない。

「夏はビニールプールで遊び、冬に雪だるまを作る。愛香にとって、庭は大切な場所ですので、車は置きたくないのです」

「二台の車の使い分けは？」

夏木が問う。

「私は普段、セドリックで通勤しています。奈緒子がひとりで買い物へ行く時はレックス、三人で出かける時は、私がセドリックのハンドルを握る。そんな感じで使っています」

「レックスは奈緒子さん専用、セドリックを運転するのは高秀さん」

「そこまではっきり使い分けていません。奈緒子もひとりでセドリックに乗るし、私も時々レックスで出かけます」

「高秀さんと奈緒子さんは、自由に二台の車を使える」

「はい」

「そうですか。ともかくもおふたりは、どちらの車にも乗れる。誘拐犯からどういう指示がきても、対応できるでしょう」

と、夏木が結ぶ。

だが、車に関する質問の、夏木の真意は別にあるはずだ。先ほど浜中の脳裏に浮かんだ疑念を、夏木も抱いたのだろう。

狂言誘拐だ。

離婚から別居という流れを堰き止めるために、高秀が仕組んだ誘拐劇。

離婚時の慰謝料。その額に不満を覚えた奈緒子による、身代金目的の狂言誘拐。

どちらもやや突飛な発想であり、苦悩が色濃い高秀や奈緒子を、疑いたくはない。

しかし離婚届を提出し、まだ別居には至っていない状況下、この誘拐事件は起きた。狂言誘拐の線も検討しなくてはならない。それが刑事の仕事なのだ。

昨日の深夜、あるいは今日未明、寝入った愛香を抱き、月極駐車場に停まるレックスに乗せて、どこかへ運ぶ。

ふたりの寝室は別なのだから、高秀は奈緒子に、奈緒子は高秀に気づかれず、それができるだろう。相手が気づけばどうなるか。

たとえば高秀が、愛香をどこかへ運び終えて帰宅する。その間に奈緒子が目を覚まし、愛香がいないことを知る。そうなれば愛香をすぐに連れ戻し、なんとか言い繕えばいい。奈緒子が愛香を運んだ場合も同様だ。

五歳の愛香がひとりで狂言誘拐を演じるはずはなく、高秀、奈緒子、愛香の三人で仕組んだ誘拐劇とは思えない。そんなことをしても、佐月家に利益はまったくないだろう。

7

時計の長針が動くたび、焦りと不安の小さな針が胸に刺さる。そんなふうにじりじりと、長い時が過ぎた。浜中たちが佐月家へ入ったのは午前九時。今、時刻は午後の十時前だ。

いつしか会話は途絶えた。落ち着かない沈黙が、暗雲さながら、佐月家に低く重く垂れ込めている。

高秀と奈緒子の分も含め、昼食と夕食は警察が手配して、佐月家へ配達された。浜中たち六人は、佐月家の敷地から一歩も出ていない。

来客はなく、しかし電話は何度か鳴った。その都度、強い緊張が居間を包み、恐怖にこわばった面持ちで、奈緒子が受話器を取りあげた。しかし電話はすべて、日常的な用件ばかり。犯人からの要求はなく、事態に進展もない。

「十時か」

腕時計に目を落として、加瀬が呟いた。浜中、夏木、加瀬、それに由未は食卓につき、高秀と奈緒子はソファにいる。一同を見渡して、加瀬が言う。

「明日の朝六時まで、交代で四時間ずつ休みましょう」

「しかし」

と、高秀がソファから腰をあげて、こちらに目を向けた。

「いつ、誘拐犯から連絡があるか解りません。六人全員、それまで一睡もしないのでは、疲労ばかりが溜まります。きたるべき時に備え、体を休めたほうがいい」

「とても眠れるとは、思えませんが」

「横になって目を閉じるだけで、ずいぶん体は休まりますよ」

諭す口調で加瀬が言う。

「解りました」

そう応えて、高秀は奈緒子に声をかけた。ふたりは話し合い、今から午前二時まで奈緒子が、午前二時から六時まで高秀が、休むことになった。

「私たちも休ませてもらいます」

高秀に向かって加瀬が言った。夏木に目を向け、口を開く。

「先にいいか」

「どうぞ」

「悪いな。よし希原、休むぞ」

「よろしければ、一階の客間を使ってください」

奈緒子が言った。

「助かります」

「お風呂はどうされます？」

「私は結構。だが希原、お前はシャワーをお借りしろ」

「いえ、いいです」

硬い面持ちで由未が応える。

「若い女性が汗臭いなんて、こっちがよくないんだよ」

安中署内にいるかのような、砕けた口調で加瀬が返す。その言葉で座の緊張が、わずかに和らいだ。

ずっと緊張していると、徐々に感覚が麻痺してくる。時にこうして弛緩したほうが、よい緊張状態を長く保てる。そういう加瀬の配慮だろう。

「私もシャワーを使います。順番に浴びましょう」

奈緒子が由未に言った。

「済みません」

由未が応える。

「着替えとかは？」

「用意してあります」

まずは四十八時間、浜中たち四人が佐月家に詰める予定だ。その間に動きがあれば対応し、犯人からの連絡がなければ、別の刑事たちと交代する。

県警本部から安中署へくる途中、浜中と夏木はそれぞれの住まいへ寄り、着替えなどを手早く用意した。

安中署で浜中たちと合流する前に、加瀬と由未もそうしたのだろう。四人の荷物は、レオーネのトランクに積んである。

「では、頼む」

言って加瀬が居間を去り、奈緒子と由未も続いた。

「こちらへどうぞ。食卓の椅子よりも、楽ですから」

高秀に声をかけられ、浜中と夏木はソファに移動した。思い立ち、浜中は高秀に断って、台所へ入る。

三つのカップにインスタント珈琲を淹れて、浜中は居間に戻った。ソファにすわり、浜中たちはしばらく無言で珈琲を啜(すす)る。

「愛香、今頃どうしているのか」

カップを置いて、高秀が独りごちた。目は充血し、髪はやや乱れ、苦悩や不安を宿し続けてきた顔は、もはや無表情に近い。愛香がいなくなってから、一秒たりとも気が休まらず、心が疲れ果てたという様子だ。

カップに目を落として、高秀が言う。

「先妻は温子といいました。高校の同級生でしてね、気がつけばいつも横にいて、よくふたりで冗談を飛ばし合っていました。

『結婚してあげようか？』。ある日温子が笑みながら言い、いつもの冗談だと思い、『それは光栄だね』と私は応えました。けれどそれから三か月後、私たちは新郎新婦として、結婚式の披露宴会場にいたのです」

忘れ形見の愛香が誘拐され、先妻への想いが溢れ出したのか。あるいは奈緒子の前で慎んできた想いを、今、打ち明けようというのか。高秀が問わず語りを続ける。

「私と温子は結婚し、それまでと同じように、冗談を言い合う日々が続きました。

やがて温子が妊娠し、私たちは幸せの絶頂に到達しました。けれどその一歩先には、奈落が待っていた」

ため息を落とし、高秀が話を続ける。

「温子が癌の告知を受けたのです。しかし妊娠中ですから、強い副作用のある抗癌剤は使えません。子供を諦めて、癌の治療に専念したほうがいい。そういう医師の勧めを温子はきっぱり拒否し、愛香を産んでから逝きました」

目に涙を滲ませて、高秀が話を結んだ。かける言葉が見つからず、浜中はただうつむく。痛いような沈黙がきて、そのしじまを夏木が破った。

「とてもつらかったと思いますが、それでもあなたには子供が残った。愛香ちゃん、必ず無事に保護します」

断言した夏木の顔には、強い決意がみなぎっていた。しかしそれと同じほどの哀しみもまた、表情の裏に潜む。高秀は気づかないかも知れないが、浜中には解るのだ。

8

交代で休み、午前六時に六人全員が顔を揃えた。それから五時間近く過ぎ、いまだに犯人からの連絡はない。

時間が経つほど、愛香は衰弱していくのではないか。その命のともしびが、徐々に弱まってしまうのではないか。

浜中康平は気が気ではなく、だが動きようがない。

鉄の塊が肩に乗り、じわじわと重くなっていく圧迫感。

どうしても目的地へたどり着けない、そんな悪夢の中にいるような焦燥感。

それらに苛(さいな)まれ、自分が疲弊していくのを、浜中ははっきり感じていた。希原由未も青ざめている。

佐月高秀と奈緒子は浜中たち以上に憔悴し、痛々しいばかりだ。

真綿で首を絞めるように、当事者を苛む誘拐という犯罪の悪辣(あくらつ)さ。浜中は改めてそれを知る。

そんな中、加瀬達夫と夏木大介だけが、昨日ここへきた時とほとんど変わらない。歩き慣れた旅人が、疲れを見せずに険しい峠道を行く。そんな様子だ。

浜中たち四人は食卓を囲み、高秀と奈緒子はソファにすわる。会話はほとんどない。奈緒子が時々啜り泣き、その肩を高秀があやすように優しく叩く。

浜中は掛け時計に目を向けた。佐月家へ詰めてから何十回、いや、何百回見ただろうか。時計を見るたび、時が進むその遅さを感じてしまう。だが、それでも見ずにいられない。

時計の針は十一時をさしていた。浜中をじらすように、秒針がゆっくり時を刻む。

カチッ――。

カチッ――。

かすかな音が落ちてきた。しかしほどなく、スクーターのエンジン音にかき消される。

加瀬が目配せを寄越してきた。緊張がこみあげるのを覚えつつ、浜中は手袋を嵌めて腰をあげる。

浜中は居間を出た。夏木もついてくる。浜中と夏木は玄関から外へ出た。アイドリングと走行音を繰り返しつつ、スクーターが近づいてくる。

軒先でその音を聞きながら、浜中は敷地の中を眺めた。

前面開放型というのだろうか。扉のない物置が庭の隅に置かれ、愛香のものらしき、補助輪つきの自転車が入っていた。その横には車の冬用タイヤと、灯油用ポリタンクが五つ。三つは古くて、ふたつはやや新しい。

タイヤの横の壁に、ビニールのプールが掛けてあった。愛香があのプールで遊ぶ日が、再びくる。浜中はそれを祈らずにいられない。

エンジンの音が近くで聞こえた。目をやれば、郵便配達のスクーターがすぐそこにいる。

スクーターは佐月家の前で停まった。浜中と夏木に軽く会釈して、配達員が郵便物を郵便受けに入れて去る。

浜中は門扉まで小走りで行った。スクーターを見送りつつ、郵便受けの蓋を開ける。

誘拐を扱うドラマや映画では、逆探知という言葉がよく出てくる。だからなのだろう、逆探知を恐れ、電話をかけてこない誘拐犯もいる。そして手紙で指示を出すのだ。

浜中は昨日も郵便受けを確認した。けれど何も届いていなかった。

しかし今日はきた。封筒が一通とはがきが一枚だ。それを手に、浜中は夏木のところへ戻る。

夏木とともに封筒に目を落とし、浜中の鼓動が一気に速まった。

無言でうなずき合い、浜中と夏木は急いで家に入った。居間に行くと、四人の顔がこちらを向く。誰にともなく浜中は、郵便物を掲げた。部屋に緊張が走る。

高秀と奈緒子が食卓にきた。卓上の中心、黒電話や録音装置の脇に、浜中は封筒とはがきを並べる。

六人の目が封筒に注がれた。座の空気が張り詰めて、凍りつく。

それは素っ気ない茶封筒で、Ａ４の紙が三つ折りで入る大きさだ。切手が貼られ、宛名として、佐月家の住所と佐月高秀の名がある。

その文字が、定規を当てて書いたように角張っていた。昨日の朝、奈緒子が郵便受けで見つけたという、あの便箋の文字とそっくりだ。

加瀬が目でうながしてきた。浜中は茶封筒を裏返す。差出人の名はない。

「糊づけか。少し時間はかかるが、封筒はそのままにしたい。浜中」

と、加瀬が指示してくる。首肯して、浜中はひとりで台所へ行った。ヤカンに水を入れ、ガス台にかける。

焦る気持ちを抑えつけ、じりじり待つうちヤカンの口から、湯気が出てきた。浜中は慎重に、封筒の蓋に湯気を当てる。

湯気で糊が溶け出したのだろう。やがて蓋が浮きあがった。手でめくって開封し、中を覗けば便箋が見える。

浜中はガスを止めて、台所を出た。居間に戻って食卓へ行き、加瀬に首尾を告げる。

「便箋を出してくれ」

そう言う加瀬の表情も、さすがに硬い。浜中は封筒にそっと手を入れ、便箋を抜き出した。Ａ４の紙が一枚だ。それを広げて、浜中は食卓に置いた。便箋には定規を当てて書いたような、角張った文字が並ぶ。みなの視線は釘づけだ。

やがて——。

座は異様な雰囲気に包まれた。夏木が眉根を寄せ、加瀬は腕を組み、高秀と奈緒子が顔を見合わせ、由未は首をかしげている。浜中も大いに戸惑った。

「これはいったい」

沸き起こる疑問を絞り出す。そんな口調で高秀が呻いた。浜中は改めて便箋に目を向け、文字を目で追う。

> 後閑城址（ごかんじょうし）公園の砂利敷きの南駐車場。その脇に赤い桜の木がある。そこから北へ四メートル、東へ三メートル地点の砂利を、一平方メートルほど取り除け。そして下の地面を丁寧に掘るんだ。業者に依頼しても、何人で掘っても構わない。だが高秀は必ず、地面を掘る作業に加わること。
> やがて地中から何か出てくる。そうしたら、高秀、奈緒子、それに警察官たちはすぐ、中後（なかご）閑（かん）の久保（くぼ）二〇××番地へ行け。それまでは誰も、その番地へ近づくな。

「赤い桜の木ってなんでしょう？」

由未が問う。

「解らん。が、とにかく指示に従うしかない」

と、加瀬が無線機に手を伸ばす。送話器を持ち、仔細を語り始めた。

「念のために、これも見ておこう」

夏木が卓上を示した。うなずいて、浜中ははがきを手に取る。デパートからの商品案内だ。印刷して顧客に一斉発送というふうで、特に気になる点はない。

浜中は便箋に目を転じた。謎めく文面ではあるが、ともかくも事態は動き始めたのだ。先ほどまで浜中の体に絡みついていた疲弊は、すでにない。

9

後閑城は一四四〇年代、依田忠政により築城されたという。上州西の要として武田氏、滝川氏、北条氏と支配者が代わり、北条氏が滅亡したあと廃城になった。

本丸、郭、堀切など、後閑城の跡を残しつつ、散策道や東屋を配したのが、後閑城址公園だ。佐月家から、西へ六キロほどのところにある。

広く、よく手の入った公園で、本丸跡へ登ってみれば西に妙義山が望め、北西の彼方に浅間山の稜線がかすむ。その本丸跡には、百二十を超える庚申塚が並び、たくさんの桜が植わる。

花見の地。憩いの場所。歴史に思いを馳せる散歩道。様々な顔を持つ後閑城址公園には、東と西、それと南に駐車場がある。

南駐車場は、昨年の十一月に造られたばかりだ。それまでは私有地で、腰までの柵に囲まれた、平たい整地だった。その土地を県が買いあげて、とりあえず砂利敷きの簡易駐車場にしたのだ。いずれはここに、後閑城資料館を建てる構想があるという。

その南駐車場に、浜中たちはいた。県警本部や安中署の刑事、鑑識課員たちとともに、固唾を呑んで、誘拐犯の指示した場所を見つめている。

静から動へ。あれからのせわしなさに、浜中は思いを馳せた。

浜中のレオーネと高秀のセドリックに分乗し、浜中たちは六人全員で、まっすぐここへきた。駐車場に着いてあたりを見まわし、息を呑む。駐車場脇に植わる数十本の桜の木。その中の一本の幹が、塗料で赤く塗ってあるのだ。

浜中たちはすぐ、後閑城址公園の管理人に話を聞いた。三日ほど前までは、赤い塗料など塗られていなかったという。

三日の間に目印として、誘拐犯が塗ったのか。あるいは誰かがいたずらで塗り、それを誘拐犯が目印に使ったのか。

いずれにしても場所は解った。一方その頃、県警本部では泊捜査一課長が動き、公園の所有者である県に作業の許可を得ている。

県警本部から指示がきて、浜中たちは公園の管理人と協議した。今日は平日だから、南駐車場に停まっている車は少ない。まずは園内放送で所有者に呼びかけて、車を移動してもらった。

そうこうするうち、刑事たちや鑑識が続々到着する。

すべての一般車輛が出るのを待って、浜中たちは彼らとともに、南駐車場のまわりに黄色いテープを張り巡らせた。その間に安中警察署が、駐車場を掘る業者の選定と手配に走る。

赤い桜の木から北へ四メートル、東へ三メートル。

誘拐犯が指定したその場所に、今、ショベルカーが一台停まる。少し前に到着したばかりだ。

いよいよこれから作業が始まる。浜中は腕時計に目を落とした。午後二時。わずか三時間でここまでこぎ着けたのは、群馬県警と安中署の各部署が一斉に動いた成果だ。手配に当たった全員が、愛香の身を案じて奔走したのだろう。

誰にともなく頭をさげて、運転席に収まる作業員がレバーに手を伸ばした。ショベルカーのショベルが動き出し、砂利を掬い始める。練達の作業員らしく、ショベルの動きは滑らかで無駄がない。ほどなく一平方メートル分だけ、地面がむき出しになった。ショベルが一旦停まり、スコップを手にした警察官がそこに立つ。彼はスコップを地に突き立てて、けれど刃先はいくらも入っていかない。

作業員がショベルカーを降りた。靴の裏でむき出しの土を二、三度叩いてから、説明を始める。

砂利敷き駐車場を造る一般的な工程として、まずは地面を平たくならす。そして転圧をするという。ダダダッという大音響とともに地面を叩く専用の機械やローラー車などで、地面を締め固めるのだ。それから砂利を均等に敷く。

「こいつで少し、地面を掘り返しましょうか。そうすればスコップもとおると思います」

ショベルカーを目で示して、作業員が言った。

この場の責任者は、安中警察署刑事課の課長代理だ。彼が首肯し、作業員がショベルカーに乗り込んだ。

細心の注意を払う。そういう意思が宿ったような動きで、ショベルが土を掘り返す。やがて止まり、先ほどの警察官が再びスコップを突き立てた。今度は刃先が土にめり込む。

「オッケーです」

警察官が言い、ショベルカーは後退して、少し離れた場所に停まった。ここから先は人力になる。むき出しの地面はわずか一平方メートル。作業できるのは精々四人だ。犯人の指示により、高秀は作業に加わらなくてはならない。高秀と三人の警察官が、無言でスコップを振るい始めた。

奈緒子、夏木、加瀬、由未、それに浜中は、すぐ近くで作業を見つめる。

心労と睡眠不足が祟っているのか、高秀の顔は青ざめて、双眸には虚ろな色が宿りつつある。すでに額は汗びっしょりだ。体を動かし始めたばかりだから、まだ大汗をかくほどではない。ならば冷たい汗ではないか。

高秀はもう、限界に近いのだ。作業を代わってあげたいと、浜中は心から思う。だが「愛香が死ぬとすれば、お前たち夫妻が指示に従わない時だ」という怖い文言が、犯人からの最初の指示書にある。唇を嚙みしめて、浜中は作業を見守った。

猫車と呼ばれる手押しの一輪車を、鑑識課員が押してきた。四人が掘り出した土を載せていく。土は捨てず、念のためしばらく保管する。

少しずつ穴が深まり、腰を曲げて土を掬うのが、いかにもつらそうだ。

10

高秀以外の三人が手を止めて、穴から離れた。代わりに新手の刑事が三人、掘り始める。

彼らは精力的にスコップを振るい、けれど高秀のスコップには、土があまり載っていない。たくましい高秀とはいえ、疲労の蓄積で体力がすり減って、スコップ一杯の土を掬うことができないのだろう。

そろそろ中に降りて掘ったほうがいい。やがて穴は、それぐらいまで深まった。一メートル四方の縦穴だから、降りていけるのはふたりだ。

高秀とひとりの刑事が降りた。鑑識課員たちが穴のすぐ脇にしゃがみ、紐を結んだバケツを垂らす。土を入れて運びあげるのだ。

穴の上に櫓を組んで、車井戸式に滑車をつける。そうするよりもこちらのほうが、手っ取り早いのだろう。

作業の邪魔にならないよう、しかしなるべく穴に近づき、浜中たちは見守った。

この作業が愛香の誘拐と、どのように関係しているのか。浜中にはまるで見当がつかない。

穴の中にいた刑事が、やがて動きを止めた。浜中たちを見あげてうなずき、スコップを傍らに置く。高秀もならった。ふたりはしゃがみ、手で土を掘っていく。

ふたりの背中に邪魔されて、浜中たちにはよく見えない。だが、土の下に何かがあるらしい。

固唾を呑み、微動だにせず、浜中は目を凝らす。ふたりは土を掘るのをやめた。手のひらで、土の表面を撫でるようにする。

と――。

灰色の、板のようなものが見えてきた。遺跡を発掘する慎重さで、ふたりが土をどかしていく。じわりじわりと、それがあらわになっていく。

板ではなく、どうやらプラスチック製の蓋だ。縦横八十センチほどだろう。

「開きそうです」

蓋がすっかり現れたあとで、穴の中の刑事が言った。刑事課の課長代理がうなずき、まずは高秀に穴から出てもらうことにする。

蓋を開けて、なにが出てくるのか解らない。危険があるかも知れず、このまま高秀を居させるわけにいかない。

それに「高秀は必ず、地面を掘る作業に加わること」が犯人の指示だ。高秀は立派にそれをやり遂げた。ここで穴から出ても、犯人の指示に背くことにはならない。

「あなたはここまで、よくやってくれた」

ねぎらう口調で、加瀬が高秀に言った。夏木が無言で手をさしのべる。高秀はその手を握り、しかしあがってこられない。夏木の手を支えに穴から出る力さえ、残っていないらしい。

「失礼」

と、夏木はしゃがみ、両手を高秀の脇の下にさし込んだ。それほど力む様子はないが、夏木の腕の筋肉が獰猛なほどに膨らむのが、ワイシャツ越しにはっきり解る。

「高い、高い」と子供を持ちあげる要領で、苦もなく夏木は高秀を引っ張りあげた。高秀は数メートル歩き、穴に背を向けてへたり込んだ。それを奈緒子が介抱する。

高秀の代わりに、刑事がひとり降りた。刑事や鑑識が、続々と穴のまわりに集まってくる。

穴の中にいるふたりの刑事が、うなずき合って蓋に手をかけた。ゆっくり持ちあげる。

彼らが蓋を脇に置き、次の瞬間、恐ろしいほどの緊張が座を支配した。時が止まったかのように、氷の静寂に包まれる。

静けさの中、禍々(まがまが)しい瘴気(しょうき)のような嫌な臭いが、穴から仄かに立ちのぼった。

「まさかとは思ったが」

加瀬の呟きで、時が再び流れ出した。広がっていくざわめきの中、浜中は穴を凝視する。

三段式の衣装ケースをふたつ並べたほどの、プラスチック製の収納庫。それが蓋ごと、地中に埋まっているらしい。その蓋を取った状態だから、庫内の様子がすっかり見えた。

小さな赤いスカート。薄い花柄の、フリルのついた厚手の長袖シャツ。

それらを身にまとう、身長一メートルほどの、恐らくは女の子。それが体育座りの格好で、すっぽり庫内に収まっていた。

なぜ恐らくなのか。腐敗がかなり進み、半ば白骨化し、男女の別などとてもつかないのだ。

乾いた肉が骨にこびりつく。そういうふうだから、腐敗した肉体のおぞましさはない。

だが、腐りゆく途中ではらりはらりと落ちたであろう頭髪から、言いしれぬ怖さが漂ってくる。

死体のまわりに散る、おびただしい髪の毛。

その一本一本から「生きたい」「死ぬのは嫌だ」「怖い」「助けて」という呻き声が聞こえてきそうだ。

ここに埋めた季節や状況。まだそれらは不明だから、この死体が遺棄されて、どれほど経ったか解らない。

高秀と奈緒子の証言によれば、愛香が誘拐されたのは、一昨日の夜から昨日の未明だ。ならばこの死体は愛香ではない。よほど特殊な条件が揃わない限り、一日二日で半ば白骨化するなどあり得ない。

浜中の隣に由未がいる。彼女の双眸は、きらきらと光を放っていた。目に溜まった涙が、陽光を反射しているのだ。

「かわいそうに」

そう呟いて由末は合掌し、そのあとでさっと表情を引き締めた。加瀬が由末をちらと見て、それからうしろを向いた。浜中と由末もつられてそちらを見る。

穴から少し離れた場所。高秀がこちらに背を向けて座り込み、奈緒子が寄り添う。穴の中になにがあるのか、ふたりはまだ知らないはずだ。奈緒子がこちらを振り返り、問いたげな面持ちを見せた。

「どうしましょうか？」

由末が加瀬に訊く。

「なにが掘り出されたのか、訊きたいのだろう。まあ当然だな。だが、ありのままを伝えれば、この死体を愛香ちゃんだと勘違いして、錯乱するかも知れない」

低い声でそう応え、加瀬が歩き出した。高秀と奈緒子のところへ行き、何事か言葉を交わして戻ってくる。

「愛香ちゃんが土中にいたわけではない。その点は安心して欲しい。なにが出てきたのか、それはのちほどきちんと知らせる。ふたりにはそう伝えた」

押し殺した声で加瀬が言った。厳しい表情で、すぐに話を継ぐ。

「とにかく今は少しでも冷静に、次の指示に従うことだ」

浜中は強くうなずいた。

やがて地中から何か出てくる。そうしたら、高秀、奈緒子、それに警察官たちはすぐ、中後閑の久保二〇××番地へ行け――。

それが犯人からの指示だ。

11

中後関の久保二〇××番地。そこになにがあるのか、すでに調べてある。河田次郎(かわだじろう)という人物が所有する一軒家だ。

だが、駐車場の地中からなにか出てきたら久保へ行け、それまでは誰もその番地へ近づくな、という犯人からの指示だ。それを守り、捜査員はまだ誰も河田家に行っていない。

愛香を保護するまで、下手に動かないほうがいい。そういう上層部の判断で、河田次郎という人物についてもあえて、調べていない。

河田家は後関城址公園から、北西へ二キロ強。二台の車に分乗し、浜中たちはそこへ向かった。浜中がレオーネを運転し、助手席に加瀬、後部座席に由未がいる。

佐月家のセドリックがレオーネを追尾しており、しかしハンドルを握るのは夏木だ。高秀と奈緒子は後部座席にすわっている。

警察の介入を認めた誘拐犯は、いまだ身代金を要求せず、少女らしき死体が埋まる地面を掘らせた。この先どうなるのか、誘拐犯の次なる指示はなにか。全く予測がつかない。せめて車で移動する間、高秀と奈緒子を休ませたほうがいい。そういうことになり、夏木が運転を買って出た。

「そろそろか」

助手席で加瀬が言った。県道から脇に入った、家さえまばらな寂しい道。そこをレオーネは走っていた。商店どころか、自動販売機すら見かけない。

「あそこを右ですね」

そう応え、浜中はウインカーを出した。ほどなく右折する。舗装路だがセンターラインはなく、乗用車がすれ違うには注意が必要。そういう道に、レオーネは入った。左右に林が広がり始める。

少し行くと、左手に二階建ての家が見えてきた。あれが河田家のはずだ。家の手前の道端に、浜中は車を寄せて停めた。セドリックもすぐうしろに停まる。

浜中たち六人は、車を降りた。浜中はさりげなく、高秀と奈緒子に目を向ける。

高秀の顔色は、いくらかよくなっていた。後閑城址公園を出発する前に水分補給し、わずかな時間ながら、後部座席で休めたためだろう。

一方で、奈緒子は蒼白だ。

地中から死体が出た時、奈緒子や高秀をはばかって、死体云々（うんぬん）と口にする者はいなかった。しかし穴掘り作業で疲れ果てた高秀と違い、奈緒子はあの時、まわりの様子を感じ取ることができたかも知れない。

地中に愛香がいたわけではない。加瀬にそう告げられて安堵しつつ、なにか恐ろしいものが地中から出てきたことを、奈緒子は察知したのではないか。

「行け、というのが犯人からの指示だが」

加瀬が言った。浜中たち六人は、河田家に目を向ける。

「何があるか解らない。頼んでいいか、夏木」

「もちろんです」

加瀬の言葉に、夏木が応えた。

高秀と奈緒子はここで待機、ふたりを守るために加瀬も残る。夏木、浜中、由未の三人で、河田家に行く。

そういうことになり、浜中たちは歩き出した。

12

慎重な足取りで、浜中たちは河田家へ向かった。十数メートル先の左手だ。道から少し引っ込み、三方を木々に囲まれ、林の中にひっそりと建つ。

浜中たちはそっと近づき、木の幹に身を潜めて河田家の様子を窺った。由未の緊張が、浜中にも伝わってくる。

蛇腹式の門扉と鉄柵の向こうに古びた二階屋があり、左手は庭とコンクリートの駐車場だ。車は停まっていない。見る限り、家の雨戸はすべて閉まり、物音ひとつ聞こえない。

手袋を嵌めて、浜中たちはしばらくそのまま、家を眺めた。動きは全くない。

浜中と由未に目配せし、夏木が歩き出した。獲物を狙う野獣さながら、隙のない動きで門扉に近づく。

音を立てないよう慎重に、人がとおれる分だけ、夏木が門扉を開けた。浜中たちは敷地に入り、二階屋の前で足を止める。

玄関扉は片開きで、縦長に小さくステンドグラスが嵌まる。グラスは着色されており、覗き穴もないから、屋内は全く見えない。

扉の前に立ち、神経を研ぎ澄ます表情を夏木が見せた。浜中も懸命に、屋内の気配を探る。

カタッ——。

やがて家の中から、かすかな物音がした。浜中は由未と顔を見合わせる。

気温や湿度で木材は軋むから、無人であっても家は時々音を出す。だが、誰かが中にいるのだとすれば、よく晴れた五月下旬の午後三時半、なぜ雨戸を閉め切っているのか。

薄暗い家の中に、何者かが潜む。

その情景を脳裏に描き、浜中の背に軽い戦慄が走った。由未も表情を硬くする。

行くぞ、と浜中と由未に再び目配せし、夏木が歩き出した。家の外壁に沿って、浜中たちは慎重に進み始める。

腰高窓があり、その先に掃き出し窓が二部屋分並ぶ。すべて雨戸が閉まっていた。

それぞれの窓の上には天窓が設けられ、駐車場の隅に脚立があるから、それを使えば天窓のところへ顔が行く。だが、天窓はどれも磨りガラスだから、屋内ははっきり見えないだろう。

裏へまわると、勝手口があった。それを過ぎて、浜中たちは足を止める。新聞紙大ほどの段ボールが、壁にガムテープで貼りつけられて、その横に小さな張り紙がしてあるのだ。

これを剝がして中へ入れ

例の定規を当てたような字で、張り紙にそう記されている。誘拐犯の指示だろう。中に入って何が起きるのか。また死体でも出るというのか。浜中にはもう、誘拐犯の真意がまるで解らない。目隠しをされて「鬼さんこちら」と、誘拐犯に愚弄されている心地だ。

だが、ともかくも愛香を保護するまで、指示に従い続けるしかない。

わずかに憤りを見せて、夏木が手を伸ばした。浜中と由未もならう。

音を立てないよう慎重に、三人でそっとガムテープを剝がした。段ボールが取れて、引き違いの腰高窓が現れる。二枚のうちの一枚しか、ガラスが嵌まっていない。

窓枠だけが残された窓から、夏木が音を立てずに屋内へ入った。中からの夏木の手助けを受けて浜中も窓を抜け、由未も続く。

三人が降り立ったのは台所だ。人の姿はない。浜中は息を殺して、あたりを眺めた。左手に流し台と冷蔵庫、突き当たりには食器棚。右奥に片開きの扉がある。今、入ってきた窓の横は勝手口だ。

流し台はすっかり乾き、うっすらと埃が積もり、カビの臭いを感じた。しばらく使われていないらしい。

出しっ放しの食器などはなく、流し台はきれいに片づいていたが、小さな鍵がひとつ、ぽつんと置いてある。

夏木が先頭に立ち、浜中たちは右奥の扉を目指した。それを開けて、まずは夏木が廊下に出る。そして夏木は足を止めた。夏木に続いて廊下に出て、浜中も立ち尽くす。

廊下の先に少女がいた。

写真で見た佐月愛香だ。

やや怯えた表情だが、泣いてはいない。

愛香のほかに人の姿はない。

一体何が起きているのか。

事態がうまく呑み込めず、浜中はぽかんと口を開けた。

だが――。

怪我ひとつしていない様子で、愛香がすぐ目の前にいる。

改めてそのことに気づき、次の瞬間、浜中の目から涙があふれ出た。ぽろぽろと、止まらない。

「泣くことないだろう」

夏木が言う。

「だって、だって」

と、浜中は啜りあげた。そんな浜中を不思議そうに、愛香が見つめる。

愛香の右足には、鉄製の枷（かせ）が嵌められていた。愛香の足首の、枷が当たる部分には柔らかい布が巻かれており、擦れて痛そうには見えない。右手の部屋から鎖が延びて、枷はそれに繋がっていた。

「ごめんね」

泣いてしまったことを愛香に詫び、それからあることに気づいて、浜中は涙をぬぐった。

「君のほかに、誰がいるかな？」

柔らかい口調で、夏木が愛香に問う。

「誰もいないと思う」

愛香が応えた。思った以上に元気そうだ。夏木が口を開く。

「希原、すぐ加瀬さんに知らせてくれ。それと応援要請、救急車の手配だ」

「はい」

扉から顔を覗かせていた由未が、そう応えて踵（きびす）を返した。由未が解錠したのだろう、勝手口の開く音がする。

「油断するなよ、相棒」

いつもの夏木の、心強い声だ。浜中はしっかりうなずく。絶対に愛香を守るという思いが、みなぎっているのだろう。夏木の顔に、怖いほどの気迫が宿る。

愛香を挟んで廊下に立ち、夏木は前方を、浜中は後方を警戒した。ほどなく勝手口の開く音がして、加瀬が廊下に姿を見せる。

夏木の頼もしさ。加瀬からにじみ出る安心感。

「もう大丈夫だからね」

浜中は愛香にそっと囁いた。

「鍵をお願いしてもいいですか？」

夏木が加瀬に言う。愛香の足首に目を留め、一瞬沈思の面持ちを見せ、それから加瀬がうなずいた。

浜中は思い出す。流し台の上に、鍵がぽつんと置いてあった。

台所へ取って返し、その鍵を手に加瀬がすぐに戻ってくる。しゃがみ込み、足枷の鍵穴に鍵をさし込み、加瀬はひねった。愛香の足首から、枷が外れる。

「よし」

と、加瀬が腰をあげた。

高秀と奈緒子には、由未がつき添っているらしい。そのまま加瀬や夏木と警戒を続けるうちに、パトカーと救急車のサイレン音が聞こえてきた。ぐんぐん近づき、河田家の前でふっつり音が止む。束の間の静寂のあとで、勝手口の開く音がした。私服と制服。八名ほどの警察官が姿を見せる。

「愛香ちゃんを頼む」

浜中と夏木に向かって、加瀬が言う。

「歩けるかい？」

夏木が愛香に問うた。

「うん」

「お母さんとお父さんが外で待ってる」

夏木が言い、すると愛香の両目に涙が湧いた。見る間に膨れて滴になり、大粒の涙がこぼれ落ちる。

「ごめん」

と、夏木が頭をかいた。

「ううん」

言って愛香が首を左右に振る。遠慮がちに、夏木が手をさし伸べた。泣き笑いの面持ちで、愛香がその手を握る。

いたいけな愛香を気遣いながら、浜中と夏木は廊下を歩き出した。台所に入り、勝手口に向かう。小さな沓脱ぎがあって、愛香のものらしき可愛い靴が置いてある。

愛香がそれを履くのを待って、浜中は勝手口を開けた。少し歩いて、建物の角を曲がる。右手に駐車場があり、その先に救急車が停まり、傍らに高秀と奈緒子、それに由未の姿があった。

浜中たちを認め、高秀と奈緒子が駆けてくる。夏木がそっと手を離し、愛香も走り出した。

駐車場の真ん中で、奈緒子が愛香を抱き止める。高秀が両腕を広げ、翼で守るようにして、奈緒子と愛香を包み込む。

「ごめんね、ごめんね」

涙声で奈緒子が言った。その背を高秀が優しくさする。愛香の口から嗚咽(おえつ)が漏れて、けれどそれは甘えの泣き声に聞こえたから、浜中は心の底から安堵した。

由未が近づき、高秀に声をかけた。うなずいて腰をあげ、高秀は奈緒子と愛香をうながした。三人で救急車に向かう。

うしろの扉から、三人は次々と救急車に乗り込んだ。寝台に愛香を寝かせ、脇の椅子に高秀と奈緒子がすわる。

救急隊員がうしろ扉を閉めようとして、そこで異変が起きた。

高秀が目を閉じて、うしろに倒れかけたのだ。救急隊員が介抱し、高秀はすぐに覚醒した。あまりの安堵に気を失ったらしい。

隊員がうしろ扉を閉めた。搬送先の病院はもう決まっているのだろう。サイレン音を立て、救急車はすぐに走り出す。

13

浜中と夏木は由未を伴って、河田家の屋内に入った。加瀬や警察官とともに部屋を調べていく。

誰もいないことが判明し、浜中たちは玄関先で鑑識課員が到着するのを待った。刑事たちが現場を調べるのは、鑑識の作業がひととおり終わってからだ。

やがて二十名近い鑑識課員が到着した。玄関脇に立つ浜中たちに気づき、鶴岡という鑑識課員が足を止める。浜中よりふたつ年上の気さくな男だ。

加瀬のことはよく知っているが、由未とは初対面。そんな様子で加瀬と由未に会釈したあと、鶴岡は口を開いた。

「無事保護だってね、夏さん」

「ああ。だが、誘拐犯の捜査はこれからだ」

「そのためにおれたち鑑識がきた。どれほど小さな痕跡でも、見逃さないよ」

言って鶴岡は、挑むように河田家に目を向ける。

「よろしく頼む」

「解ったよ、夏さん」

「廊下が濡れてるかも知れないから、気をつけてくれ」

「濡れてる？」

「涙だ」

「誰の？」

「ひとつは愛香ちゃんの涙、もうひとつは」

と、夏木が浜中に目を向ける。すぐに鶴岡がにやりとした。そして口を開く。

「現場で泣く捜査員ってのも、珍しいね」

「涙だけではなく、鼻水も付着してるかも知れない」

「廊下の調べは、ほかの鑑識課員に任せるよ」

鶴岡が言った。たまらず浜中は割って入る。

「あの、そろそろ勘弁して頂けないでしょうか」

「うん、今日の浜中いじりは、ここまでにしておこうか。それじゃ」

笑みを残して鶴岡が去った。

家を一軒隅々まで、調べ抜くのだ。鑑識の作業はそう簡単に終わらない。

続々と現場に駆けつけてきた、県警本部捜査一課二係や安中署の刑事たち。愛香保護の経緯を彼らに語り、それから加瀬の提案で、浜中たちはレオーネに乗り込んだ。

県道へ出て少し走り、浜中は車をファミリーレストランの駐車場に入れた。四人とも、まともな昼食を取る暇がなかったのだ。

午後五時を過ぎたばかりだから、レストランは空席が目立つ。窓際の四人席を占め、浜中たちは料理を注文した。

「やれやれだな」

ウエイトレスが去り、おしぼりを使いながら加瀬が言った。

「次の勝負はこれからですね」

夏木が言う。穏やかな声音だが、双眸に鋭い光が一瞬宿った。

「ああ。だがまずは飯だ」

と、加瀬が笑う。ほどなく料理がきた。浜中が注文したのはカツカレーだ。

それを見た瞬間、猛烈に食欲が湧いた。浜中はカツカレーをかっ込み、食べ終えてから、まずは飯だという加瀬の言葉にうなずく。食事を取れば気力が湧く。

四人とも食べ終えて、料理の皿がさげられ、珈琲が四つ運ばれてきた。

「希原はどうして、警察官になったんだ？」

夏木が訊いた。

店は空いていたが、佐月愛香誘拐事件はまだ公表されていない。事件の話題を避けたのだろう。

「私の父、警察官なのです」

極度の緊張から解放されたらしく、由未の表情は柔らかく、目元に温かさがある。

「群馬県警の？」

「はい」

「そうだったのか」

夏木の言葉にうなずいて、由末が語り出す。

栃木県と埼玉県に上下から挟まれる格好で、群馬県の東部に館林（たてばやし）市がある。由末の父は館林警察署の刑事課に、長く在籍していた。

事件が起きれば飛び出して行き、五日も六日も帰らない。非番の日はくたびれた様子で、日がな一日テレビか読書。

日曜日が非番でも、いつ呼び出しがあるか解らない。家族で遠出した思い出が、由末にはまったくないという。

「無口で分からず屋。私にはそう見えて、父のことは嫌いでした」

「でも警察官になった」

カップを手に夏木が言った。

「中学二年生の時、父とちょっと口論になって、事件なんかより家族のことを考えてと、言ってしまったのです、私。

ふっと父は押し黙り、それから取り消せと言いました」

「取り消せ？」

「事件には必ず被害者がいる。その方々に失礼だから『事件なんか』という言葉を取り消せと、父は言いました」

「そうか。しかし館林署の刑事課には何度か行ったが、希原さんという方に、お目にかかったことはない」

「私との口論のあとで、父は異動になったのです。恐らく自ら希望して……」

と、由未はテーブルに目を落とした。

「どちらへ異動に？」

夏木の言葉を聞きつつ、浜中は珈琲カップを口元に運ぶ。由未が口を開いた。

「赤城村(あかぎ)です。父はそこの駐在所員になったのです」

浜中は思わずむせた。珈琲が気管に入ったのだ。

「大丈夫ですか？」

由未が言う。咳き込みつつも浜中は、大丈夫というふうにうなずいた。

「お水、飲んだほうが」

と、由未がグラスを持たせてくれた。浜中は水を飲み、だがそれも気管に入ってしまい、さらに咳き込む。

「ごめんなさい」

顔を赤らめて由未が詫び、浜中は手を左右に振った。そのあとで、ようやく苦しさが収まってくる。

「お騒がせして済みません」

浜中は三人に詫びた。

「さて、話の続きだ。お父さんは今も赤城村に？」

夏木が問う。

「はい。ずっと駐在所勤務です」

「駐在所のこと、詳しく聞かせてください」

身を乗り出して、浜中は言った。戸惑いの面持ちで、由未が目をぱちくりさせる。そういえば加瀬と由未は、浜中が駐在所勤務を熱望していることを、知らないはずだ。

「落ち着けよ、相棒。今は希原が、なぜ警察官になったのかという話だ」

じらすように夏木が言う。そして由未に水を向けた。

駐在所員は、家族同伴での赴任が望ましいとされる。けれど本人が希望すれば、単身赴任でも構わない。

上毛三山(じょうもうさんざん)のひとつ、赤城山(あかぎやま)。その西に広がる赤城村は、群馬県のほぼ中央に位置し、館林市とかなり離れている。

父が単身で赤城村へ行き、母と由未は館林市内の家に残る。

由未の両親はそう話し合ったのだが、これに由未が反対した。結局由未が両親を説き伏せて、家族みんなで赤城村へ行くことになる。

「なぜ反対したんだ？」

夏木が由未に問う。

「事件なんかという言葉を取り消せ。その言葉が心に残り、父の仕事を間近で見たくなったのです。

赤城村へ引っ越して、駐在所の裏が自宅という場所で暮らすようになり、父の仕事への熱意と情熱を私は初めて知りました。それで父の背を追いかけてみようと思い」

「警察官になった」

「はい」

にっこりと、由末がうなずく。由末は高校を出て群馬県警の警察官になり、刑事課勤務を希望し続け、ついに今年、その夢が叶ったという。

「まだ、お茶汲み修業の身だ」

加瀬が言った。

高崎署の刑事課に配属された時、浜中もまずはお茶汲みを命ぜられた。お茶なのか珈琲なのか。珈琲であれば砂糖は入れるのか。課内の刑事全員の嗜好を覚え、飲み物を淹れてまわるのだ。

刑事課の座席表を図にして、刑事たちの名を記入し、その横に飲み物の嗜好を書き入れる。

そういう紙を浜中は作り、一晩にらめっこした。そしてお茶汲み二日目にして、各自の嗜好どおり、完璧に飲み物を作って配ったのだ。

「よく覚えたな」

と、先輩刑事に褒められて、ネタばらしをしたら賞賛された。そういう陰の努力こそ、刑事にとって大切だという。

「浜中、お前はきっといい刑事になれる」

そう言って、先輩刑事が浜中の肩を叩く。浜中は泣きそうになった。

希望どおりの飲み物をしっかり覚えて配れば、みんな喜ぶだろう。浜中はそう思っただけなのだ。そのささやかな親切心が、どうして「いい刑事」という言葉になって返ってくるのか。

のち、浜中の県警本部捜査一課への転属が決まった時、その先輩刑事は言った。

「おれが思ったとおり、お前はいい刑事になった」

そう言って、肩を叩いてくる。半ば泣き顔で、浜中はうなずいた。

「どうした、相棒?」

夏木が声をかけてくる。

「つらい思い出が蘇ってきて……。それであの、赤城村の駐在所のことなのですが」

と、浜中は由未に目を向けた。

「さて、そろそろ行くか」

夏木が横やりを入れてくる。

「これからじゃないですか、先輩」

「どうします?」

夏木が加瀬に問う。

仔細は解らないが、夏木が浜中に、相棒だからこそ許される意地悪をしている。それを呑み込んだらしい。にやりと笑い、加瀬が口を開いた。

「店を出て、現場に戻るか」

14

河田家に戻ってしばらく待つうち、一階での鑑識の作業がとりあえず終わった。ひとり、またひとり、鑑識課員は二階へあがる。二階の調べが済んだら鑑識はひとまず撤収し、明日以降も河田家に詰めるはずだ。

浜中たち四人は、一階を調べ始めた。夏木、加瀬、由未。三人の面持ちには、すでに緩みの欠片もない。

まず、浜中たちは一階の間取りを確認した。

河田家を俯瞰すれば、きれいな長方形に見えるはずだ。長方形の短辺に玄関があって、そこから屋内に入れば、まっすぐ廊下が延びている。

廊下の右手はまず階段があって、トイレ、浴室、納戸、台所と続く。

廊下の左側には部屋が三室。玄関側から洋室、和室、和室と並ぶ。和室と洋室の仕切りは壁だが、ふたつの和室はふすまで仕切られ、それを取り払えば十六畳の広間になる。

浜中たちは真ん中の和室に入った。正方形の八畳間で、隣とのふすまは閉じている。

左手の壁にタンスがひと棹あり、浜中たちはそこで足を止めた。

「こういう仕掛けか」

加瀬が呟く。夏木がタンスの上部に手をかけて、手前に引いた。タンスがわずかに前方へかしぎ、じゃらりと音がする。

その音を発したものを、浜中は凝視した。重そうな長い鎖と頑丈な南京錠。それでタンスを縛ってあるのだ。

今、夏木がやって見せたように、たとえばタンスの上部を持って、少し前方に傾ける。すると壁とタンスの間にV字の隙間ができるから、そこに棒でも挟む。これでタンスから手を離しても、棒によって隙間は維持される。

長い鎖を用意し、両先端をそれぞれの手で持って、タンスと壁の隙間に鎖を垂らし入れる。それからタンスの上部を前方に傾け、棒を抜いてタンスから手を離す。

こうすればひとりでも、壁とタンスの間に、鎖を入れることができる。ふたり以上であれば、作業はなおたやすい。

あるいは別の作業手順を踏んだのかも知れないが、ともかくも誘拐犯は、長い鎖をタンスにかけた。それからタンスの前面で、鎖の両先端をぐっと引き、鎖の合わせ目に頑丈な南京錠をかける。こうして鎖で、タンスを縛った。

なぜ、犯人はそんなことをしたのか。愛香の自由を奪うためだ。

愛香の右足首には、枷が嵌まっていた。枷には長い鎖がついており、その先端がタンスを縛った鎖に、南京錠で結んである。つまり愛香は鎖と足枷で、タンスに繋がれていたわけだ。

「大人であれば男女を問わず、タンスを傾けることができる。タンスを縛る鎖はきつめだが、全く動かないわけではない。だからタンスを傾けつつ、少しずつ鎖を上にずらしていけば、やがて鎖はタンスの上部から抜ける。

だがその作業、どれほど頑張っても愛香ちゃんには無理だ」

憤りを吐き出すように、夏木が言った。

「かわいそうに」

由末が呟く。

「ああ、ひどいな。だが」

と、加瀬が部屋を見渡してから、話を継いだ。

「佐月愛香が監禁されていたのは、この和室だろう。希原、部屋をよく見て、思ったとおりの感想を言え」

「え？　はい」

戸惑いの色をすぐに消し、由末はゆっくり室内を見渡した。それから目を閉じ、思いを巡らす表情になる。

やがて由末は目を開いた。そして言う。

「監禁場所を見て、こういう感想は変かも知れませんけれど、とても優しい感じがします」

浜中は思わずうなずいた。まさしく由末の言うとおりなのだ。

「そうだな」

加瀬の言葉を聞きつつ、浜中は部屋を眺める。

左手の壁にタンス、中央に座卓、その先に雨戸の閉じた掃き出し窓、上に横長の天窓、右手はふすま。

そういう和室であり、座卓やその周囲に様々なものが置いてあった。

まず目に留まるのは、食料と飲料だ。総菜パンや菓子パン、カンパン、菓子類、果物の缶詰、缶ジュース、ペットボトル入りの水。

愛香だけなら一週間は持つほどの量が、まだ残っている。部屋の隅のゴミ箱には食料の包装紙が入り、脇に飲料の空き容器が並ぶ。愛香が飲食したのだろう。

絵本とおもちゃも豊富に揃い、ウエットティッシュやタオルもあった。

この部屋の、カビの臭いを和らげるためなのか、消臭剤が置かれ、その横に虫除けスプレーと殺虫剤が並ぶ。

部屋の壁側には清潔そうな布団が敷かれ、その横には新品の下着類、パジャマ、薬箱があった。

雨戸は閉め切られ、天窓は磨りガラスだから、室内は昼でも薄暗いだろう。だが照明はつく。今も明かりが、室内を照らしていた。隅々まで掃除が行き届いた印象だ。誘拐犯が愛香のために、念入りに清掃したのか。

足枷を嵌めて自由を奪うというやり方には、憤慨を覚える。

けれどこの部屋の様子だけ眺めれば、愛香が受けるであろう心身の苦痛を、少しでも和らげようとする誘拐犯の、心くばりが見えてくるのだ。

「枷と足の間には、タオルが当ててあった。だから愛香ちゃんの足首には、見る限り擦り傷などはない」

加瀬が言い、由未が口を開く。

「私、誘拐事件は初めてです。誘拐犯は被誘拐者に対して、これほどの配慮をするものでしょうか」

「誘拐した人間を大切に扱う誘拐犯は、案外多い。だが、ここまでやるのは珍しい」

座卓の上に置かれたイチゴ味の歯磨き粉と、キリンを模した歯ブラシ。それに目をやり、加瀬が応えた。少し間を置き、夏木が口を開く。

「だが、それでも愛香ちゃんは怖かっただろう」

と、壁に目を向けた。紙が一枚、画鋲で留めてある。

浜中たちは、そちらへ近づいた。紙には例の、定規を当てて書いたような文字が並ぶ。浜中は文字を目で追った。

> ここでしずかにしていなさい。こえをだしてはいけません。そのやくそくをまもれば、いちにちかふつかで、おとうさんとおかあさんがここへきてくれます。
> でも、やくそくをやぶったら、あなたはずっと、ここにひとりでいることになる。
> やくそくがまもれるかどうか、わたしはまどからあなたをみています。

「窓から」

浜中はそう呟いて、窓に目を向けた。雨戸を少しだけ開けて、その隙間からじっと室内を覗く。そんな犯人の様子を思い描き、ぞっとする。

わけだ。


「よし、次はこの範囲を追ってみるか」

そう言って、加瀬がタンスの前へ移動した。愛香の足に嵌まっていた枷を手に取る。枷とタンスを繋ぐ鎖は、それなりの長さがある。つまり愛香はその長さの分、屋内を歩きまわれたわけだ。


調べたところ、窓にはぎりぎり届かないが、この和室のほぼ全域に愛香は行ける。廊下へ出て、トイレへ行くことも可能だ。浴室に入り、浴槽までは届かないが、脱衣所の洗面台は使えただろう。だが、玄関や勝手口まではたどり着けない。

それから浜中たちは、一階を隅々まで見てまわった。洋室や奥の和室の床や調度には、うっすら埃が積もる。愛香の行ける範囲だけ、きれいに掃除されたという印象だ。

ひととおり見終えたところへ、二階から鑑識の鶴岡が降りてきた。夏木を認めてこちらへくる。

「どうした?」

夏木が問い、鶴岡が口を開いた。

「たいした情報じゃないんだけどね。一階と二階の各部屋には、殺虫剤を撒いた痕跡があったよ」

「殺虫剤」

「手で持って散布するスプレー式のね」

「それを痕跡が残るまで撒いたと」

「うん」

そう言って、鶴岡はせわしげに去って行く。

「愛香ちゃん、虫が苦手だったのかな」

鶴岡の背を見送り、由末が呟いた。

第三章 周到

喜多村は高崎市や前橋市内の不動産屋を、何軒もまわった。

店の入り口や横の窓に貼られた物件案内から、貸家や売り家の住所を書き取っていく。不動産屋の社員がこちらに気づいて、声をかけようと出てくるそぶりを見せれば、すぐに店を離れる。

これならば、自分の顔を覚えられる心配はないはず。

そう踏んで実行に移し、喜多村は不動産屋の社員たちと一度も接触することなく、物件情報をかなりの数、入手した。片っ端から見てまわる。

しかし、誘拐した愛香の監禁場所に適した家はない。人目につかずひっそり建つという条件が、難しいのだ。かといって目撃されてしまえば命取りになるから、この条件は譲れない。

ひとけのない場所に建つ空き家。そんなものはいくらでもあるだろうと、高をくくっていた喜多村は、長期戦を覚悟した。ところがほどなく、幸運の女神が微笑む。

喜多村にとって忌むべき土地ともいえる、後閑城址公園の南駐車場。そこへ行った時、工事で近くの道路が渋滞した。なにげなく、左右の風景に視線を巡らせ、ふと喜多村は目を留める。

「貸家あります」

と、米屋の店先に張り紙が出ている。目を凝らして住所を書き取り、喜多村はその足で貸家へ行った。それがあの河田家だ。

立地としては、ほぼ条件どおりの空き家だった。それにもし、米屋の店先の張り紙だけで済ませ、不動産屋に仲介を依頼していないのであれば、家の借り手はそうそう現れないだろう。

ついに監禁場所が見つかったのか。

高揚を抑えて、喜多村は河田家の玄関と勝手口の扉、その下部に目立たないよう、透明のセロハンテープを貼った。

数日後。河田家に行くと、どちらのテープもそのままだ。扉が開けばテープは切れる。テープの無事は、扉が開閉していないことの証（あかし）であり、人の出入りはなかったとみてよい。

それから喜多村は、頻繁に河田家へ行った。テープは一度も切れていない。

ある日。喜多村は家の裏手へまわり、勝手口の横の窓を慎重に割った。丁寧に破片を取り去り、屋内に侵入する。

床柱でもあれば、鎖を容易に結びつけられる。そう考えていたのだが、河田家に床柱はない。だがそこまで望むのは、あまりに虫がよすぎるだろう。

虫といえば、愛香は虫が苦手だから、しっかり対策を取る必要がある。虫を見た愛香が悲鳴をあげ、それを誰かが聞きつけたらまずい。

そう思いながら喜多村は、家中を見てまわった。あちこち写真を撮り、その場で間取りを描いて家から出る。用意しておいた段ボールで窓をふさぎ、そっと河田家を離れた。

あと数度ここへきて、人の出入りの形跡がなければ、監禁場所は決定だ。そして場所が定まれば、計画は一気に加速する。

第四章 急転

1

安中警察署四階の大会議室。廊下から見て右手に幹部席が設置され、それと向かい合う格好で、三人用の長机がずらりと並ぶ。

浜中康平は夏木大介とともに、最後列の机にいた。右隣の机には、加瀬達夫と希原由未の姿がある。県警本部から浜中たち二係と、三係の刑事たち、それに鑑識がきていた。事件を抱えていない安中署の刑事も、総動員されたはずだ。

幹部席と向かい合う最前列の机には、浜中の上司である美田園恵の姿があった。しゃんとした背中から、気迫が立ちのぼるかのようだ。

昨日、佐月愛香は無事保護された。だが誘拐犯は捕まっていない。そして誘拐犯の指示により、後閑城址公園の南駐車場を掘ったら、子供らしき遺体が見つかった。

佐月愛香誘拐事件。

身元不明者死体遺棄事件。

そのふたつの合同捜査本部が、ここに設置されたのだ。五十余名が集い、大会議室のざわめきはどよめきに近い。だが、午前十時が近づくにつれ、徐々に私語が収まっていく。

安中署刑事課の課長が、大会議室前方の扉の脇に立った。午前十時にその扉が開いて、浜中たちは一斉に起立する。

県警本部の管理官二名、理事官一名、泊悠三捜査一課長、安中署の署長と副署長。六名の幹部が続々入室し、幹部席のうしろに立った。

「礼」

課長が大声で言う。浜中たちは上体を折って、幹部たちに敬礼した。礼を返した幹部がすべてすわるのを待ち、浜中たちは腰をおろす。

「さて、はじめるかい」

山賊の親分を思わせる表情で、ぎょろりと一同を見渡して、泊捜査一課長が言った。それから一席ぶち、最後にふっと表情を和らげる。

「よろしく頼むぜ」

そう結び、泊は隣の与田管理官に目を向けた。与田は怜悧(れいり)な風貌で、常に背広をきっちり着こなし、いかにも官僚という雰囲気だ。

与田が捜査員を班分けしていく。まず、全体の三分の二を佐月愛香誘拐事件に、残りを身元不明者死体遺棄事件に振り分けた。そこからさらに聞き取り班、遺留品の出所を探る班などに人員を振っていく。

「夏木大介、浜中康平の両名は遊撃班を命じる」

与田が言った。

捜査全体の流れに従いつつ、ある程度自由に動けるのが遊撃班だ。普通の捜査本部では、こういう班はない。

浜中は自由にさせたほうが、結果を出す。以前に美田園がそう見抜き、以来浜中と夏木はよく遊撃班に命ぜられる。

夏木は元々、一匹狼だった。反りの合わない刑事と組めば、その刑事を置いてけぼりにひとりで動き、上から叱責を受けることも多かったという。

だが、浜中には好感を抱いてくれるらしく、ふたりで遊撃班に命ぜられた時、勝手にどこかへ行くことはほとんどない。

腕っぷしが強く、頭の切れる夏木と一緒であれば、浜中も安心だ。けれどその安心感ゆえなのだろう。美田園の思惑どおり、浜中は時々うっかり手柄を立ててしまう。

与田が次々名を呼びあげ、やがて班分けが終わった。

加瀬と由未はほか数名とともに、予備班に命ぜられた。後詰めとして捜査本部に待機しつつ、捜査が円滑に運ぶよう、様々に調整する役まわりだ。

泊が口を開く。

「まずはここまでのお浚(さら)いだ。佐月愛香が誘拐され、後閑城址公園の南駐車場を掘るよう、犯人からの指示書が届く。そのとおりしてみれば、子供らしき死体が出た。そのあと犯人の指示書にあった番地へ行き、佐月愛香を無事に保護したと」

泊の横で与田管理官が首肯する。

「うん」

と、腕を組み、わずかに思案したのち泊が言う。

「誘拐犯の目的はただひとつ、死体を掘らせることにあった。そうとしか思えねえが……。加瀬さんはどうみます」

加瀬が県警本部の刑事だった時、泊は後輩だったという。

腰をあげて、加瀬が言う。

「予断はよくない。それは承知の上ですが、課長の言うとおりでしょう。ただ」

「ただ？」

「誘拐犯からの指示書にあった『高秀は必ず、地面を掘る作業に加わること』という一節。この中に、誘拐犯のなにか特別な思いを感じます」

「なるほど。おい、お前さんたち。加瀬さんの今の言葉、覚えておけよ」

一同に向かって泊が言い、加瀬が苦笑して椅子にすわった。

「で、掘り出された死体だが」

泊が言った。鑑識が報告を開始する。

後閑城址公園の南駐車場で見つかった、半ば白骨化した死体。死後一年から一年半で、性別は女性。年齢は三歳から六歳。骨に外傷や陥没痕はなく、死因は不明。

それが検視官の見解だという。

「死体が入っていたのは、組み立て式の収納庫でした。サイズは縦横八十センチで、高さは六十センチ。ちょっとした物置代わりに、庭や駐車場に置く。そういう使われ方が多く、大きなホームセンターであれば、大抵扱っています」

と、鑑識が言葉を結んだ。

「南駐車場は昨年十一月にできたんだよな」

泊が問い、うなずいて与田が言う。

「はい。それまでは整地でした」

「整地だった時に穴を掘り、収納庫に死体を入れて埋めたわけか」

「木が植わっていれば、根が地中を這いまわり、土も締まり、穴を掘るのは容易ではありません。しかし整地であり、後閑城址公園内の本丸跡地などに比べ、あの辺りはやや土質が柔らかい。スコップなどを使えば手作業で、穴を掘ることはできたでしょう」

「死体の身元特定への手がかりは？」

「死体は服を着ており、歯に治療痕がありました」

「うん」

と、泊がうなずいた。医師法により、カルテは五年間保管される。死体の年齢は三歳から六歳だから、まず歯のカルテは残っているはずだ。

「身元不明者死体遺棄事件について、ほかになにかあるか？」

泊が問うが、発言する者はいない。まだ捜査は緒についたばかりだ。

「では佐月愛香誘拐事件について」

与田が言い、そこへ大会議室のうしろの扉が開いた。四十代の男性がふたり、入ってくる。県警本部捜査一課二係の川久保（かわくぼ）と住友（すみとも）だ。

「いい顔つきだな、おい」

泊が言った。川久保と住友の面持ちには、高揚が強く滲む。情報を得た時の刑事の顔だ。

「お前さんたち、病院に行ってたんだよな」

川久保たちはうなずいた。

昨日、佐月愛香は保護されてすぐ、病院へ救急搬送された。

つき添った佐月高秀と奈緒子にも、心身に疲労がある。医師がそう判断し、三人ともそのまま入院したという。その三人に、川久保と住友は面会してきたのだろう。

「よし、すぐに報告してくれ」

「ではまず、飛びっ切りの情報からいきます」

少しだけ剽げた口調で、川久保が言う。

内ポケットから、川久保は写真を二枚取り出した。浜中は目を凝らす。一枚には赤いスカートが、もう一枚にはフリルのついた厚手の長袖シャツが写る。

「見えねえな」

泊が言う。

「後閑城址公園の南駐車場から掘り出された死体の、着衣だけを写したものです。掘った穴からなにが出てきたのか、佐月高秀と奈緒子に説明してから、これを見せたのですが……」

「勿体ぶるなよ」

「済みません。写真を見せた瞬間、ふたりの顔色がはっきり変わりました。聞けば昨年四月、高秀と奈緒子の姪が、この服装で失踪したそうです」

「なに⁉」

泊が言い、大会議室に衝撃が走った。

2

姪が失踪——。

突然の言葉に浜中は戸惑い、隣の夏木に目を向けた。机に両肘を突き、握り合わせた手の上にあごを乗せ、目をわずかに細めて夏木は微動だにしない。

「ちょっと整理しようじゃねえか」

座のざわめきを手で制し、泊が言った。

「奈緒子から聞いた家族関係、簡単な図にしましょうか」

川久保の言葉に泊がうなずく。川久保は進み出て、ホワイトボードの前に立った。図を描きあげて、ボードの横に立つ。たくさんの矢が突き刺さるかのように、一同の視線がボードに注がれた。

川久保が口を開く。

「喜多村俊郎と弥生(やよい)の間に、一男一女、雄二(ゆうじ)と奈緒子がいます。雄二は奈緒子の兄ですね。俊郎は健在ですが、弥生は数年前に病死したとのことです。

喜多村雄二は真知子(まちこ)を娶(めと)り、やがて真知子は女児を産み、美穂(みほ)と名づけた。一方奈緒子は、子連れの佐月高秀と結婚した。けれどすでに離婚が成立、今では旧姓の喜多村に戻っています」

「なるほど。で、美穂失踪時の状況は？」

「それが」

と、川久保が苦い面持ちになる。

「どうした？」

「穴から見つかった死体の着衣が、失踪時の美穂と同じものだった。つまり死体は美穂の可能性が高い。そのことに気づいたのでしょう。ふたりとも見る間に顔が青ざめて、卒倒寸前になりましてね。われわれの聞き取りには、念のため医師が立ち会っていました。これ以上は患者の負担になるからと」

「医者に止められたってわけか」

「もう少しうまく聞けばよかったのですが、面目ありません」

「お前さんのせいじゃねえやな。で、いつ聞き出せる？」

「この件で体調が悪化しなければ、明日午前中にはふたりとも、退院できるとのことです」

「そうか。ほかに病院での報告は？」

泊が言った。川久保に代わって住友が口を開く。この住友は、冗談ひとつ口にしない。

剽軽（ひょうきん）な川久保と真面目な住友。二係の名コンビだ。

「愛香ちゃんを診察した医師によれば、愛香ちゃんは健康で、怪我ひとつしておらず、暴行された形跡もなし。高秀や奈緒子とともに、明日午前中には退院の見込みです」

浜中は安堵の息をついた。座の空気がふっと和らぐ。

「ただ一点」

住友が言う。

「愛香ちゃんの口中を調べたところ、下前歯の歯間に、白い糸が一本挟まっていたそうです」

「糸？」

泊が問う。

「はい、糸は医師から預かって、このあと鑑識にまわします」

「頼む」

「ほかには？」

「わずかな時間ですが、愛香ちゃんと面会できました」

「ほう」

「ですが事件のことを、そう根掘り葉掘り聞けません」

「だろうな」

「愛香ちゃんによれば、三日前の日曜日、いつものように自分の部屋で寝て、目が覚めたらあの場所にいた。具体的にいえば、河田家の一階、真ん中の和室に布団が敷かれ、愛香ちゃんはそこで目を覚ましたといいます」

「その時、誰かいたのか？」

泊が問う。固唾を呑んで、浜中は住友を見つめる。しかし住友は首を横に振った。落胆の吐息が、あちこちで漏れる。

　少し間を置き、住友が話を継いだ。

「ここはどこだろうと思って壁の時計を見たら、すでに午前九時を過ぎていた。愛香ちゃん、普段は午前七時に起きるそうです。いつもよりたくさん寝ちゃったと、照れ笑いを浮かべてました」

「気丈だな」

「怖い思いを蘇らせない。そう考えて慎重に接する私を、愛香ちゃんは逆に気遣ってくれたのかも知れません」

　浜中は昨日、少し愛香と接しただけだが、聡明な雰囲気を確かに感じた。

　大人に気を遣いすぎる子供は、痛々しくみえることがあるけれど、愛香にそれはなかった。ごく自然に、優しい気持ちで人と向き合える女の子なのだろう。

「目を覚まして部屋を見まわし、愛香ちゃんは壁の張り紙に気がついた」

　住友の言葉を聞きつつ、浜中は机の上に目を落とした。配られた資料の中に、犯人からの指示書の複写がある。浜中は改めて、文字を目で追った。

　静かにしていろ、声を出すな。そうすれば一日か二日で両親がここへくる。しかし約束を破れば、ずっとひとりでいることになる。約束が守れるのか、窓から見ている。

　そういう文面だ。

　住友の話が続く。

「張り紙を読み終えて、部屋の様子をよく観察し、とにかく静かにしてようと、愛香ちゃんは決めた。

それから保護されるまで、怖かったけどあまり不自由なく過ごせたようです」

河田家の様子を、浜中は脳裏に描く。豊富な食料と飲料、数々のおもちゃや絵本、ウエットティッシュ、歯ブラシ、着替え、清潔そうな布団。愛香の足には枷が嵌まっていたけれど、その鎖はトイレや洗面所へ行ける長さがあった。

誘拐という卑劣な犯行と、愛香への心遣い。

まだ見ぬ誘拐犯の、複雑な胸中を垣間見た。そんな思いを浜中は抱く。

泊が口を開いた。

「あの家にいる間、愛香ちゃんは誰かを見たのか？」

「いえ、直接は見ていないそうです」

住友が応える。

「直接？」

「あの部屋には天窓があって、時々その窓の向こうに、人の顔が現れたそうです」

「人相は？」

泊が身を乗り出す。

「天窓は磨りガラスです。人相まではとても」

悔しげに舌打ちして、泊が住友に先をうながす。

「誰かが天窓の脇に立ち、ちらりちらりとこちらを覗き見る。そんな感じがして、その時はやっぱり怖かったと、愛香ちゃんはうつむいて応えました」

「何回ぐらい現れたんだ、天窓の向こうに」

「愛香ちゃんは二十五日の夜、あるいは二十六日未明にあの部屋へ連れてこられ、二十七日の午後三時四十五分に、保護されました。

人が天窓の向こうに立ったのは二十六日の日中で、五、六回は見たとのことです」

「そうか」

「はい、愛香ちゃんから聞き出せたのは、このぐらいです」

「うん、ふたりともご苦労だった」

と、泊がねぎらいの言葉をかけた。

3

「さて、どうする相棒？」

夏木が言った。捜査会議が終わり、安中警察署の大会議室は、捜査員たちのざわめきや席を立つ音で喧（かまびす）しい。

「愛香ちゃんがいたあの家に、行ってみましょうか」

浜中は応えた。

「だな」

と、夏木が席を立つ。浜中もならい、ふたりで会議室を出ようとした時、加瀬に声をかけられた。

彼の横には由未もいる。

「一緒に行っていいか？」

加瀬が言った。

「しかし加瀬さん、予備班では？」

夏木が問い返す。

「希原と組んで、割と自由に動けるようにしてほしい。泊課長にはそう言ってある。遊撃系の予備班ってところだな」

ふっと加瀬が笑う。

「そういうことでしたか。ではご一緒しましょう。もちろんいいよな、相棒」

「大歓迎です」

体の前で両手を握り締めながら、浜中は言った。駐在所での暮らしぶりなど、由未には聞きたいことが山ほどある。

ほう、という表情を加瀬が浮かべた。

「よろしくお願いします」

と、由未が頭をさげてくる。

捜査本部が立ちあがり、本格的な捜査がいよいよ始まるのだ。高揚感とほどよい緊張に包まれているのだろう。由未は溌剌(はつらつ)として、その瞳は凛々しく輝く。

「よし、行くか」

加瀬が言った。浜中たちは歩き出す。

「あっ！」

由未が声をあげた。

「済みません」

と、由未は慌てた様子で、席へ取って返した。椅子の下に置いてある鞄を手に、駆け足で戻ってくる。

右の肩から左の腰へ、鞄の肩紐をしっかりかけて、由未は気をつけをした。

「お待たせしました」

生真面目な顔つきで言う。苦笑して、夏木が口を開いた。

「元気のいい中学生みたいだな」

「また言われてしまった」

顔を赤らめて、由未は呟いた。童顔で弾むような動きだから、由未は安中署の先輩刑事たちに、中学生のようだと揶揄（やゆ）されているのだろう。

佐月家にいた時の異様な緊張状態から解放されて、夏木や浜中にも少し慣れ、これがほんとうの由未なのだろう。なんだか浜中はほっとした。

浜中たち四人は一階へ降り、建物を出て駐車場へ向かった。みなでレオーネに乗り込む。運転席に浜中、助手席に夏木、加瀬と由未は後部座席だ。

警視庁や神奈川県警の刑事たちは、よく電車で移動するという。だが群馬県は鉄道網が弱い。そのため群馬県警は車輌が豊富で、捜査員の多くが車で移動する。

浜中は車を出した。三十分もかからずに、愛香が監禁されていた家に着く。警察の車輌が何台も停まり、しかし付近に家はあまりないから、野次馬は少ない。記者の姿もなかった。

佐月愛香誘拐事件を、いつマスコミに公表するか。群馬県警上層部は、その時機を計っているのだろう。

道端に車を停めて、浜中たち四人は家へ向かった。家の前で足を止め、まずは全体を眺め渡す。すっかり雨戸は開け放たれて、屋内を行き来する鑑識課員の姿が見えた。

古く、和室の多いこの家の持ち主は河田次郎。河田には妻とふたりの子供があって、転勤を機に二年ほど前から、一家四人で神奈川県内のマンションに住む。

いずれこの家に戻る予定だが、その間誰かに貸してもいい。河田はそう考えて、けれど不動産屋に任せると仲介料を取られるし、ちょっと嫌だなと思う借り手でも、そうそう断れない。

河田の親類が、安中市内で米屋を営む。河田はその親類に頼み「貸家あります」の張り紙を、店頭に貼らせてもらったという。

河田一家と米屋に、佐月家と接点があるのか。そのあたりの捜査はこれからだ。

「まずは試してみるか」

と、夏木が駐車場の奥を目で示した。そこに脚立が置いてある。

浜中たちは奥へ行き、脚立に目を落とした。両脚を閉じて寝かせてあるが、脚を開いて立てれば、六十センチほどの高さになるだろう。

脚立の踏み台の部分には、土が付着していた。土は黒く、まだ乾き切っていない。最近誰かが使い、その際土がついたのだろうか。

「これ、いいか？」

近くにいた鑑識に、夏木が声をかけた。調べは済んだから、もう触ってもよいという。

「では、私が持ちます」

由未が言った。てきぱきと手袋を嵌め、脚立を両手で持つ。

「この脚立、何に使うんですか？」

浜中は夏木に問うた。

「よかった、聞いてくれて。私も解らなかったんです」

笑みながら由未が言う。

「やれやれだな」

夏木が肩をすくめた。

「あの窓の横だろう、夏木」

加瀬が一階の真ん中、和室の掃き出し窓を目で示す。

「あ、再現するんですね」

浜中は言った。ようやく解ったのだ。

「なるほど！」

と、由未が駆け出した。掃き出し窓のところへ行き、すぐ横に脚立を立てる。

「犯人役、私がやりましょうか？」

こちらを向いて、由未が言った。加瀬が口を開く。

「脚立には私が登ろう。希原は中だ」

「はい」

由未が首肯した。加瀬をその場に残し、浜中たちは玄関から家にあがった。

愛香がいた部屋に入って天窓を見あげると、磨りガラスの向こうに顔がある。脚立に乗った加瀬が、室内を覗き込んでいるのだ。

雨戸が開いて、窓越しに加瀬の体が見えるから、浜中たちはそう理解できる。

だが天窓だけを見れば、それが加瀬だと解らない。人の顔らしきものが、天窓の向こうにある。かろうじてそう見えるだけで、目鼻立ちなどは判然としない。

夏木が掃き出し窓を開けた。

「どうだ？」

脚立に乗ったまま、加瀬が問う。天窓越しに見えた様子を、浜中たちは語った。

「希原、ちょっと部屋の中を歩いてくれ」

話を聞き終えて、加瀬が命じた。

「はい」

と、由未がきびきび歩き出し、加瀬は天窓に顔を近づけた。由未が部屋を二周する。

「うん、もういいぞ」

そう言って、加瀬は天窓から顔を離した。こちらに目を向けて、口を開く。

「天窓からだと、中の様子はよく解らんよ。だが室内で誰か動けば、それは解る。愛香ちゃんに顔を見られず監視するには、むしろ磨りガラスのほうが、好都合だったのかも知れん」

なるほどと浜中は合点し、そこへ鑑識の鶴岡が姿を見せた。廊下から、浜中たちのいる和室に入ってくる。

「再現してたのか」

誰にともなく呟き、それから鶴岡は、窓の向こうの加瀬に目を向けた。そして何かに気づいた様子で口を開く。

「ちょうどその辺りです」

「ここがどうした？」

加瀬が問う。

「昨日愛香ちゃんを保護したあと、庭を調べた鑑識がいます。彼によれば、今、加瀬さんが立っている辺りの地面が、少し濡れていたそうです」

「濡れていた？」

夏木が言った。天窓を見あげて庭の地面に目を転じ、少考したのち口を開く。

「ちょっと詳しく」

「ラグビーボールを置いたほどの面積だけ、地面が楕円状に濡れていたらしいよ」

「だが、雨は降っていない」

ここしばらく群馬県内は五月晴れが続き、にわか雨も降っていない。

ふいに夏木が動いた。廊下に出て、玄関へ向かう。由未や鶴岡と顔を見合わせ、浜中たちは彼の背を追った。

外に出て、夏木は加瀬のところへ行った。加瀬はすでに脚立を降りている。

加瀬に断り、夏木はそっと脚立をどかした。腰を折り、地面に視線を置く。ひどく真剣な面持ちだ。

浜中たちもそちらへ行った。みなで輪になってしゃがみ、地面を見つめる。鶴岡の言葉どおり、ラグビーボール大にそこだけ土が黒い。まだ湿っているのだ。

「鶴岡、悪いがこの土を」

「調べるんだね、了解」

夏木にみなまで言わせず、鶴岡が応えた。

「何も出ないかも知れないが」

「構わないよ」

「とにかくこの、ごく狭い範囲の地面だけが、それなりの量の水を吸い込んだことになる」

そう言って、夏木は口元を硬く引き絞った。

4

避暑地として、また観光地として、つとに有名な軽井沢(かるいざわ)。軽井沢の北に標高一三〇〇メートルあまりの天丸山が聳え、そのさらに北の一帯は北軽井沢と呼ばれる。

軽井沢はたいへん賑やかで、様々な店が軒を連ねて観光客も多い。だが北軽井沢に、車水馬竜の感はない。林の中にぽつりぽつりと別荘や店があり、うまく自然と調和している。

その北軽井沢に、浜中はきていた。県道からかなり北へ入った別荘地の外れ。そこに建つ貸別荘だ。夏木や加瀬、由未の姿もある。ほかに刑事や鑑識が十名ほどいて、貸別荘はどこか物々しい雰囲気だ。

あともう少しで、事件の関係者が到着する。待つ間、浜中は改めてあたりを眺めた。

貸別荘の敷地は、五十坪を超えるだろう。害獣よけのためか、それとも私的空間を演出するためか、敷地全体が三メートルほどの塀に囲われていた。

上品なベージュの板塀で、その先に白樺などの梢が望めて、さらに向こうは山々の稜線だ。塀による閉塞感はない。むしろ他人の視線を気にしないで振る舞えるという、開放感さえあった。

西の彼方の浅間山を借景に、ほぼ真四角に塀で囲われた敷地。その中央に、大きなログハウスがある。建物はその一棟だけだ。

庭に木々はなく、芝がきれいに敷かれ、大きなパラソルのついたテーブルと椅子のセットがひとつ置いてある。

北面の西寄りには、板塀と同じ高さの両開きの扉があった。外開きにすると公道にはみ出てしまうから、内開きだ。

扉から敷地へ入って少し右へ行けば、その一角だけコンクリートが打たれ、乗用車であればゆったり二台停められる。浜中たちが乗ってきた警察車輛は外に停めたから、今、敷地内に車はない。

そういう貸別荘の中に、浜中たちは点々と立っている。

木々の梢がさわと揺れ、青葉の匂いをたっぷり含んだ薫風が吹き抜けた。

仕事を離れて、ここに一週間ほど滞在できれば、素晴らしい休暇になるだろう。

そう思い、だが浜中は内心で首を振る。こういう場所より、さらによい地があるではないか。

それは鄙びた駐在所だ。そこに赴任できれば、休暇などいらない。浜中にとって、駐在所勤務はパラダイスのはずだ。

浜中の横に夏木が立ち、ほんの少し距離を置いて、由未と加瀬がいる。

浜中はちらりと由未に目を向けた。彼女の父は赤城村の駐在所員だという。ぜひ一度、訪ねたい。

「一目見て、気に入った」

会うなり由未の父親が言った。

「どうだ浜中君、娘の由未を娶ってくれないか」

「何言ってるの、お父さんの馬鹿」

頬を染めて、由未が言う。

「気が早いですよ、お父さん」

浜中はそう返した。由未の父親が、すかさず口を開く。

「浜中君こそ私のことを、お父さんとは気が早い」

そして呵々(かか)と笑う。

時は流れて一年後、浜中と由未は祝言の日を迎えた。すでに婚姻届は提出し、浜中はもはや浜中ではない。婿養子になり、希原康平となったのだ。

折を見て定年前に、由未の父は勇退する。駐在員に跡継ぎ制度はないが、希原姓であれば、浜中が父の後釜になる可能性は極めて高い。

由未の両親とそう話し合い、浜中は婿養子になることを決めた。

女、氏なくして玉の輿に乗る。男、氏なくして玉の汗をかく——。

落語「妾馬（めかうま）」の一節だ。

駐在員になれるのであれば、玉の汗などいくらでもかく。由未を大切にし、両親を敬い、赤城村の平和を守るため、生涯汗をかく。

浜中にはその覚悟がある。

神社の本殿で、厳（おごそ）かに祝言が進む。やがて三三九度になり、神主に頭をさげてから、浜中は一の盃を手に取った。巫女が神酒（みき）を注ぎ、それを浜中は三口で飲む。

「なにやってる？」

どこからか声がした。この神社に鎮座まします神の声か。

「おい」

神が「おい」とはおかしいな。そう思った瞬間、浜中の手から一の盃が消えた。巫女と神主がいなくなり、蜃気楼さながら、神社そのものが霧散する。

「覚めたか？」

浜中の横で夏木が囁く。またあれが出たのだ。

ひどく疲れた時や忙しい時、あるいは極度に緊張した時、現実逃避の思いが働くらしく、浜中はなにかを妄想してしまう。

「済みません」

まず夏木に詫びて、それから浜中は怖々（こわごわ）あたりを眺めた。大丈夫、こちらに不審の目を向ける者はいない。

そう思った瞬間、加瀬と目が合った。にやりと浜中に笑いかけ、意味深な目配せを寄こしてくる。妄想中、自分は間違いなく、一の盃を受けて三口で飲む仕草をしたはずだ。それを加瀬に見られてしまったのか。

そう思って浜中が頭をかいた時、彼方から車のエンジン音がした。さっと表情を引き締めて、加瀬が由未に顔を向ける。それから扉を目で示した。

両開きの扉は塀と同じ色の板張りで、外は見えない。

加瀬にうなずき、由未が扉へ向かった。ゴム毬が弾むような、元気な歩みだ。もうひとり、若い刑事も歩き出し、由未とふたりで両開きの扉を内側に引き開けた。

5

浜中たちのいる貸別荘に、ほどなく車が入ってきた。ダイハツのシャレードという小型車だ。シャレードは駐車場に停まり、三人の男女が降りた。

「ご足労おかけします」

ここにいる刑事たちの中で、もっとも年配の加瀬が、代表してそう言った。三人は小さく首を左右に振り、それから名乗る。

三十代前半の、やや太り気味の男性が喜多村雄二。

雄二よりふたつ三つ若い女性が喜多村真知子。

六十代の、穏やかな目に眼鏡の似合う理知的な男性が喜多村俊郎。

三人の表情は一様に硬い。

彼らの気持ちを思い、浜中の胸に痛みが走る。

佐月愛香が誘拐されて、犯人の要求どおりに駐車場を掘ったら、女児の死体が出た。

死体の着衣を佐月高秀と奈緒子に見せたところ、ふたりはたいへんな反応を示す。高秀と奈緒子の姪が、同じ服を着ていたというのだ。

姪の名は喜多村美穂。昨年四月に、ここでいなくなったという。その時の様子を詳しく知るため、浜中たちはこの貸別荘へきた。

美穂は雄二と真知子の子であり、雄二の実父である俊郎にとって孫にあたる。その美穂の服を着た死体が出たのだ。捜査協力を惜しむはずもなく、三人はここへ駆けつけた。

佐月高秀と奈緒子、それに愛香は、今日の午前中に退院している。

彼らもここへくると言ってくれたが、愛香の気持ちを思えば、まずは自宅で静養だろう。三人は佐月家に帰った。

　雄二と真知子に確認し、美穂が通院していた歯科医院は判明済みだ。美穂のカルテを入手して、死体の歯の治療痕との照合が、そろそろ始まっているかも知れない。

「早速ですが、当時の出来事を話してください」

　加瀬が言った。しおれかけた花のように、痛々しくうつむく真知子に目を向けてから、雄二が首肯した。精力的で、いかにも仕事のできそうな雰囲気だが、今、雄二の面持ちには、隠しようのない不安と哀しみが浮かぶ。

「昨年四月、私たちは一泊二日の予定で、この貸別荘にきました。ちょっとしたつてがあって、安く借りられたものですから」

　と、雄二が語り出した。

　佐月高秀、奈緒子、愛香は、安中市内の一戸建てに住む。

　喜多村雄二、真知子、美穂は、安中市内の賃貸マンションに入居中だ。

　妻の弥生を亡くし、俊郎は古びた家にひとりで暮らす。この家は安中市内の、碓氷川を望む高台にあって、雄二と奈緒子はここで生まれたという。

　三世帯すべて安中市内だ。頻繁に行き来があり、みな親密で、特に奈緒子と真知子は血の繋がった姉妹さながら仲がよい。

　美穂は高秀や奈緒子を「おじちゃん」「おばちゃん」と呼び、愛香は雄二と真知子を友だちよろしく「ちゃん」づけで呼び、それぞれによく懐いていた。

昭和六十年四月十三日、土曜日の早朝。雄二は真知子や美穂とともに、喜多村家所有のシャレードで、佐月家に行った。

佐月家の人たちは準備万端、家族三人ですぐセドリックに乗り、二台の車で俊郎が住む実家に向かう。

俊郎も軽自動車を持っているが、三台で北軽井沢へ行くのは不経済だし、ひとりで運転するのもつまらない。俊郎は高秀の車に乗り込んだ。

高秀が運転するセドリックの助手席に奈緒子、後部座席に俊郎と愛香。

雄二がハンドルを握るシャレードの助手席に真知子、後部座席に美穂。

この時点で美穂は赤いスカートを穿き、フリルつきの長袖シャツを着用していた。後閑城址公園で見つかった死体と同じ衣服だ。

また美穂は当時、赤いバンダナをスカーフふうに、よく首に巻いた。防寒というよりおしゃれのためで、この日も巻いたという。

二台の車は安中市を出発、七人とも北軽井沢へ行くのは初めてだから、会話は弾み、とても楽しいドライブになった。そして午前十時過ぎ、この貸別荘に到着する。

二台の車を敷地内の駐車場に停め、扉を閉めれば親しい家族だけの空間だ。愛香と美穂は大いにはしゃぎ、庭を転がるように走り、ログハウスの中を駆けまわったという。

浜中はログハウスに目を向けた。高床式で、北面の東端に六段ほどの外階段がある。それをあがると玄関扉だ。

雄二たちがここへくる前に、浜中たちは室内を見た。その様子を浜中は思い出す。

玄関扉を開けると、その先が居間だ。玄関と居間の間に廊下や壁はなく、目隠し代わりに洒落(しゃれ)た木の衝立が、沓脱ぎのすぐ先に立つ。

居間は建坪の、およそ三分の二を占めるだろう。八人から十人で囲める立派な食卓が、中央にどっしりとある。けれどほかに家具はなく、大きな食卓があってなお、広々として見えた。

居間以外の部屋は西の壁に沿って並び、北から洋室、台所、浴室、トイレ、布団などを入れる納戸と続く。

また、衝立によって居間から少し隠れているが、玄関の左手に階段があった。手造りふうの木の階段で、まっすぐにこれをあがれば屋根裏部屋に行ける。屋根裏部屋は二坪ほどの広さがあった。

雄二の話が続く。

やがて愛香と美穂が少し落ちつき、奈緒子と真知子は台所に入った。

午前十一時半頃。七人で食卓を囲み、昼食を取った。食事が終わり、みなであと片づけをする。

それから奈緒子と真知子は、ログハウスの居間に布団を敷き始めた。愛香と美穂を昼寝させるためだ。ベンチでくつろぐと言い、高秀は庭へ降りる。

「ログハウスには、六畳ほどの洋室があります。やり残した仕事があったので、私はひとりで洋室に入りました。父さんは確か屋根裏だよね？」

と、雄二が俊郎に目を向けた。

知性の滲む俊郎の面貌にも、哀しみの影が濃い。まだ断定されていないが、美穂の死を受け入れつつあるらしく、その双眸にはあきらめの色が宿っていた。

俊郎が口を開く。

「屋根裏部屋にあがり、本を手に横になりました。毎日必ず読むものですから。けれどいくらも読まないうちにうとうとし、いつの間にか居眠りしていたようです」

「そうですか」

加瀬が応え、真知子に水を向けた。真知子が言う。

「早起きして、それからうんとはしゃいだからでしょう。布団に寝かせると、美穂と愛香はすぐに寝息を立ててました」

「その時の美穂ちゃんの服装は？」

「赤いスカート、フリルのシャツ、あとは首にバンダナです」

そう応えて、真知子が話を継ぐ。

「ふたりがあんまり気持ちよさそうで、私と奈緒子さんも眠ってしまったのです。床を延べて五分か十分。時間でいえば十二時四十分頃には、四人ともぐっすりだったと思います」

真知子が一旦言葉を切った。嫋やかな印象の美しい女性なのだが、その容姿からぬぐいがたい哀しみが漂ってくる。真知子の声には力がなく、うしろの景色が淡々しく透けて見えそうなほど、影が薄い。

美穂がいなくなってからの心労が、真知子をこのように変えてしまったのか。だとすれば、あまりに哀しい。浜中の胸に惻隠の思いが満ちた。

真知子が言う。

「目を覚まして時計を見たら、午後一時五十分でした。よく眠ったと横を向けば、美穂がいません。まだ寝ている奈緒子さんと愛香を起こさないよう、私は静かにその場を離れ、まずはトイレを覗きました。しかし誰もいません。

続いて玄関へ行くと、美穂の靴がなかったのです。それで私は庭に出ました。美穂は庭で遊んでいる。そう思ったのですが……」

美穂は庭にいなかった。ベンチにすわる高秀に訊けば、ずっと庭にいたが、美穂は見ていないと言う。

両開きの扉は、敷地を囲う塀の北面にある。高秀がすわるベンチはログハウスの南にあって、ログハウスの玄関は北を向く。

美穂が玄関からログハウスを出て、そのまままっすぐ北へ歩き、両開きの扉を開けて外へ行っても、高秀にはその様子が見えないのだ。両開きの扉は板張りで軽く、子供でも開閉できる。そして鍵や閂(かんぬき)はない。

「風が吹けば、辺りの梢が揺れる。その音に紛れてしまえば、扉の開閉音に気づかなかった恐れはある」

高秀がそう言って、しかし外へ美穂を捜しに出る前に、真知子たちはログハウスの中を見ることにした。

大人を驚かすために、美穂はどこかへ隠れたのではないか。あまり悪戯(いたずら)をする子ではないが、旅行にきた高揚感も手伝って、そんな悪さをしたかも知れない。そう思ったのだ。

真知子と高秀はログハウスに入った。その頃には奈緒子も起きていたから、洋室の雄二に声をかけ、屋根裏部屋の俊郎を起こし、みなに事情を話す。

すると雄二が首をひねった。洋室の窓は北向きだから、庭の両開きの扉が見える。雄二によれば、扉は一度も開いていないという。

雄二が口を開いた。

「私は洋室で、机に向かって仕事をしてました。机のすぐ先が窓ですから、庭の扉が開けば気づいたはずです。扉がこちらに向かって動き、それから景色が変わるわけですから」

塀の高さは三メートルで、手がかりや足がかりになる突起はない。庭に踏み台の類いはなく、美穂が乗り越えられるはずはない。

やはり美穂はログハウスにいる。そういうことになり、五人はログハウスの中を捜した。納戸を念入りに調べ、浴室に入って浴槽まで見る。

「けれど美穂は、ログハウスにいなかったのです」

真知子が断言した。

愛香はすでに目を覚ましており、奈緒子の命に従って、おとなしく食卓の椅子にすわっていたという。

五人はその愛香を連れて、ログハウスを出て庭を捜した。高床式のログハウス。その床下を覗き込んだが美穂はいない。芝生の敷かれた庭に遮蔽物はなく、そもそも隠れる場所はない。芝はきれいで、地面を掘った形跡は一切ない。

そこで真知子は気づいたという。敷地内には二台の車があり、そこをまだ調べていない。

「セドリックとシャレードの車内を、隅々まで見ました。トランクを調べ、二台の車と地面の間を覗きました。けれどそのどこにも、美穂はいないのです」

淡々と、どこか魂の抜けた様子で、真知子が語った。

「セドリックのトランクには、何か入っていました？」

加瀬が訊いた。わずかに考えてから、真知子が口を開く。

「一枚の黒いゴミ袋の中に、灯油を入れるポリタンクがふたつ、入っていました。あとはワックスとかの洗車用具です」

「ポリタンク？」

「ああ、それは」

と、俊郎が説明を始めた。

この貸別荘にはエアコンとオイルヒーター、それに石油ストーブがある。石油ストーブを使う場合、別荘を借りた客が灯油を持参する決まりだ。

四月中旬だけれども、高原だからエアコンとオイルヒーターだけでは、寒いかも知れない。そこで高秀が車のトランクに、空のポリタンクをふたつ、入れておいたという。寒ければ近くのガソリンスタンドへ行って、灯油を買うつもりでいたのだ。

「運搬中に灯油が漏れると嫌だから。高秀君はそう言って、ポリタンクをゴミ袋に入れたのです」

俊郎が言った。

「ゴミ袋に入ったポリタンクや洗車用具、その隙間に美穂ちゃんが隠れることは？」

加瀬が問い、真知子が口を開く。

「とてもできません」

「シャレードのトランクには？」

「クーラーボックスがひとつと、川遊び用のおもちゃが少しだけです」

「クーラーボックスの中に、美穂ちゃんが入ることは？」

「容量十リットルほどの、小さなクーラーボックスですから無理です」

「そうですか。ということは美穂ちゃん、この敷地内のどこにもいなかったわけですね」

「はい」

真知子が言い、雄二と俊郎もうなずいた。

「敷地内で美穂ちゃんを捜している時、何か気づいたこと、ありませんでしたか？　些細なことでも構わないのですが」

加瀬が問うた。俊郎と真知子は記憶を手繰る面持ちを作る。

「そういえば」

と、真知子が口を開いた。

「ログハウスから庭へ出た時、なにかの臭いを嗅いだ覚えがあります」

「臭い？　具体的には」

「ゴムのような感じの、鼻につんとくる刺激臭でした」

浜中の横で夏木が、すっと目を細めた。加瀬が口を開く。

「かなり強い臭いでしたか？」

「いえ、それほどでは。その臭い、すぐに消えましたし」

「そうですか。雄二さんと俊郎さんは、臭いに気づきましたか？」

「いいえ」

雄二と俊郎が口々に応えた。

「ほかになにか、ありましたか？」

三人は首を左右に振る。

「うん、解りました。そのあとは？」

加瀬が訊き、雄二が口を開く。

「美穂は扉を開けて、外へ出て行ったのだ。洋室にいた私は、扉が開く瞬間を見逃した。そういうことになり、捜しに出ることにしました。

ですが愛香を連れて行くわけにもいかず、そうかと言って、ひとりで留守番させるのはかわいそうです。それに美穂が戻ってくるかも知れない。

そこで奈緒子と愛香が貸別荘に残り、私と真知子、父さんと高秀君の四人で、捜しに出ました」

「何時頃です？」

「午後の二時半頃だと思います」

「では実際に、行ってみましょう」

加瀬が言った。

6

ひとりの刑事に留守番を頼み、浜中たちは両開きの扉を抜けて、敷地の外へ出た。

とても広い林の中に道を整備した。そんな様子でアスファルト道が延び、左右に別荘や保養所が点々と建つ。

似た景色が続くから、美穂がひとりで林の中へでも入ってしまえば、簡単に迷子になるだろう。

「どのように捜したのです？」

加瀬が問い、雄二が口を開いた。

「とにかく手分けして、美穂の名を呼んで歩きまわろう。そういうことになり、しかしそこで高秀君が気づいたのです」

「気づいた？」

「はい」

と、雄二が話し始めた。

この近くにちょっとした崖がある。崖の下には川が流れ、よほど雨が少ない時以外、急流だ。いわくのある場所だから、気をつけろ——。

この貸別荘は、雄二のつてで借りた。つてになった人物からそう聞いて、雄二たち一行は別荘にくる前、その崖へ行ってみたという。

「大人でもちょっと怖くなる場所でした。だから愛香と美穂に、絶対ここへきてはいけないと、釘を刺したのです。

あの崖へ行ったのではないか。高秀君はそう言いました。行くなと言われると、行きたくなる。禁止されれば、やりたくなる。子供のそういう気持ちは解ります。顔を見合わせてから、私たちは崖へ急ぎました」

「行きましょう」

加瀬が言った。雄二、真知子、俊郎を先頭に、浜中たちはぞろぞろと歩き出す。

道を少し行くと十字路があり、左へ曲がれば緩やかな登り坂だ。坂を登り切って、一行は林の中の小径に分け入った。川を流れる水の音が聞こえ始める。

ほどなく視界が開け、浜中たちは崖の上に出た。巨大な神が大鉈を振るったかのように、少し先で地面がざっくり割れている。

「ここまできて、けれど美穂の姿はありません。美穂の名を呼びながら、私たちは崖の端まで行きました」

雄二が言った。慎重な足取りで、浜中たちは崖の端へ行く。端に並び立つ格好で足を止め、崖の下に目を向けた。

およそ二十メートル下に川があった。水同士が激しくぶつかり、暴れ狂い、押し合いへし合いしながら川を強引にくだる。そんな様子の、まさしく激流だ。

浜中は上流に目を向けた。川幅は十五、六メートルほどあって、水が蕩々と流れている。ところが崖の少し手前で、ぐっと川幅が狭まる。

三車線の道が、いきなり一車線になるようなものだ。水が一気に集まって、足下の激流を生むのだろう。崖はほぼ垂直で、ここから落ちたら大人でも、命に関わる。

耳を聾する水の音、川から立ちのぼるひんやりとした空気。

浜中たちは、黙って川を見おろした。高所恐怖症の夏木は、やや腰が引けている。

ほどなく一行は崖の端から離れた。加瀬がうながし、雄二が口を開く。

「落ちたと決めつけないほうがいい。そう励まし合い、私たちは手分けして、美穂を捜しました。しかし」

とてもつらそうに、雄二が話を継ぐ。

「高秀君が美穂の靴を見つけたのです」

その時の記憶が蘇ったのか、真知子はすでに青ざめている。

「どこで、です？」

静かに加瀬が訊く。雄二は歩き出し、崖の端から少し林に入ったところで足を止めた。

「ここです」

と、草むらを指さす。そこから一歩か二歩で、もう崖の端だ。

美穂はここでなにかにつまずき、靴が脱げて崖下の川に転落したのか。

浜中の胸に哀しみが、さざ波のように立つ。そのあとで浜中は、先ほどの真知子の話を思い出した。昼寝した時、美穂は首にバンダナを巻いていたという。しかし後閑城址公園で見つかった死体の首に、バンダナはなかった。あれが美穂の遺体であり、美穂がこの川に落ちたのだとすれば、激流の中でバンダナは首から外れ、どこかに流されたのかも知れない。

「あなたのつてになった人によれば、ここは『いわくのある場所』だという。そのいわく、ご存じなのですか？」

加瀬が問う。うなずいて、雄二が言う。

「この崖から川へ身を投げる人が、時折いるそうです」

「身投げですか」

「この川は少し下流で、湖に注いでいます。広いけれど、全体に水草の多い、やや濁った湖だといいます。川へ落ちた者はそこまで運ばれ、藻に搦め捕られる」

「遺体は浮かびあがってこないと？」

「はい。この崖に靴や遺書があって、身投げしたのだろうけれど、遺体が見つからない。そういうケースが多いそうです。

真知子、高秀君、奈緒子、それに父には、この『いわく』を事前に話しました。けれど怖がるだろうから、美穂と愛香には内緒にしておいたのです。

それが裏目に出た。話しておけば怖がって、美穂はここへ近づかなかったでしょう。私の判断ミスです」

雄二は痛恨の面持ちだ。

「ご自分を責めてはいけない」

柔らかい口調でそう諭し、加瀬が問う。

「靴を見つけて、そのあとは？」

「貸別荘へ駆け戻り、一一〇番通報しました。それからはもう、悪夢を見ているかのようで」

雄二が声を詰まらせた。ハンカチを目に当てて、真知子がむせび泣く。つらい沈黙がきて、美穂を呑み込んだであろう激流の音が、浜中たちを包み込む。

やがて雄二が語り出した。

パトカー二台で、八人の警察官が貸別荘にきた。雄二たちから話を聞き、警察官たちは念のために貸別荘内をひととおり調べ、それから崖や川、その周辺を捜索する。だが美穂は見つからない。

応援がきて捜索隊が組まれ、川と下流の湖を調べていく。しかし川が注ぐのは、自然にできた湖だ。ダムはなく、水量の調節はできない。湖の水を掻き出すことは不可能であり、船を浮かべての捜索しかできない。

雄二たちは、つてをとおして貸別荘の持ち主に掛け合い、一週間ほど滞在することにした。だが月曜日、高秀は会社で大切な会議がある。

日曜日の夕方、高秀はセドリックに乗って安中市へ帰った。会議を済ませ、みなの着替えなどを積み込んで、月曜日の夜に貸別荘へ戻ってくる。

その間にも捜索隊は動き続けた。みな懸命に、少女を捜す。

火曜日も水曜日も、捜索は続いた。雄二たちは仕事や家庭の都合で、五人それぞれ安中市と北軽井沢を往来しつつ、日中は美穂を捜して、夜は貸別荘で美穂の帰りを待った。

しかし美穂が失踪してから一週間後――。

「捜索は打ち切られました」

虚ろな視線を虚空に留めて、雄二が言った。少し間を置き、加瀬が続きをうながす。

「このまま北軽井沢に留まって、私たちだけで美穂を捜し続けよう。そう思ったのですが、日々の暮らしを止めてここにいられるのは、もう限界でした。うしろ髪を引かれる思いを断ち切り、私たちはここを離れたのです」

「そうでしたか」

声を落として加瀬が言った。浜中たちは、きた道を戻る。貸別荘へ着くまで、誰ひとりとて口を開かない。

別荘に着いて両開きの扉をくぐると、留守番役の刑事がこちらへきて、加瀬に耳打ちした。

「そうか」

と、目を伏せて、それから加瀬は雄二たちを見た。かすかな逡巡のあとで、重く口を開く。

「歯の治療痕の一致から、後閑城址公園の南駐車場で見つかったご遺体は、喜多村美穂さんと断定されました」

俊郎が目を見開き、雄二は唇を噛みしめた。真知子がその場にくずおれて、介抱のために由未がしゃがみ込む。

7

「まずは佐月愛香誘拐事件から行くか」

安中警察署の大会議室。幹部席の真ん中で、泊捜査一課長が言った。午後八時を過ぎて、捜査会議が始まったのだ。浜中は夏木とともに、最後列の席にいる。隣の席には加瀬達夫と希原由未の姿があった。

大会議室には、昨日よりも捜査員の数が多い。

愛香と美穂は従姉妹であり、そのひとりが死んで、一年あまりのちにもうひとりが誘拐された。親族の間で起きたふたつの事件。その重大さに群馬県警は、県警本部からさらにもう一班、捜査一課六係の捜査員たちを呼び寄せたのだ。

人いきれのする大会議室。その入り口脇には、俗に戒名といわれる、事件名を記した看板が立つ。「佐月愛香誘拐事件、身元不明者死体遺棄事件」、昨日までそう書かれていたが、「佐月愛香誘拐事件、喜多村美穂死体遺棄事件」に書き換えられた。

先ほど大会議室へ入ろうとして、新しい看板に目を留め、浜中は痛ましさばかりを覚えた。わずか四歳で、美穂はその生涯を閉じたのだ。

与田管理官の指名を受けて、鑑識のひとりが起立して口を開いた。

「誘拐犯の指示書は三通。時間をかけて一文字ずつ、すべて定規を当てて書いたと推測されます。字を書く際の癖はきれいに消えており、筆跡鑑定からの犯人特定は難しいでしょう」

別の鑑識が報告をする。

「佐月愛香の前歯の歯間に挟まっていた、一本の白い糸。分析した結果、脱脂綿だと判明しました」

「そいつはまた、妙なものが出てきたな」

泊が言った。浜中も首をひねる。そうしながら夏木に目を向ければ、彼の双眸には針のように鋭い光があった。脱脂綿に、心当たりがあるのだろうか。

鑑識が着席し、安中署の鈴木という刑事が起立した。人がよくて話し好き。そんな印象の中年男性だ。

「佐月愛香の監禁場所付近で、目撃情報が取れました」

しっかりとした声で鈴木が言い、座が色めき立つ。咳払いを落とし、鈴木が話を続ける。

「監禁場所である河田家は、県道から脇道に入った少し先にあります。そこからさらに二百メートルほど行くと民家があって、ここが河田家の隣家です。かなり離れていますが。

その家に住む四十代の女性が、今年三月頃、河田家前に停まる不審な車を見たそうです」

「不審ってのは？」

泊が問い、鈴木が応える。

「女性はその日、午前中に自家用車で出かけ、帰宅するため昼前に、河田家の前をとおった。そうしたら河田家近くの道端に、白い乗用車が一台、ひっそり停まっている。

それほど気にせず女性は帰宅し、昼食を取って一休みしたのち、再び出かけた。すると同じ場所に車がまだいる。

あのあたりに店や観光地はなく、道から入れるハイキングコースもないから、車が停まっているのは珍しい。行き過ぎる時に速度を落とし、女性は車内に目を向けた。運転席に男性がいて、帽子で顔を隠すようにしている。

ちょっと嫌だなと思いつつ、女性はとおり過ぎた。そしておよそ二時間後に帰宅。その時にはもう、車はなかったといいます」

泊が訊いた。

「車に乗っていたのは、どんな男性だった？」

「男性は帽子をかぶっており、ちらと目をやっただけなので、人相はよく解らず、覚えていないそうです」

「年齢は？」

「三十代から五十代、もしかすると六十代と、ひどく曖昧な答えでした」

「三か月前に一瞬見ただけだ、仕方ねえやな。だが収穫だぜ、ご苦労さん」

泊が言い、鈴木が着席した。与田の指名を受けて、別の刑事が起立する。

愛香が監禁されていた部屋には、様々な品物があった。そのひとつひとつの出所を探る班だ。

「あの部屋にあった品物は、すべて新品です。珍しいものは一切なく、今のところなにひとつ、入手経路は特定できていません」

「根気のいる作業だが、引き続き頼む」

「はい」

と刑事が着席した。別の刑事の報告が続く。

「河田家の所有者である河田次郎。その河田と佐月家に接点はなく、遺恨や因縁もなさそうです」

泊がうなずき、そのあとで与田が二係の川久保を指名した。

浜中たちが貸別荘へ行っている間、川久保と住友は佐月家で、高秀、奈緒子、愛香に話を聞いたはずだ。

立ちあがり、川久保が口を開いた。

「およそ半月前、高秀と奈緒子は離婚届を提出しました。佐月高秀と佐月愛香の親子。そのふたりが住む佐月家に、喜多村奈緒子が同居している。それが佐月家の実情です」

と、川久保が話を続ける。

離婚に端を発した誘拐事件かも知れない。川久保と住友は離婚に関する協議内容を、高秀や奈緒子から詳しく聞いた。

離婚を言い出したのは奈緒子だ。しかし高秀は貯金の半分を、慰謝料として奈緒子に払うと言った。だが、愛香の将来のために貯蓄は必要だからと、奈緒子は固辞する。

「悪いのはすべて自分。奈緒子はそう言い、慰謝料は一切受け取らないと決めています。

佐月家には車が二台あり、その一台の軽自動車。それだけを高秀から譲り受け、身のまわりの品を軽自動車に積んで、いずれ俊郎のいる実家に戻る予定とのことです」

「そうか」

「はい。一方高秀は、『奈緒子が居たいだけこの家に居ればいい。そして実家へ戻ったあとも、いつ帰ってきても構わない』と言っていました。

三人での暮らしを望む高秀の様子に、柄にもなく私まで切なくなって……」

しんみりと川久保が言った。その背を見ながら、浜中は思いを巡らす。

せっかく家族になれたのに、様々な思いに翻弄されたであろう高秀と奈緒子。けれどもっともつらいのは、愛香ではないだろうか。

「ともかくも高秀と奈緒子に、離婚を巡っての諍(いさか)いは一切ない。私にはそう見えました」

と、川久保が報告を終えた。続いて与田が、住友を指名する。

「弥次(やじ)さんのあとは喜多(きた)さんかい」

そう言う泊に生真面目な表情で一礼し、住友が口を開いた。

「私は愛香ちゃんに話を聞いてみました」

と、話し始める。

監禁場所で愛香が目を覚ましたのは、五月二十六日の午前九時過ぎ。浜中たちが愛香を保護したのは、二十七日の午後三時四十五分。

天窓からこちらを覗く人影以外、やはり愛香はその間誰も見ておらず、誰にも会っていないという。

不審な物音や変わった出来事も、起きなかったらしい。

「『しずかにしていなさい』と壁の張り紙にあったから、一言も声を出さなかった。

でも、おもちゃや絵本があったから、退屈しなかった。

夜はちょっと怖かったから、部屋の明かりをつけたまま寝た。

翌日お父さんやお母さんに会えた時は、ほんとうに嬉しかった。

これが愛香ちゃんの言葉です。

今回の誘拐事件が愛香ちゃんにとって、深い心の傷にならないよう、祈るばかりです」

そう結び、住友は着席した。座の空気が少し重くなる。

8

「喜多村美穂死体遺棄事件に移る」

しじまを払って、泊が言った。浜中たちとともに北軽井沢の貸別荘へ行った刑事が、喜多村雄二、真知子、俊郎から聞いた話を詳しく語る。

「喜多村家の人々とは貸別荘で別れ、その足で北軽井沢を管轄する長野原警察署へ行きました。雄二の証言どおり、昨年四月に喜多村美穂の捜索を行っていました。それから今日現在まで、貸別荘付近や川、湖などで、美穂らしき死体が見つかったという報告は、ないそうです」

そう結び、刑事は着席した。難しい表情で、泊が首筋をかく。ざわめきが広がり始めた。

長野原警察署からの帰路、浜中たちが抱いた奇妙な思いを、みな感じつつあるのだろう。

与田が鑑識の鶴岡を指名した。立ちあがり、鶴岡が口を開く。

「後閑城址公園の南駐車場で見つかった、喜多村美穂の遺体。その着衣に男性体液の付着はなし。ですが水草が四種類、付着していました。どれも淡水系の水草です」

「湖や川に生える草ってことか」

「はい。そして四種類すべて、北軽井沢の貸別荘近くの川と湖に、自生していることが判明しました」

「相変わらずお前さんは、仕事が早いな」

「恐縮です」

と、鶴岡が着席した。一同を見渡して、泊が口を開く。

「推測混じりになるが、ちょっとまとめてみるぜ。

昨年四月、喜多村雄二たち七名で、貸別荘へ行った。昼寝の間に美穂が目を覚まし、ひとりで庭へ降りて外への扉を開ける。

奈緒子と真知子は寝ており、雄二は洋室、俊郎は屋根裏部屋、高秀は庭にいた。洋室の窓から扉は見えるが、美穂が扉を開けたところを雄二は見逃した。高秀がいたベンチからは、ログハウスに邪魔されて扉が見えない。

誰にも気づかれず、美穂は外へ出た。行ってはいけない崖。好奇心から美穂はそこへ行き、草むらで何かにつまずき、川に転落した。そして靴が草むらに残った。

美穂は激流に呑み込まれて、溺死。それから近くの湖へ流される。だが水中の藻に搦め捕られ、浮きあがってこない」

一同を見渡して、泊が話を継ぐ。

「そのあと何者かが、湖かその周辺で、美穂の死体を見つけた。しかしどうしたわけか警察に届けず、直線距離で二十キロ以上離れた安中市の後閑まで運ぶ。そして当時は私有地だった、後閑城址公園の南に埋めた。あたかも土中に遺体を隠すかのように。

これまでに判明した事実、現場に残った美穂の靴、着衣の水草、関係者の証言。それらをひっくるめて考えれば、そういうことになる」

息を落として、泊が話を継ぐ。

「ひとりで美穂の遺体を運んで埋めたのか、それとも複数の人間によるものなのか、解らない。ともかくもその作業に関わった者以外に、美穂の遺体が後閑城址公園の駐車場に埋まっていることを知る人物がいた。

そしてのちにその人物が、警察に美穂の遺体を掘り出させるべく、佐月愛香誘拐事件を起こした」

泊が腕を組む。

泊の言葉どおりであれば、誘拐犯からの奇妙な要求の謎は、これで解けたことになる。だが浜中は、事件の構図に引っかかりを覚えた。加瀬の隣で、由未も首をかしげている。

少しだけ悩ましげな面持ちで、泊が加瀬に目を向けた。立ちあがり、加瀬が言う。

「誘拐事件など起こさず、たとえば匿名で警察に連絡し、後閑城址公園の南駐車場に死体が埋まっていると告げればいい。

その話に多少なりとも真実味があれば、とりあえず警察は地中レーダーを使って調べるでしょう。そして異変が見つかれば、駐車場を掘る。

しかし誘拐犯は、警察は簡単に動かないと思い込んでいたのでしょう。昨秋、あんなことがありましたから」

浜中はすぐに思い出す。昨年の十一月に群馬県警は、とある男性の死を自殺と処理した。しかしのちに他殺と判明し、マスコミにあれこれ取り沙汰されたのだ。

警察は人手不足で現場はたいへん忙しく、事件を増やしたくないという思いがあるのでは——？

そんなふうに書き立てた週刊誌もあって、誘拐犯はそういう記事を読んだのかも知れない。

与田が口を開いた。

「だとしても、誘拐事件まで起こすでしょうか？」

すると加瀬が、じっと泊を見た。泊も目をそらさない。束の間ふたりは目で何か語り合い、それから泊がわずかに目を伏せた。

加瀬が腰をおろし、泊が口を開く。

「悪いが会議を、ここで打ち切りたい」

ざわめきが起きた。

「一晩だけ、時間をくれ」

苦い面持ちで、泊が言った。

9

与田管理官が閉会を宣言し、泊たち幹部は大会議室をあとにした。席を立つ者、すわったまま隣に話しかける者、うつむいて沈思する者。それぞれに振る舞う刑事や鑑識の表情は、やはりいつもと違う。

「どうします？」

と、浜中は夏木に声をかけた。すると加瀬がこちらへくる。

「どうだ、夏木」

そう言って加瀬は、盃を口に運ぶ仕草をした。

「いいですね」

夏木が賛同し、浜中もうなずく。尻切れトンボに会議が終わり、物足りない思いなのだ。

「では、私も！」

明るい声で由未が言った。笑みを浮かべて、夏木が口を開く。

「希原はジュースだな。未成年に酒を飲ませるわけにはいかない」

「こう見えて、二十五歳です」

「二十五歳の中学生か」

「まったくもう」

と、由未が口を尖らせた。

「言っておくが、割り勘だぞ」

そう言って、加瀬が歩き出す。

浜中たちは安中警察署を出て、徒歩で盛り場へ向かった。一軒の居酒屋の前で足を止め、慣れた様子で加瀬が扉を開ける。彼に続いて暖簾をくぐれば、明るくて小奇麗な小料理屋だ。

「奥の座敷、空いてるかい？」

和服の女性店員に、加瀬が訊いた。

「ええ、さあどうぞ」

店員が応える。カウンターと小あがりの間をとおり、浜中たちは座敷に入った。落ち着いた雰囲気の和室で、長方形の座卓を六つの座椅子が囲む。

加瀬と由未が並んですわり、浜中と夏木は向かいの席に着いた。浜中の真向かいに由未だ。

「まずはビールか？」

お手ふきを使いながら、加瀬が言う。浜中たちはうなずいた。料理は見つくろってもらうことにする。

ほどなくビールと、おとおしがきた。小ぶりなグラスに注ぎ合い、浜中たちはそれを掲げる。乾杯はせず、グラスを口に運んだ。

北軽井沢へ行き、所轄署へ寄り、安中警察署に戻ってから書類に追われ、そのあと捜査会議だ。疲れた体にビールがうまい。

浜中はビールを飲み干した。目の前の由未も、一気にグラスを空ける。その姿を見て、思わず浜中は呟いた。

「中学生なのに」

すぐに手で口を押さえたが、時すでに遅い。

「酔って絡みましょうか」

真顔で由未が言う。

「いやあの、勘弁してください」

「冗談ですよ」

そう言って、由未がふわりと笑う。

そのうちに、料理がいくつか運ばれた。

「ごゆっくり」

と、店員がふすまを閉めれば、室内には四人だけだ。事件の話をしても、漏れ聞こえることはないだろう。

「泊捜査一課長は、なぜ会議を打ち切ったのでしょうか？」

居住まいを正して、由未が問う。加瀬がグラスを置き、口を開いた。

「管理官も言っていたが、どれほど駐車場を掘らせたくても、誘拐までするのは普通じゃない」

「ですよね」

「だがな、希原。『とある事柄』に疑心を抱けば、誘拐という事実を受け入れることができる」

「『とある事柄』ですか」

「考えてみろ」

「はい」

と、由未が思案げに、首をひねった。夏木はとうに気づいている表情だ。しかし浜中には解らない。

浜中は事件に思いを巡らせた。やがてふっと、ある考えが降ってくる。

首を左右に振り、浜中はその怖い考えを打ち消そうとした。だが、消えるどころかじわじわ膨らみ、それこそが「とある事柄」だという確信さえ、抱いてしまう。

「もしかして」

由未が呟いた。浜中と同じ結論を得たのだろう。由未の優しい顔立ちが、哀しみに染まる。

「ふたりとも、気づいたようだな。そう、美穂の死だ」

言って加瀬が瓶ビールに手を伸ばした。手酌でグラスに注ぎ、苦い面持ちで一口飲む。いたたまれないような沈黙の中で、浜中は思いを凝らせた。

美穂が川へ転落し、その遺体を誰かが見つけて、後閑へ運んで埋めた――。

先ほどの会議で泊はそう言った。取り巻く状況から、そう考えるしかないのだけれど、するとひとつ疑問が生じる。

美穂が転落による溺死、つまり事故死であれば、遺体を見つけた人物は、警察へ届けたはずだ。やましいところはないのだから。

けれどそれをせず、土を掘って死体を埋めた。なぜ警察に告げず、死体を隠したのか。

美穂の死に疑心を抱けば、その疑問は消える。

虚空に視線を置く加瀬を見てから、夏木がしじまを破った。

「昨年四月。喜多村雄二、真知子、美穂。佐月高秀、奈緒子、愛香。それに喜多村俊郎の七人で、あの貸別荘へ行った。

その中の誰かが過って、美穂を死なせてしまう。あるいは殺意を抱いて殺す。そしてその死を隠すため、美穂を埋めた」

美穂の遺体には外傷や、骨の陥没痕はなかったという。だが毒殺であれば骨に傷は残らないし、絞殺の場合でも、首まわりの舌骨や甲状軟骨は骨折しないことが多い。

ビールを飲み干して、加瀬が言う。

「さっきの会議で泊は、美穂は転落による溺死だと言った。だがもちろん泊も、このことに気づいている」

由未が加瀬に問うた。

「状況として、美穂ちゃんは転落による溺死に見える。けれどこれまでの流れを考えれば、他殺かも知れない。どちらなのか見極めるため、課長は会議を打ち切ったのでしょうか？」

「違う」

「違う？」

「ああ。泊は美穂の死を過失死、あるいは殺人と断じている」

浜中は思い出す。捜査会議で加瀬と泊は、しばらく視線をぶつけ合った。あの時ふたりは無言の中で、美穂の死について語り合ったのだろう。

10

加瀬が言う。

「貸別荘でのこと、ちょっと整理してみるぞ。

喜多村俊郎、雄二、真知子、美穂、佐月高秀、奈緒子、愛香は午前十時過ぎに貸別荘へ到着。午前十一時半頃、ログハウスで揃って昼食を取った。

そのあと俊郎は屋根裏部屋で読書とうたた寝。真知子、奈緒子、美穂、愛香は居間で昼寝。雄二は洋室で仕事、高秀は庭のベンチ。

午後二時前、真知子が目を覚ましてみれば、横で寝ていたはずの美穂がいない。敷地内をくまなく捜すが見つからない。そこで奈緒子と愛香を留守番にして、雄二たちは貸別荘を出た。

一行はいわくのある崖へ行く。すると近くに美穂の靴が落ちており、川へ転落して湖へ流されたとみられる。雄二たちは貸別荘へ駆け戻り、警察へ連絡した」

ビールで喉を湿らせて、加瀬が話を継ぐ。

「この流れの中のどこかで、五人の誰かが美穂の死に関与したのだろう」

「あの」

と、浜中は口を開いた。

「昼寝の途中で美穂ちゃんは目を覚まし、貸別荘の外へ出た。そこへ変質者がとおりかかり、美穂ちゃんを攫う。靴を崖の近くに置いて転落したように見せかけ、変質者は美穂ちゃんをどこかへ連れて行く。

そのあと変質者は美穂ちゃんを殺害し、後閑城址公園の近くに埋めた。けれど美穂ちゃんが忘れられず、従姉妹に愛香ちゃんがいるのを知り、悪戯目的で誘拐する。そして美穂ちゃんを殺害したという自分の犯罪を誇示するため、後閑城址公園の駐車場を掘らせた……。

「やっぱりちょっと、苦しいですよね」

身内が美穂を死なせた。それはあまりに切ないから、変質者の仕業という筋書きを、思いつくまま述べた。

だがやはり、細かい点で無理がある。美穂の着衣に男性体液の付着はなく、愛香は暴行されておらず、それどころか監禁中、誘拐犯は愛香に接していない。時折窓から愛香を見張っただけだ。

美穂の遺体を埋めておきながら、のち、犯行誇示のために掘らせるというのも、流れとして強引だろう。掘る作業に高秀は必ず加われという指示の理由にも、説明がつかない。

夏木が言う。

「変質者による犯行か。なくはないが、五人の誰かが美穂を死なせ、土地勘のある安中市内の後閑城址公園近くに埋めたと見る方が、無理はないだろう」

「ですよね」

「五人の中の誰かだとして、まず考えられるのは?」

と、加瀬が由未に目を向けた。テスト用紙を睨む中学生のような表情になり、少考してのち、由未が応える。

「昼食後、真知子さんたちは昼寝して、その間雄二さんは洋室にいたといいます。洋室の窓からは扉が見えて、それは一度も開いていない。つまり昼寝の最中、美穂ちゃんは別荘の外へ出ていない。

でも逆に考えれば、扉を見ていたのは雄二さんだけです。

たとえば美穂ちゃんが昼寝から目を覚まし、真知子さんや奈緒子さんはまだ寝てるから、ひとりでそっと洋室へ行った。

遊んで欲しいと雄二さんにせがみ、そこで何かが起きて、雄二さんは美穂ちゃんを死なせてしまう。遺体を抱えて、雄二さんは洋室の窓から外へ出る。庭を直進し、そっと扉を開ける。庭には高秀さんがいるけれど、ログハウスの向こう側だから、雄二さんの動きは見えません。

外へ出た雄二さんは、のちに捜索隊が組まれても調べないと思える場所。たとえば使われていない別荘の台所、その冷蔵庫の中などに美穂ちゃんの遺体を隠す。

そのあと一週間続く捜索の中で、雄二さんたちは安中市内の自宅と貸別荘を往来したそうです。隠しておいた美穂ちゃんの遺体を車に乗せ、帰宅途中に後閑へ埋めることはできます」

時に考え込み、言葉を探しながら由未が言った。

「確かに雄二さんであれば、可能ですよね。すごいですよ、希原さん」

と、浜中は感心しつつ、由未に目を向ける。

「勝った」

右手をグーにして、由未が小声で呟いた。勝ち負けではないと思うが、浜中は口にしない。

「雄二以外はどうだろうな」

加瀬が浜中に水を向けてきた。興味津々の面持ちで、由未がこちらを見る。その視線を感じながら、浜中は口を開いた。

まずは美穂殺害の機会について、考えながら話していく。

昼寝中に美穂が起き、その気配を感じて真知子と奈緒子のどちらかが目を覚ます。ほかの人たちが寝ていれば、殺害は可能だ。昼寝のふりをして、ほかの三人が寝入ったあとで、睡眠中の美穂を殺すこともできる。

美穂が屋根裏部屋へ行く。それとも俊郎がこっそり屋根裏部屋から降りて、寝ている美穂を殺す。これもできる。庭にいた高秀も同様。

殺人ではなく過失致死かも知れないが、いずれにしても五人全員に美穂殺害の機会はある。

「でもそこから先が問題です」

浜中は言葉を続ける。

扉は雄二の視界に入っている。扉から美穂の遺体を外へ運び出せば、まず雄二に気づかれる。

だが貸別荘の塀は三メートル。手がかりや足がかりになる突起は壁面になく、別荘内に梯子はない。

「美穂ちゃんの遺体を背負い、あるいは抱く。その状態で塀を乗り越えるのは、難しいと思います。庭のセドリックかシャレードの上に乗れば、塀を乗り越えられるかも知れません。けれど車の屋根に、足跡やわずかなへこみが残る恐れはあります」

「殺害は全員可能。だが雄二以外は、遺体を敷地外へ運び出すのに苦労する。今の段階では、そんなところか」

加瀬が言い、夏木が口を開く。

「五人全員で、口裏を合わせたのかも知れませんね」

「その可能性もある」

と、加瀬が引き継ぐように、話し始めた。

「喜多村雄二、真知子、俊郎、佐月高秀、奈緒子。この中の誰かがあの日、貸別荘内で美穂を死なせてしまう。

美穂の死を隠し、失踪に見せかけよう。誰かが提案し、まずは五人でしっかり口裏を合わせた。

美穂の遺体をセドリックのトランクに隠し、みなで貸別荘を出て、美穂を捜すふりをする。美穂の靴を崖近くの草むらに置くという小細工を弄し、美穂がいなくなったと所轄署に連絡。

翌日、高秀はセドリックで安中市内の自宅に戻ったという。途中で後閑に寄って、美穂の遺体を埋めた」

疑うのが刑事の仕事だ。それでも加瀬の言葉を耳にしながら、浜中は少しやるせなくなった。

だが——。

浜中は由未に視線を注ぐ。由未の父のように駐在所勤務に就けば、人を信じるのが仕事になるかも知れない。

たぎるほどの駐在への憧憬。その浜中の熱い思いが伝わったのか、由未がわずかに頬を赤らめた。

11

浜中たちはそれからしばし、無言でビールや料理を口に運んだ。そのあとで加瀬が言う。

「さて、泊課長が会議を打ち切った理由だが、希原、もうお前も薄々気づいているはずだ」

「でも、それはあんまりです」

哀しい旋律のように、由末の口から言葉がこぼれ落ちた。

夏木が言う。

「喜多村雄二、真知子、佐月高秀、奈緒子、喜多村俊郎。この五人か別の親族の中に、愛香を誘拐した人物がいるかも知れない」

その言葉を浜中は、心の中で噛みしめてみる。

佐月愛香誘拐事件は、営利目的ではなかった。美穂の遺体を掘り出させて、死の真相を明らかにする。それが誘拐犯の目的だろう。

だとすれば、美穂失踪時の状況を知らない人や、美穂と無関係の人が、この事件に手を染めるだろうか。

美穂と縁もゆかりもない人が、美穂の失踪や、その遺体が土中にあることを知ったとする。しかしその人が美穂の遺体を掘り出させるため、愛香を誘拐するとは思えない。

他人の犯行ではない。そう断定することなどできないが、今回の事件はいわば、美穂のための誘拐なのだ。犯人は美穂に近いところにいると思わざるを得ない。

美穂に深い愛情を抱く人物。その人物は後閑城址公園の南に、美穂が埋まっていることを知った。あるいは推測する。

なんとか美穂の遺体を掘り出させたい。そう思って懊悩し、ついに常軌を逸して誘拐という、とんでもない手段に出た。

そんな犯人像が、浜中の胸中にふっと浮かんで消えた。美穂への愛が源泉の、骨肉の誘拐劇かも知れない。

「佐月家や喜多村家と一見無関係の人物が、何らかの思惑を秘めて愛香を誘拐した。その可能性も無論あるが、まずは身内を捜査の中心に据える。そういう捜査方針でいいのかどうか、そのあたりを熟考するため、泊は一晩という時間を欲したんだろう」

と、加瀬がため息を落とした。沈黙がきて、浜中は思い出す。

先ほどの捜査会議で、愛香の歯間に挟まっていた糸は脱脂綿という報告があった。その時夏木は、何か閃く表情を見せた。

重い話題を転じたくて、浜中は夏木に問う。

「ああ、脱脂綿か」

夏木が話し始めた。

「身内が愛香を誘拐したとして、車で監禁場所まで運ぶ途中、愛香が目を覚ませばどうなるか。顔を見られたら、一発でアウトだ」

「愛香ちゃんに目隠し、したのでしょうか？」

浜中は問うた。

「だとしても、愛香が起きて泣き叫べばどうする？　声をかけて宥(なだ)めすかせば、自分の正体がばれるかも知れない。

また敏感な子であれば、たとえ目隠しされていても、一緒にいる空気感で、相手が誰かおおよそ解るかも知れない。

愛香が決して目を覚まさないよう、誘拐犯は愛香に睡眠薬を盛ったはずなんだ」

「そういうことか」

加瀬が言った。脱脂綿の理由に気づいた表情だ。だが由未は首をひねる。浜中にもまだ解らない。

「睡眠薬が脱脂綿に、どう繋がってくるのです？」

浜中は夏木に訊いた。

「佐月高秀か奈緒子が誘拐犯であれば、愛香の夕食に睡眠薬を混ぜるのは、たやすいだろう。だがそうなると夕食後、普段寝る時間よりずっと早く、愛香は深く眠り込む恐れがある。それを見て、誘拐犯ではないほうのどちらかが、不審に思うかも知れない。

だから夕食に混入しなかっただろうし、愛香が寝る前に、露骨に薬を飲ませたはずもない。

一方、喜多村雄二、真知子、俊郎が誘拐犯だとすれば、家の外から窓越しに、愛香に睡眠薬を飲ませたことになる。

誘拐犯が五人の中にいるとして、その誰であっても、愛香が自分の部屋で寝てから、睡眠薬を盛ったわけだ。さて、相棒」

「はい」

「お前が誘拐犯であれば、どんな方法を取る？」

浜中はしばし沈思し、口を開いた。

「睡眠薬を水で溶かしてスポイトに入れ、寝ている愛香ちゃんの口元に持っていくとか」

「ほかには？」

「ええと」

「あ、はい！」

と、由未が手を挙げた。

教室で挙手する中学生みたいだ。浜中はそう思ったが、もちろん口にはしない。

苦笑して夏木がうなずき、由未が口を開いた。

「睡眠薬を溶かした水を脱脂綿に含ませて、愛香ちゃんの口に当てて飲ませる」

「正解だ。それからしばらく時間を置き、睡眠薬がしっかり作用するのを待って、犯人は愛香を運び出したのだろう」

夏木が結んだ。

「そういえば愛香ちゃん」

と、由未が言う。

「普段は午前七時に起きるのに、監禁場所で目を覚ましたら午前九時過ぎ。いつもよりたくさん寝てしまったと、証言したのですよね。あれは睡眠薬のせい」

「ああ、そうだ」

夏木が応えた。

12

「愛香を誘拐した犯人は、身内の可能性もある」

幹部席の真ん中で、開口一番、泊捜査一課長が言った。

「まずは貸別荘に行った五人、それから愛香に近い親族を重点的に調べるぜ。血族以外で、美穂の遺体が後閑城址公園に埋まっていたことを知り得た者、推測できた者、そっちの捜査も併せて進める」

午前九時、安中警察署の大会議室だ。浜中は夏木とともに、最後方の席を占める。隣の席には加瀬と由未。

捜査会議に詰める面々に、泊の言葉に驚く様子はほとんどない。昨夜の捜査会議が終わったあとで、みなそれぞれ、犯人像に思いを巡らせたのだろう。

「佐月高秀、奈緒子、喜多村雄二、真知子、喜多村俊郎。この五人に、愛香を攫うことができたのか。まずはそこから行こうじゃねえか」

泊が言った。刑事のひとりが発言する。

「佐月高秀、奈緒子、愛香が住む一戸建て。喜多村雄二、真知子が入居しているマンション。喜多村俊郎が暮らす家。

すべて安中市内にあり、五人はみな親密で、頻繁に行き来があったといいます。

雄二、真知子、俊郎の三名は、夜、愛香が攫いやすい状況にあったことを、知り得たはず。そして三名とも、車を所有しています」

「高秀と奈緒子はどうだい？」

と、泊が座を眺め渡し、由未に目を留めた。すかさず与田管理官が由未を名指しする。

「はい！」

元気よく立ちあがって気をつけの姿勢をし、しかしそのあとで由未は口ごもった。見る間に顔を赤らめる。

「佐月家で、夏木が車のことを訊いただろう。それを思い出せ」

小声で加瀬が助け船を出す。ぱっと両目を輝かせて、由未が口を開いた。

「佐月家は車を二台所有しており、一台はすぐ近くの月極駐車場に停めてあります。その車を使えば、高秀と奈緒子は相手に気づかれず、愛香を攫うことが可能だと思われます！」

「そうか」

泊が言い、ほっとした面持ちで、由未が着席した。それから加瀬に目で礼を言う。

少し間を置き、泊が口を開いた。

「次の検討に入る。誘拐犯からの第一の指示書、『佐月愛香を誘拐した。追って指示を出すから自宅で待機しろ』云々ってやつだが、これは佐月家の郵便受けに入ってたんだよな」

「三つ折りにされた便箋が一枚、そのまま入っていたそうです」

与田が応えた。

「高秀と奈緒子は言うに及ばず、雄二、真知子、俊郎にも、便箋を郵便受けに入れることはできただろうな」

「ひとけのない時を見計らい、佐月家の前をとおって郵便受けに入れるだけですので」

「だな。しかし第二の指示書は、郵送されてきた。それを追っかけたのは」

「自分が郵便局で聞き込みしてきました」

安中署の守口（もりぐち）という中年刑事が応えた。そのまま起立して、説明を始める。

「佐月家に届いた誘拐犯からの便箋、その消印によって収集場所と日時が判明しています。

まず場所なのですが、消印に『富岡（とみおか）』とありました。これは郵便局が「富岡区」と呼ぶ、群馬県富岡市内の一部区域をさします。

消印の日付は『61　5.26　12-18』。昭和六十一年、つまり今年の五月二十六日、正午から午後六時という意味です。

富岡区内に設置されたポストは六十余り。五月二十六日の午前十時から午後三時の間に、そのどこかに投函された郵便物。

あるいは正午から午後五時の間に、富岡区内の五つの郵便局のどこかに持ち込まれた郵便物。ただしそこから、風景印という特殊な消印を押した郵便物は除く。

それらの郵便物に『富岡　61　5.26　12-18』という消印が押されたとのことです。なお、誘拐犯からの封筒の消印に、偽造や修正がないことは確認済みです」

と、守口が報告を終えた。富岡市は安中市のすぐ南にある。

泊が口を開いた。

「第二の指示書が入った封筒。誘拐犯はそれを、二十六日の午前十時から午後三時の間に、ポストに投函した。あるいは正午から午後五時の間に、郵便局の窓口へ持ち込んだ。ってことだよな」

「はい」

そう応えて、守口は着席した。

「住友さんよ」

泊に名指しされ、二係の住友が立ちあがる。

「監禁場所で何者かが天窓の向こうに立ち、室内の様子を覗き見ていた。愛香はそう証言したんだよな」

「ええ」

「もう一度、具体的に頼む」

手帳を開き、それに目を落として住友が口を開く。

「二十六日の日中に五、六回、誰かが天窓の向こうに立ったとのことです」

「うん、解った。

犯人が愛香を攫ったのは、二十五日の夜から二十六日未明。

第二の指示書を投函、または窓口へ出したのが二十六日の午前十時から午後五時。

監禁場所の愛香を天窓から覗いたのは、二十六日の日中。

この間のアリバイを、調べればいいってことになる」

と、泊が与田に目を向けた。与田が浜中を指名する。起立して、浜中は話し始めた。

加瀬、由未、夏木とともに浜中が佐月家に入ったのは、二十六日の午前九時頃。犯人からの第二の指示書が届いたのは、二十七日の午前十一時前後。

佐月高秀と奈緒子はその間、一歩も佐月家から出ていない。家の中には浜中たちがいたし、佐月家は三台の警察車輛により、二十四時間体制で死角なく見張られていた。

「それらの目を盗んで、富岡市内のポストに投函することや、愛香の監禁場所へ何度か行って、天窓から室内を覗き込むことは不可能です」

そう結び、浜中は着席した。泊が口を開く。

「これで五人のうち、高秀と奈緒子が消えた。残り三人、喜多村雄二、真知子、喜多村俊郎のアリバイを確認してくれ。

佐月高秀は先妻を亡くし、それから一時期、高秀の実母が愛香の面倒を見たという。高秀の両親も、当たっておいた方がいい。

あとは真知子。彼女の両親にとって美穂は孫だ。こちらも調べてくれ。それ以外にも親族がいるかどうか。

それと後閑城址公園の駐車場で見つかった死体。こっちも昨日、喜多村美穂と断定されたばかりだ。ほかにも仕事は山ほどある。さあお前さんたち、飛びまわってくんな」

「はい」

声を揃えて一同が応え、会議は終わった。

13

浜中と夏木がいる高台に、心地よい風が吹き抜けた。碓氷川にさざ波が立ち、そのひとつひとつが陽光を跳ね返し、水面に無数の輝きが浮く。

「さて、行くか」

夏木の言葉にうなずいて、浜中は近くの家に目を向けた。屋根、門扉、壁。ここで暮らした人たちの残滓が滲み出るような、古びた二階屋だ。

「喜多村」と表札があった。この家で喜多村雄二と奈緒子が生まれ育ち、今は喜多村俊郎がひとりで住む。

浜中は呼び鈴を押した。ほどなく玄関扉が開いて、俊郎が顔を覗かせる。痩せた顔に眼鏡をかけ、七三に分けた髪はやや薄い。

ひとりで静かに思考に耽る。それがとても似合いそうな雰囲気だ。

「先日はどうも」

夏木が言った。

「あの時の警察の方」

と、俊郎が頭をさげてきた。

先日、北軽井沢の貸別荘で会った時、警察の人間は十数名いた。数が多すぎて、俊郎たちにひとりずつ名乗っていない。

浜中と夏木は警察手帳を掲げ、俊郎に名を告げた。

「今、よろしいですか？」

夏木が言う。

「なにかあったのですか？」

戸惑いの面持ちで、逆に俊郎が問う。

「いえ、特には。ちょっとお話を伺えればと思いましてね」

「そうですか。多少散らかっていますが、それでもよろしければ」

と、俊郎が扉を大きく開ける。

「済みません」

そう言いながら、浜中と夏木は玄関に入った。すぐ先に廊下があって、その右手の電話台に、黒い電話機が鎮座している。

俊郎が電話台の扉を開けて、スリッパをふたつ並べてくれた。浜中と夏木は礼を述べて廊下にあがる。

和室へとおされた。座卓の前にすわるよう、浜中と夏木にうながしてから、俊郎が部屋を出て行く。

座卓は正方形の、炬燵ほどの大きさだ。夏木がすわり、その右斜め前の座布団に、浜中は正座した。

障子は開け放たれて、縁側の向こうの掃き出し窓から、陽光がさし込んでいる。だが、部屋はどこから寂しい。明暗でいえば明だが、陰陽でいえば陰。そんな雰囲気があった。

「ほう」

と、夏木が上に目を向けた。つられて顔をあげれば、鴨居の所に賞状がずらりと並ぶ。皆勤賞、夏休みの自由研究の優秀賞、短歌大会の入賞状、卒業証書。喜多村雄二と喜多村奈緒子に贈られたものばかりだ。雄二は切手集めが趣味なのか、使用済みの切手で作った貼り絵の賞状もある。

盆を手に俊郎が戻ってきた。浜中の正面にすわり、それぞれの前に湯飲みを置く。

「お楽に」

俊郎が言った。

「失礼」

と、夏木があぐらをかく。だが俊郎は正座だから、浜中は足を崩さないことにする。

「喜多村家の歴史、ですね」

賞状を示しながら、夏木が言った。

「もう仕舞って欲しいと、息子や娘によく言われますがね」

「家族の宝物でしょう。飾っておいたほうがいい」

お世辞でもなさそうな、夏木の口調だ。妻を亡くした夏木に、子供はいない。家族への憧憬があるのだろうか。

俊郎が小さく笑い、夏木が口を開いた。

「ところで喜多村さん、ご職業は？」

「二年前に定年退職しましたが、それまでずっと教員を」

浜中は思わずうなずく。浜中がかよった中学校や高校にも、俊郎に似た雰囲気の教師がいた。熱血ではないが、相談には丁寧に乗ってくれる教師だ。

「そうですか」

と、少し居住まいを正して、夏木が口を開いた。

「愛香ちゃんが攫われたのは、二十五日の夜から二十六日の未明にかけてです。その夜、喜多村さんはどこにいました？」

わずかな表情の変化さえ見逃さないよう、夏木がじっと俊郎に視線を注ぐ。

遠まわしにアリバイを訊くこともあれば、夏木はこうして、抜き打ちに切りつけることもある。相手によって使い分けるその技量、浜中にまだ全くない。

俊郎の顔に、すっと頬骨が浮いた。それからうつむき、俊郎が言う。

「ずっとここにいました」

「おひとりで？」

「はい」

「来客や電話は？」

「電話がかかってきたかどうか、それは覚えていませんが、来客はなかったはずです」

「この家で、どう過ごされていたのです？」

「午後七時頃から晩酌し、そのあとテレビを見て、午後十時過ぎには、床に就きました」

テレビの番組名を夏木が問い、俊郎が応えた。午後八時から時代劇、午後九時からは現代劇を見たという。

夏木に問われるまま、見たというドラマのあらすじを、俊郎が話し始めた。浜中はそれを手帳に書き留めていく。念のため、放送された内容と、つき合わせすることになるだろう。

だが、テレビを録画するビデオデッキは、広く家庭に普及している。録画して、後日見ればいい。もし喜多村家にビデオデッキがなくても、ドラマを見た誰かに聞く、放送局に問い合わせるなど、方法はいくらでもある。

夏木の狙いは別にある。

間違いなくドラマを見ていた。それを強調するために、俊郎がドラマの内容を事細かく語るのではないか。それを確かめようとしたはずだ。

俊郎は気負いもせず、雄弁にもならず、ドラマの内容を淡々と語った。

「二十六日はなにをされていました？」

夏木が訊く。この日の日中、誘拐犯は富岡市内で封筒を郵送し、安中市内の愛香監禁場所へ何度か足を運んだ。

「四日前ですか。ああ、その日は市内の碁会所へ行きました。読書と囲碁が趣味でしてね。週に一度か二度、碁会所へ行きます」

「碁会所にいた時間、覚えていますか？」

「午前九時から午後五時までいました。決まった料金を払えば、何時間いても構わないのが、碁会所ですから。昼食も出前を取りましたので、それこそ一歩も出ていません」

ことさらにアリバイを主張する様子を見せず、ごく自然に俊郎が言った。碁会所の名と場所を夏木が訊ね、俊郎が応える。

「そうですか。ところで俊郎さん」

と、夏木が話題を転じた。

「はい」

「北軽井沢の貸別荘で姿を消した喜多村美穂ちゃん。そのご遺体は、後閑城址公園の南駐車場に埋まっていたわけですが、あの場所や埋まっていた理由に心当たりは？」

「さて……」

そう呟き、俊郎は夏木の視線を避けるように、湯飲みに手を伸ばす。夏木と浜中も茶を喫して、間を取ってみた。だが俊郎は無言を守る。

やがて夏木が口を開いた。愛香誘拐の犯人に心当たりがあるか、誘拐の兆候を感じたことはなかったか。そういう問いを重ねていくが、有益な答えは返ってこない。

夏木が目配せを寄こす。何か質問はないかという表情だ。浜中はかすかに、首を左右に振った。

「二十五日の夜から二十六日にかけて、何か思い出したらご連絡ください」

言って夏木が席を立つ。浜中も腰をあげ、足の痺れに気がついた。思わずよろける。体勢を立て直したいが、両足の感覚がほとんどない。浜中はふすまに手をつき、体を支えた。

「済みません」

立ちあがりつつある俊郎に、浜中は詫びた。そのあとで顔をしかめる。

ふすまの枠木にささくれがあったらしく、そこについた右手の人さし指が、切れていた。血の滴がぷっくりと膨らんでいく。

「たいへんだ」

と、俊郎が和室を出て行く。

14

薬箱を手に、俊郎はすぐ戻ってきた。薬箱を開けて絆創膏を一枚取り出し、浜中にさし出してくる。恐縮しながら、浜中は受け取った。絆創膏を人さし指に巻く。ガーゼの部分が血で滲んだ。それを見て、俊郎が口を開く。

「そういえば北軽井沢の貸別荘へ行った日、奈緒子が右の人さし指を怪我しましたよ」

「美穂ちゃんがいなくなった、あの日ですか」

「ええ。貸別荘についてすぐ、敷地への扉を開けた時です。刑事さんと同じように、ささくれで切ったらしくてね。

私、小さな救急セットを、鞄に入れておいたのです。そこから絆創膏を二枚取り出し、奈緒子に渡した覚えがあります」

「そうですか」

「はい。刑事さんにも念のため」

俊郎がもう一枚、絆創膏を渡してくれた。

「済みません」

そう言いながら、浜中は夏木に目を向ける。こちらを見て苦笑いかと思いきや、ひどく真剣な面持ちだ。

身を案じてくれている。そう思い、浜中は嬉しくなった。

「この薬は?」

薬箱の中に調剤薬局の袋があった。それを手で示し、夏木が俊郎に問う。袋に記された薬名を見て、浜中の顔はこわばった。ベンゾジアゼピン系の睡眠薬だ。

浜中を心配したのではなく、この薬に目を留めて、夏木は真剣な表情になったのだろう。

「いつも薬局で処方してもらう睡眠薬ですが」

それがなにかという口調で、俊郎が応えた。

「いつも、ですか」

「女房が亡くなってから、寝つきが悪くなりましてね。ここ四、五年ずっと、処方してもらっています」

「喜多村雄二さんと真知子さんご夫妻、あるいは佐月高秀さんや奈緒子さんに、この薬を分けることなどありますか?」

うなずいて、俊郎が話し始めた。

俊郎がかようのは、安中市内でもっとも大きな安中中央病院だという。診察は予約制だからさほど待たないが、隣接する調剤薬局は混雑することが多い。

どこか別の調剤薬局へ行ってもいいのだが、処方された薬がその薬局にあるか解らない。安中中央病院に隣接する、いわゆる門前薬局であれば品切れはないだろうし、なんとなく安心だ。

「三年ほど前でしょうか。連休前でいつも以上に、調剤薬局が混んでましてね。手持ちの薬はまだあったから、薬局へ寄らずに帰宅したのです。

ちょうどそのあと、雄二と真知子さんがこの家にきました。座卓に置いてあった処方箋を見て、睡眠の話になったのです。

雄二は仕事の、真知子さんは家事と育児の疲れでしょう。時々眠れない夜があると、ふたりが言う」

育児という自らの言葉に亡き美穂を重ねたのか、俊郎はわずかにつらそうな面持ちだ。ふっと息をつき、俊郎が口を開く。

「それならこの薬、飲んでみるか。そんなふうに私が勧めて、『だったら私が薬をもらってきます』と、真知子さんが気を遣ってくれた。

そこで真知子さんに処方箋を渡し、ついでの時に調剤薬局へ行ってもらったのです。それで雄二たちが飲む分をさし引いて、残りを私がもらった」

浜中はうなずいた。処方箋さえあれば、本人でなくても薬は受け取れる。

俊郎が話を継ぐ。

真知子からこの話を聞いたのだろう。やがて奈緒子も真似るようになった。

俊郎が診察を受けて、処方箋をもらう。隣接の調剤薬局が空いていれば、そのまま俊郎が睡眠薬を受け取る。混んでいれば後日、真知子か奈緒子、あるいは雄二が薬をもらいにいく。そして自分たちが使う分を手元に置き、残りを俊郎に渡す。

いつしかこの方式が定着したという。

「昨年四月に美穂がいなくなってから、雄二や真知子さんが調剤薬局へ行く機会が増えました。ふたりはそれまでより多く、睡眠薬を服用するようになったわけです」

淡々とした中に、いたわりと心配が滲む俊郎の口調だ。うつむいて座卓に目を留め、俊郎が言う。

「それなりに忙しい日中は気が紛れても、夜になれば美穂のことばかり考えてしまうのでしょう。医師の診察を受けて、自分に合った睡眠薬を処方してもらったほうがいい。何度かそう諭したのですが、週に二、三錠飲むだけだからと言われて……。

処方薬を人にあげるのは、薬事法違反。それは解っているのですが、あまり強くない睡眠薬です。まあよかろうと思いましてね」

俊郎が話を結んだ。少し間を置き、夏木が口を開く。

「そうですか。長々失礼しました。もうこいつの足の痺れも、治まったでしょう」

「お騒がせしました。絆創膏、ありがとうございます」

浜中の言葉に俊郎が、うっすらと笑みを見せる。

「では」

と、浜中たちは喜多村家を辞した。車は近くの道端に停めてある。静かに流れる碓氷川に目をやりながら、浜中たちは歩き出した。ほどなく足を止め、車に乗り込む。浜中が運転席だ。

「喜多村俊郎、雄二、真知子、佐月高秀、奈緒子。この五人が自由に睡眠薬を使えたことが解った」

助手席で夏木が言う。

「お前が足を痺れさせたお陰だ。礼を言うぜ」

「はあ」

と、浜中はため息をついた。どう転んでも、捜査を進展させてしまう自分が嫌になる。

「そうしょげるなよ、ミスター刑事」

励ましなのか揶揄なのか、よく解らない夏木の言葉が飛んできた。

15

浜中と夏木はレオーネで、佐月家に向かっていた。

ここへくる前に碁会所へ立ち寄り、碁会所の店主とふたりの常連客から証言を得ている。彼らによれば俊郎は、二十六日の午前九時から午後五時頃まで、碁会所にずっといたという。

店主や客に、口裏を合わせた様子はない。突然訪れた浜中たちに驚きつつ、ありのままを証言したというふうだ。二十六日の俊郎のアリバイは、成立したと見てよい。

やがて佐月家が見えてきた。家のまわりはやや騒然という雰囲気だ。

今朝の捜査会議のあとで、群馬県警は事件を公表した。

二十五日の夜、または二十六日の未明に佐月愛香が誘拐され、二十七日の午後、安中市内で無事保護。誘拐犯の指示で後閑城址公園の南駐車場を掘ったところ、愛香の従姉妹である喜多村美穂の遺体が見つかった。両事件の関係については現在捜査中――。

　そう説明しただけなのだが、マスコミはさっそく飛びついたらしい。佐月家の前には記者やリポーターの姿があった。

　野次馬も出始めており、そういう人たちの彼方に、覆面パトカーがいる。

　佐月愛香を誘拐した犯人は、まだ捕まっていない。佐月家はしばらく警護対象になるだろう。

　佐月家から少し離れたところにレオーネを停めて、浜中は夏木とともに降りた。人々の間を縫って佐月家の前に立ち、浜中がインターフォンを押す。

　奈緒子が出たので名を告げると、ほどなく玄関扉が開いた。その瞬間、浜中たちの背後でカメラのシャッター音が響く。

　浜中と夏木はとりあえず玄関の中に飛び込み、すぐに扉を閉めた。

　愛香が無事に戻り、ほっとして気が抜けたのか。それともこの騒ぎに呆然としているのか。目の前に立つ奈緒子は、どこか虚ろな表情だ。

「勝手に入る格好になって、済みません。少しお話を伺っても？」

　夏木が言う。

「ええ、どうぞ」

　奈緒子が言い、そこへ廊下の奥から愛香が姿を見せる。

「この前のお兄ちゃん！」

　言って愛香が駆けてきた。その目はまっすぐ夏木に向く。

「よう」

夏木が愛香に手を挙げる。沓脱ぎの前で足を止め、愛香は夏木を見あげた。それから視線を奈緒子に転じて口を開く。

「ママ、こっちがね、かっこいいお兄ちゃん」

「そう」

と、奈緒子が笑む。続いて愛香は浜中を見た。

「それでこっちが、泣き虫のお兄ちゃん」

「いや、その、あれは」

しどろもどろにそう応え、浜中は頭をかく。

「あの時はありがとう」

そう言って、愛香は浜中と夏木にぺこりと頭をさげた。

「どういたしまして」

と、夏木が胸に手を当て、優雅に礼を返す。

「やっぱりかっこいい！」

弾けるような愛香の声に、浜中は心から安堵する。

誘拐されたという記憶は、生涯消えないだろう。ならば愛香の心の傷が、少しでも小さくなれと祈るばかりだ。

奈緒子にうながされ、浜中と夏木は廊下にあがった。左手の居間にとおされる。

数日前、浜中たちはこの居間に詰めた。犯人からの連絡を、じりじり待ったあの時を思えば、こうして愛香の笑顔を見られることが感慨深い。

奥のソファに高秀がいた。浜中と夏木はそちらへ向かう。ソファの近くにテレビがあって、情報番組が映っていた。

高秀が立ちあがり、会釈してくる。その姿を見て、浜中は驚きを隠せない。

ひどくげっそりしているのだ。高秀の頬の肉は落ち、ドングリ眼は充血して、その下にはっきり隈が浮く。

ヒゲを剃り、頭髪も整っているのだが、高秀にこざっぱりした印象はない。ぬぐいがたい疲れを全身にまとっているかのようで、愛香が誘拐されたあの時よりも、憔悴している感さえあった。

マスコミの取材攻勢に、うんざりしたのだろうか。浜中はテレビの画面に目を向ける。愛香や美穂の事件は報じていない。もうすぐ六月だからだろう、ジューンブライドの特集だ。

「大丈夫ですか？」

高秀に目を戻して、浜中は訊いた。

「あまりに色々と、ありましたから」

高秀はそう応えながら、すわるようにと手で示す。

L字型ソファの短辺に高秀がすわり、浜中と夏木は長辺に並んで腰をおろした。

奈緒子が浜中たちに茶を振る舞い、それから食卓の椅子を持ってきた。高秀の横に置き、腰かける。

ちらりと奈緒子を窺ってから、愛香がソファに乗ってきた。L字型ソファの角、高秀と夏木の間に陣取り、はにかみながら小さく微笑む。

「部屋に行っていなさいとは、言えなくて」

片時も離したくない。そんな様子で奈緒子が言った。高秀が口を開く。

「警察の方が昨日から、もう何度もわが家にきました。その都度、こんな感じで愛香も一緒です。事件のことを話しても、この子は怯えませんよ」

その口調にはどこか棘がある。愛香が少し心配そうに、右手で高秀の手を握った。

「ああ、ごめんね」

と、高秀が優しく愛香に声をかける。笑みで応え、それから愛香は遠慮がちに、左手を夏木に伸ばした。

やや照れながら、夏木が愛香の小さい手を握る。そして刹那、夏木は寂しげに目を伏せた。すぐに表情を戻して口を開く。

「愛香ちゃんの誘拐について、新たに何か気づいたことはありますか？」

高秀と奈緒子の表情が硬くなる。そしてふたりは首を左右に振った。

その様子を見て、遅まきながら浜中は知る。

誘拐犯は身内の可能性がある。

警察がそう考えたように、高秀と奈緒子も誘拐犯がごく身近にいると、思いつつあるのではないか。

さらに誰が美穂を埋めたのかという、新たな疑問も生じたはずだ。

高秀の疲れ切った様子と、奈緒子の虚ろさ。そこに潜むすさまじい心労を知った気がして、浜中の胸に切なさが込みあげる。佐月家に垂れ込めた暗雲の中、愛香の笑顔だけがよりどころかも知れない。

貸別荘で美穂が消えた時のことを、夏木が訊ねた。心持ち目を細め、薄れかけた記憶を懸命に辿るように、奈緒子が口を開く。

「お昼寝しようと布団に入り、ふっと目を覚ませば私と愛香しかいません。そうしたら高秀さんと真知子さんがログハウスに入ってきて、美穂がいないと言います」

奈緒子の話は続く。貸別荘で雄二や真知子、俊郎から聞いた話と齟齬はない。

「後閑城址公園の南駐車場から、出てきましたよね。そのことに心当たりは？」

掘り出された美穂の死体について、夏木が遠まわしに訊いた。

美穂の遺体は、群馬県内の大学病院に送られた。法医学者による調べはおおよそ済み、明日、喜多村家へ運ばれる。

美穂の葬儀はそれからだ。そしてこれまでに佐月家を訪れた刑事たちは、気を遣って愛香の前で、美穂の死を口にしなかったかも知れない。

報道され始めているが、それでも愛香は美穂の死を、知らない可能性がある。夏木はそう考えたのだろう。

奈緒子が口を開く。

「いいえ、まったく。誰がどうしてあの場所に、私もそれを知りたいです」

「そうですか」

と、夏木が高秀に目を向けた。

「心当たり？　そんなものありませんよ」

言葉をどさりと投げ出すように、高秀が応えた。愛香がわずかに身を硬くする。

沈黙が降りて、テレビから華やかな女性の声が聞こえた。

「教会の結婚式での合唱といえば、やっぱりこの曲ですよね。賛美歌三一二番『いつくしみ深き』」

浜中も知っている曲が流れ出す。美しい旋律なのだが、高秀はうるさそうに画面を見て、横で奈緒子が顔をこわばらせた。そんなふたりの様子を愛香が窺う。

16

いつものように浜中は、夏木とともに最後列の席にいる。隣の机には加瀬と由未の姿があった。

幹部席の中央で、泊捜査一課長が言った。午後八時を過ぎて、安中警察署の大会議室で、捜査会議が始まったのだ。

「佐月高秀の両親はどうだった？」

与田管理官に指名され、刑事が発言する。

「高秀の実父は佐月春夫（はるお）、実母は佐月時子（ときこ）。ふたりは今、愛媛県の松山市（まつやま）に住んでいます」

「松山？」

泊が問う。

「はい。春夫が松山市の出身で、二年前の定年退職を機に、ふたりで春夫の実家に入ったそうです。

松山警察署に確認を取ってもらいました。愛香誘拐事件が起きた二十五日から二十六日にかけて、春夫と時子はずっと松山市内にいたという証言が、複数取れたとのことです。

またふたりはここ数か月、泊まりがけで出かけたことはなく、ずっと愛媛県内にいた模様です」

「誘拐はおろか、準備さえできないわけか。よし、高秀の両親は捜査対象から外そう。次は喜多村真知子だ」

泊が言い、安中署の守口が報告する。

「真知子は高崎市内で生まれ育ち、彼女が高校生の時に父親が病死しました。母親はほかの男性に走り、捨てられた格好の真知子は親戚を頼って、なんとか高校を卒業。

そのあと高崎市内で就職し、雄二と結婚するまで、会社の寮に住んでいたそうです。

捨てられて以来、母親とはずっと連絡を取っておらず、どこにいるのか解らないと、真知子は言っていました」

「そうか」

少ししんみりと、泊が言葉を落とした。

「真知子の母親も、捜査対象外ですね」

与田が問う。うなずいて、泊が口を開いた。

「高秀と奈緒子以外、美穂におじやおばはいないよな。大おじや大おばは？」

「いません」

「これまでに名の挙がっていない親族で、美穂に近い人物はほかにいるかい？」

泊が問い、与田が首を左右に振る。

「身内ではないが、美穂に深い愛情を注ぐ人物は？」

「誰ひとり、浮かんでいません」

与田が応えた。少し間を置き、泊が口を開く。

「喜多村俊郎、雄二、真知子、佐月高秀、奈緒子。やはりこの五人を、捜査の中心に据えざるを得ないか。で、高秀と奈緒子はアリバイ成立だ。残り三人はどうだい？」

与田に指名され、浜中は起立した。喜多村俊郎のアリバイについて報告する。

二十五日の夜、俊郎は自宅にひとりでいたと主張。だが、裏づけは取れていない。一方、二十六日は午前九時から午後五時まで碁会所にいて、こちらのアリバイは成立している。

「俊郎は二十五日の夜、愛香を攫うことはできても、翌日の指示書の投函や、天窓からの見張りはできないわけか」

「共犯者がいたとすれば、どうでしょうか」

与田が泊に問う。

「身代金目的の誘拐の場合、複数犯ってのはままある。犯罪を犯してでも金が欲しい。そういう輩（やから）はそれなりにいて、共犯者を集めやすいからな。だが今回の事件はどうだ。犯人が愛香を誘拐した目的は？」

「われわれ警察に美穂の遺体を掘り出させ、その死を捜査させるためです」

「だな。しかし普通、そんなことは考えねえ。犯人はよほど精神的に追い詰められて、愛香誘拐という異常な行動に出たわけだ。

だとすればよ。たとえば俊郎が犯人だとして、愛香誘拐を雄二に持ちかけたらどうなる？

雄二は賛同などせず、まして手を貸さず、それどころか懸命に俊郎を止めるだろうぜ。五人の中の
誰かが誰かに共犯を持ちかけても同様だ。

そして共犯を断られたら、そのあと愛香を誘拐した際、持ちかけた人物には自分が犯人だとばれる。

それを考えれば、身内に声はかけられない。

ならば他人を誘うか。金で何でもやる悪党を探し、金を積んで仲間に引っ張り込む。

そう易々と悪党は見つからないだろうが、まあそこまではできなくもない。だがそんなのを共犯者
にして、愛香に危害が及んだらたいへんだぜ」

「確かにそうですね」

「この誘拐に身代金の受け渡しはない。一日か二日、愛香をあの家に閉じ込めて、その間に指示書を
出すだけだ。ひとりで充分やれるし、共犯者がいないほうが、事前に計画が発覚する恐れは低い。ま
た誘拐後、共犯者に脅されるという危険も回避できる。

断定はしないが、まずは単独犯と見て捜査すべきだ」

と、泊は座を見渡した。そして立ったままの浜中に目を留める。

「うん？　まだなにか言いたそうだな、浜中」

「実は」

と、浜中は話し始めた。処方された睡眠薬、俊郎はそれを佐月高秀、奈緒子、喜多村雄二、真知子

の四人に分けていたことを話す。

「誰でも自由に、睡眠薬を使えたってわけか」

泊が言った。

「はい。誘拐時に犯人は、その睡眠薬を水で溶いた。そして脱脂綿に含ませて、愛香ちゃんの口に当てて飲ませた。そう推測できるのではないでしょうか」

瞬間、泊が目を見開いた。そのあとで膝を打って口を開く。

「脱脂綿を口に当てた際、糸が一本、愛香の前歯に挟まった。のち、愛香を診察した医師がそれを見つけた。そういうことか」

「そうかも知れないですね」

「なに自信なげに言ってんだ。まず、そうだろうよ。おい、浜中」

「はい」

「お前さん運がいいとかで、いつもなにか拾ってくるが、推理力もついてきたな」

「いえ、そんな」

と、浜中は顔の前で手を左右に振る。脱脂綿と睡眠薬の推理は昨夜、居酒屋で夏木が語ったのだ。

面倒だからお前が報告しろ——。

夏木にそう言われ、仕方なく浜中が述べた。

「私など、推理力ゼロです」

「浜中よ、謙遜もあまりに過ぎると嫌みだぜ。睡眠薬と脱脂綿を、よく結びつけたな。殊勲甲とまではいかねえが、殊勲乙だ」

言って泊が莞爾と笑う。げんなりしつつ、浜中は着席した。ちらりと夏木を窺えば、その横顔に小さく笑みが浮く。

「楽しんでますよね、先輩」

ひそひそ声で浜中は言った。夏木が聞こえないふりをする。ため息をつき、浜中は前を向いた。

17

「続いて喜多村雄二と真知子。このふたりのアリバイ調べは、先輩が買って出てくれたんですよね」

と、泊が加瀬に目を向けた。

「希原と一緒に行ってきました。報告させます」

泊がうなずき、由未が起立する。気をつけの姿勢で童顔に生真面目な表情を浮かべて、彼女は話し出した。

「まず喜多村雄二！　雄二は北関東を中心に店舗を展開するホームセンターに勤めており、仕入れを担当しております！　いわゆるバイヤーです！」

「おい、希原」

泊が言う。

「はい！」

「そうしゃっちょこばると、聞いてるこっちまで疲れるぜ」

「済みません」

「捜査の極意はな、希原」

「はい」

「『手は抜くな、だが肩の力は抜け』だ」

その瞬間、由未の瞳に冴えが生じた。

「よいお言葉を、ありがとうございます」

「おれの先輩が教えてくれた言葉だよ」

と、泊が加瀬に目を向けた。苦笑いで加瀬が応える。

「報告を続けてくれ」

泊が言い、由未が口を開いた。

「仕入れする商品を選択するのがバイヤーです。雄二は国内出張が多く、二十六日も名古屋(なごや)へ出かけていました」

普段どおりの、しっとりした優しい声だ。由未が話を継ぐ。

出張の際、雄二は前日に前乗りすることが多い。二十五日の夕方、雄二は安中市内の自宅マンションを出て、電車で名古屋へ向かったという。

「二十五日の午後八時。雄二は名古屋市内のホテルに入っています。翌、二十六日は午前九時から午後六時まで取引先をまわり、午後七時から午後十時まで親睦会。二十七日も午後二時まで取引先を訪ね、午後七時過ぎに高崎市内の会社事務所に帰社。

雄二が宿泊したホテル、名古屋市内の取引先。それらに電話をし、必要に応じて雄二の顔写真をファックスで送り、雄二が勤める高崎市内の会社事務所には直接出向いて、確認しました」

「すべて裏は取れたのか？」

泊が問う。

「はい。ですがチェックインしたあと、ホテルを密かに抜け出すことは可能だと思います」

「そして名古屋から安中市までトンボ返り。愛香を攫い、翌朝名古屋に戻る、か。

雄二がそんな離れ業を演じたとしても、二十六日はずっと名古屋だ。富岡市内での指示書の投函や、監禁場所へ行って愛香を見張ることはできねえな」

そう言って泊は少し間を置き、口を開いた。

「喜多村真知子はどうだった？」

「夫の雄二は二十五日の夕方、名古屋へ向かい、真知子は安中市内のマンションにひとり残されました。

少し家事をこなし、ひとり分の夕食を作って食べ、午後十一時前に就寝したそうです」

「二十六日は？」

「七時前に起きてひとりで朝食を済ませ、ふと思い立って午前八時頃、ドライブに出かけたといいます。

気の向くまま草津（くさつ）まで車を走らせ、温泉街を散策して足湯に浸かり、午後五時過ぎに安中市内の自宅マンションに帰宅。それから家事を済ませて午後八時頃、近所の洋食店へ行った。

真知子はそう語りました。

洋食店の店主に確認し、二十六日の午後八時から九時過ぎまで、真知子がその店にいたことは判明しました。ですがそれ以外、アリバイの裏は取れていません」

「草津ではずっとひとりだったのか？」

「何軒か土産物屋を冷やかしたけれど、店員と話はしなかった。浸かった足湯は無料だから、支払い等で誰かと話すこともなかったそうです」

「うん」

と、泊が腕を組む。

浜中も草津には何度か行った。

源頼朝、前田利家、与謝野晶子、竹久夢二。

岡本太郎、石原裕次郎、力道山、田中角栄。

湧き出した源泉が滝のように落ちる、草津の湯畑。その柵に刻まれた「草津に歩みし百人」には錚々(そうそう)たる人物が並ぶ。

それほどに草津は名だたる温泉街だから、平日でもたいへん賑わう。ひとりで散策したという真知子。その目撃情報を得るのは、広い川に落とした一枚の硬貨を、見つけ出すに等しいのではないか。

「総出で草津へ行って聞き込みし、夜はひとっ風呂。それもいいが、まあ、あとまわしだな」

冗談めかして泊が言った。すぐに表情を引き締めて、由未に問う。

「真知子のアリバイ、どう見る?」

「はい」

と、由未は童顔に、逡巡の色を浮かべた。自分を励ますように小さくうなずき、口を開く。

「嘘をついている。そんな印象を持ちました」

「そうか。予断はよくねえが、なにか感じるってのはいいことだぜ。ほかに報告は?」

「いえ、ありません」

「よし、ご苦労」

肩の力を抜けと言われても、やはり長い報告に緊張したのだろう。安堵の表情で、由未が腰をおろした。

一同を見渡して、泊が口を開く。

「五人の中でアリバイがないのは、喜多村真知子だけってことだ。よし、次は喜多村美穂死体遺棄事件だが」

与田管理官が指名し、刑事たちが発言していく。しかしめぼしい情報はない。

後閑城址公園隣の私有地。何者かがそこに、収納庫ごと美穂の遺体を埋めた。その作業はかなりの時間を要しただろう。

けれどあのあたりはとても寂しく、付近に家はなく、しかも私有地は車一台がやっと入れる道の、行き止まりの先にある。そんな不便な場所だからこそ、所有者はなにも建てず、整地にして長い間放っておいたのだ。

今でこそ公園の一部になったが、私有地だった頃、しかも夜間、そういう場所にわざわざ足を運ぶ者はいない。よって遺体を埋めた作業の目撃者は、出ていないという。

第五章
策略

探偵に高秀の尾行を依頼してみようか。

今年に入ってほどなく、ふいにそういう考えが、喜多村の脳裏に閃いた。

喜多村は熟考し、この手は打っておくべきだと結論づけた。そして電話帳をめくる。

大きめの広告を出している探偵事務所があって、喜多村はそこに電話をかけた。呼び出し音が鳴り始め、喜多村の鼓動が速まる。

すぐに呼び出し音は消え、喜多村の緊張を和らげるような、落ち着いた感じの女性が出た。

詳しいことは一切語りたくないが、とにかくある男性を尾行して欲しい。喜多村がそう告げると、女性はすんなり了解した。

さっそく打ち合わせということになり、すると女性が言う。

「担当者がご指定の場所に、密かに伺います。男性か女性の指定もできます」

探偵はやましい事や秘め事の調査も扱う。事務所に足を運ぶ姿を見られたくない依頼人も、多いのだろう。

喜多村は男性の担当者を希望した。数日後、安中市内の喫茶店で会い、詳しく打ち合わせをする。思い詰めた様子を見せつつ、それを隠すそぶりを交え、喜多村は男性と話し込んだ。

高秀は高崎市内の、自動車部品メーカーに勤めている。出勤する日は、朝、高秀が自宅を出たら尾行開始。夜は高秀が帰宅してから三十分待機する。その間に高秀が家から出てくれば尾行し、家から出てこなければその日の尾行は終了。

休日は佐月家の近くで待機し、高秀が単独で、あるいは家族と出かけても尾行する。

そういう調査を二週間。

調査料は高額だったが、のちのことを思えば金を惜しむ気持ちはない。喜多村は調査を依頼し、尾行が開始された。

二週間の調査期間が過ぎ、その二日後。喜多村は喫茶店で調査員に会い、報告書を受け取った。調査員と別れて自宅に戻り、喜多村は落ち着いた仕草でゆっくりと、大判の封筒を開封した。目をとおしていく。

尾行開始初日、月曜日。会社に出勤した高秀は、午後、取引先へ出向いて社に戻る。夜まで社から出ず、退社後は車でまっすぐ帰宅。

火曜日、水曜日、木曜日も同様だ。喜多村は報告書をめくる。

金曜日。夜、会社を出た高秀は、車に乗って南西の方角へ向かう。そして後閑城址公園の、昨年十一月に造られた砂利敷きの南駐車場に車を停めた。

喜多村は報告書の文字を目で追っていく。

後閑城址公園には東と西にも駐車場があって、そちらはアスファルト敷きだ。東や西が空いていれば、わざわざ砂利敷きの南駐車場へ車を停める人は、少ないのだろう。それに高秀が到着したのは夜だ。

南駐車場に停まる車は数えるほどで、ひとけはない。しかし車を降りた高秀は、用心するようにあたりを眺め渡したという。

それから高秀は、来る途中で買い求めた花束を抱えた。そして駐車場の南西へ向かう。

駐車場のある一点。高秀はそこで足を止め、しゃがみ込んで花束を地に置いた。両手を合わせて、しばらく祈りを捧げる。

それから高秀は花束を手に持ち、そそくさと車に戻った。すぐに車を発進させ、途中で林の中に花束を捨て、帰宅。

同封の写真をご参照ください――。

報告書にそう記してあった。小さな封筒が同封されており、その中に写真が何枚かある。取り出して、喜多村は写真を見つめた。

南駐車場に停めた車から降りる高秀。

花束を手に歩く高秀。

花束を置いて祈りを捧げる高秀。

高い調査料は伊達（だて）ではなく、よい機材を有しているのだろう。夜、高秀に気づかれないようストロボを焚かずに撮ったはずだが、写真は割と鮮明だった。

手を合わせて祈る高秀。その姿には間違いなく、死者への鎮魂がある。

高秀が捧げているのは、白いアルストロメリアの花束だ。

美穂が大好きだった、白いアルストロメリア。それを捧げて祈る高秀。

そう、あの場所には、美穂の亡骸（なきがら）が埋まっている。祈ったあとで高秀が花束を回収したのは、ここになにか埋まっていると思われるのを、防ぐためだろう。

報告書によれば、翌週の金曜日も、高秀は後閑城址公園の南駐車場へ行った。白いアルストロメリアの花束を地に置き祈り、花を回収して車に乗って去ったという。
それ以外、高秀は不審な行動を取っていない。
喜多村は報告書を卓上に置いた。台所へ行ってインスタント珈琲を淹れる。
カップを手に戻り、喜多村は報告書と写真に目を落とした。
高かったけれど、よい買い物をした——。
そう思いつつ、珈琲を啜る。

第六章 激流

1

浜中康平がハンドルを握るレオーネは、一路北軽井沢へ向かう。助手席には夏木大介がすわり、後部座席に加瀬達夫と希原由未。

佐月愛香誘拐事件の犯人は身内の可能性があって、喜多村真知子だけにアリバイがない。

こちらの捜査はやや進展といった格好だが、喜多村美穂死体遺棄事件の捜査は、まったく進んでいない。

昨夜、捜査会議のあとで泊悠三捜査一課長に申し出て、四人で貸別荘近辺を聞き込むことにしたのだ。五月最後の土曜日だから、保養所や貸別荘に宿泊している人たちも、それなりの数いるだろう。

北軽井沢までは、二時間ほどの道程だ。車中での話題は、もっぱら事件のことばかり。

昨日会った喜多村俊郎の様子を浜中が話し終え、加瀬にうながされて、今度は由未が口を開く。加瀬と由未は昨日、喜多村雄二や真知子にアリバイを訊いた。その時の様子を語り始める。

「事態がある程度落ち着くまで、雄二さんは会社を休むそうで、ふたりとも在宅していました。

真知子さんはきっとよいお母さんだった。とおされて居間に入った瞬間、そう思いました。調度や飾ってある品々、そのすべてに温かみがあったのです。けれど温かみのある空間を作り出したはずの真知子さんは、もう抜け殻のようで……」

美穂がいなくなったのは、およそ一年前。それからの心労と、一昨日、後閑城址公園で見つかった死体が、喜多村美穂と断定されてからの心痛。それらがどれほど、真知子を苛んだのか。

浜中の胸が哀しみに染まった。沈んだ声で由未が言う。

「それでも真知子さん、紅茶と手作りのアップルパイを、私たちに振る舞ってくれたのです。勧められてアップルパイを食べたら、とてもおいしかった。でも私がそう言うと、真知子さんと雄二さん、ふっと哀しげになって」

「哀しげに？」

夏木が問い、由未が応える。

「美穂ちゃんは真知子さんのアップルパイが、とても好きだった。いつ、美穂ちゃんが帰ってきてもいいように、この一年間、冷凍庫にアップルパイを欠かさず入れておいたそうです。でも、もうその必要はなくて」

「そうか」

と、応える夏木の声にも、かすかな痛みがあった。由未が話を継ぐ。

「話を聞き終えて、美穂ちゃんの部屋を見せてもらいました。六畳ほどの洋間なのですが、美穂ちゃんがいなくなった時そのままに、掃除だけしっかりしている様子です。

家具やおもちゃはとても可愛いのに、時が止まったままの氷の部屋。そんなふうに思えて、けれど出窓に白いアルストロメリアの切り花が、いっぱい飾ってあったのです。

咲き誇る花、ぷっくり膨らんだ蕾。その部屋ではただ、アルストロメリアだけが生きている。そんな感じでした。

そのあと聞いたら、白いアルストロメリアは美穂ちゃんが大好きで、アップルパイと同じように、一年前からずっと欠かさず、出窓に飾っているそうです」

由未が結び、沈黙が降りた。

様々な思いが去来して、けれどそれを言葉にするのがつらい。浜中はただ無言で、車を走らせた。

やがて夏木がしじまを破る。

「アリバイについて語った時の、ふたりの様子はどうでした?」

「真知子は嘘をついている」

加瀬が断じ、浜中の横で夏木が重くうなずいた。

真知子が虚言を弄したという証拠はない。加瀬の断定は、刑事の勘というやつだ。

だが浜中は知っている。熟練の刑事の勘は、ただの山勘ではない。

容疑者が嘘をついた。あとでそれを知った時、刑事たちは嘘をついた瞬間の、容疑者の様子を思い返すのだ。

容疑者が嘘をついた時の仕草、表情、目の動き、汗、声。

刑事たちの頭の中に少しずつ、それらが累積されていく。その経験則に裏打ちされた判断こそが、刑事の勘だ。

ただし世の中には、まったく様子を変えず、さも真実を述べるように、平然と嘘をつく人間がいる。この手の容疑者には、刑事の勘は通用しない。

「経験の浅い希原でさえ、真知子の嘘に気づいた」

加瀬が言い、由未が口を開く。

「真知子さん、以前に草津へ行ったことがあるんだと思います。その時の記憶を引っ張り出しながら、訥々と話すという感じでした」

「ほかに何か気づいたことは？」

加瀬が問う。

「横にすわる雄二さんのことを、しきりに気にしている。そんなふうでした」

「そうだな。真知子は私たちに嘘をつき、雄二に何か隠している。美穂の遺体が見つかったばかりで忍びないが、真知子は少し突っついたほうがいいだろう」

加瀬が言った。それから話題は佐月高秀や喜多村奈緒子に移り、車はいつしか北軽井沢に入った。喜多村家や佐月家の人が借りた貸別荘が、やがて見えてくる。その近くの道端に、浜中は車を停めた。降りて少し伸びをする。

降り注ぐ陽光の中、風が清々しく吹き抜けた。木々の梢が鳴り、瑞々しいばかりの若葉が、陽射しを鮮やかに跳ね返す。

こうして自然のただ中に身を置く。それだけで滾々と、気力が湧き出てくる不思議さを浜中は思った。浜中の隣で由未も、すっかり気分転換という様子だ。

加瀬が言う。

「よし始めるか。だが四人でぞろぞろっていうのも、あれだな。二手に分かれよう」

「解りました。行きますか、先輩」

浜中は夏木に声をかけた。すると加瀬がにやりと笑って口を開いた。

「たまにはメンバーチェンジと行こう。希原、お前は浜中と組め。面倒見てもらっていいかい、浜中？」

「え？　はい」

「よし、決まりだ。午後一時にここで落ち合おう。行くぞ、夏木」

「解りました。しかしその前に」

と、夏木が浜中と由未に目を向けた。そして言う。

「聞き込みの途中で画家を見かけたら、必ず声をかけて詳しく話を訊くんだ。絵を描くのが趣味。そういう人物に出会った時も、やはり話をよく訊いてほしい」

「どうしてです？」

浜中は問うた。

「美穂がいなくなった時、『ゴムのような感じの、鼻につんとくる刺激臭』を嗅いだと真知子は証言した」

「そういえば」

浜中は応えた。少考してから、由未が瞳をきらめかせる。

「真知子さんが嗅いだのは、テレビン油の臭い！　だから画家なんですね」

ハキハキと、由未が言った。

「断言はできないがな」

夏木が応える。

「あの、テレビン油って……」

浜中は訊いた。

「油絵などを描く時、絵の具を薄める際にテレビン油を使います。テレビン油は松ヤニから作られて、独特の刺激臭があるんです」

由未が言った。加瀬が口を開く。

「美穂がいなくなった日、貸別荘の近くで誰かが絵を描いていた。その人物はテレビン油を使い、臭いが貸別荘まで流れて真知子が嗅いだ。

そういう可能性があるってことだな。これはいいヒントになりそうだ。助かったよ、夏木」

「テレビン油の臭いでは、ないかも知れませんが」

夏木が言った。

「まあとにかく行こうか」

そう言って、加瀬が歩き出す。しなやかな足取りで、その背を夏木が追った。あとに残され、浜中は頭をかく。

刑事はふたりで動くことが多い。犯人を緊急逮捕する、あるいは犯人と格闘になる。そういう事態にいつ遭遇するか解らないから、単独では危険なのだ。また相互監視という意味合いも多少はある。

浜中はこれまでいつも、先輩刑事と一緒だった。後輩を引き連れるのは初めてだ。

「あの、よろしくお願いします」

とりあえず、浜中は由未に言った。

「こちらこそ」

そう応えてから、由未が笑った。

「お見合いする時の挨拶みたいですね」

「確かに」

と、浜中は笑った。今日の由未は明るい灰色のパンツとジャケットに、白いブラウスだ。いつものように右肩から左の腰へ、鞄の肩紐をしっかりかけている。

「刑事というより、就職活動中の学生に見える。今、そう思いませんでした?」

由未の言葉に浜中はぎくりとした。まさにそのとおりなのだ。

「まったく」

と、浜中を軽く睨んで由未が言う。

「中学生って言われるより、いいですけどね。さて、行きましょうか」

「はい」

「って浜中さん、指示してくださいよ」

「ああ、そうでした。とにかく虱潰(しらみつぶ)しに行きましょうか」

「はい!」

元気よく、由未がうなずいた。

2

保養所、貸別荘、店。点在する建物をひとつひとつ訪ね、人がいれば話を訊く。浜中と由未はその作業を続けていた。この地へ着いたのが午前九時過ぎで、それから二時間ほどが経つ。けれどいまだに、めぼしい情報はない。

高原を吹き抜ける風は心地よく、だが陽光はなかなか強い。浜中と由未は時折ハンカチを顔に当てながら、ひたすら歩く。

美穂がいなくなった貸別荘。夏木と加瀬はそこから北へ向かったので、浜中と由未は南だ。

「あの男の子、楽しそうでしたね」

歩きながら由未が言った。

先ほど浜中たちは、小さな貸別荘を訪ねた。両親と八歳ぐらいの男の子がいて、その子が木登りに夢中になっていたのだ。

浜中が子供の頃、木登りはごく普通の遊びだった。けれどいつしか、木登りをする子供は減った。今ではもう、あまり見かけない。

子供の頃の木登りの技量を、ふと浜中は試したくなった。自分が父親になった時、子供に木登りを教えてあげられるだろうか。

「明日はあの子の誕生日ですよ」

由未が言った。赤城村の駐在所、その奥の自宅だ。

浜中改め希原康平が由未と結婚してからすでに十年。由未の父親は警察官を勇退し、今は母親とともに館林市内のマンションに暮らしている。

後釜として、ついに駐在員になった旧姓浜中の日々は、とても充実していた。

事件はほとんど起きず、血なまぐさい殺人などとは無縁の地。そこでつつがなく一日働き、旬の料理をささやかに食べて、少しだけくつろいでから床に就く。

なんと素晴らしい日々だろう。

子宝にも恵まれて、一男一女。上の子が明日、六歳になるのだ。もうそろそろ、木登りを教えてもいいだろう。

そのためにはまず、手本を見せなくてはならない。庭の先に楠があり、あれならば登りやすく、枝も折れづらい。

「ちょっと木登りしてくるよ」

浜中は言った。

「木登り、ですか？」

由未が問う。

「子供の前で格好悪いからね、登れないと」

「浜中さん、お子さんいるんですか？」

「いるもなにも、僕と君の子供じゃないか」

「はぁ？」

素っ頓狂な由末の声がして、次の瞬間、駐在所の風景が消し飛んだ。目の前にはスーツ姿の由末がいて、ものすごく奇妙な顔で浜中を見ている。

「なんでもないです！　忘れてください」

大慌てで浜中は言った。

「と言われても……」

「忘れましょう。ねっ！」

「そう簡単に忘れられないぜ、相棒」

夏木の口調をまねて由末が言う。

「いやあの、先輩」

条件反射で浜中は応えた。由末が吹き出す。

「あのお店でなにか食べたら、忘れられるかも」

と、由末は悪戯っ子の表情で、道の先を示した。木立の中に、山小屋ふうの喫茶店がある。

「少し早いけど、昼食にしましょうか。もちろんおごります」

「いいです、いいです。冗談だから。でもお腹減った」

砕けた口調で由末が言った。すっかり浜中に慣れてきたらしい。

浜中たちは店へ向かった。木漏れ日の中に建つその店は、明るく入りやすそうで、扉を開けばカウベルの音が軽やかに鳴った。

「いらっしゃいませ」

ウエイトレスが笑顔で、浜中たちを迎えてくれる。調和の取れた優しい感じの店で、間接照明と観葉植物がうまく配されて、落ち着いた雰囲気を醸す。音楽は流れておらず、窓越しの鳥たちの声がBGMだ。

四人がけの席が窓や壁際に八卓ほど置かれ、十人で囲める大テーブルが中央にあった。浜中と由未は窓際の席に案内される。

水を持ってきたウエイトレスによれば、オムライスセットがお勧めだという。それをふたつ頼み、彼女が去ったあとで、浜中は店内を見まわした。そして表情を硬くする。

磨き込まれた丸太の壁に点々と額がかかり、油絵が飾ってあるのだ。

画家や絵を描くのが趣味な人物から話を訊け——。

夏木の言葉を思い出しつつ、浜中は一枚の絵に目を留めた。写実主義らしい精緻さで、木立の中に建つこの店が描いてある。

隣の絵に視線を転じれば、白樺と木漏れ日の風景が、同様の筆致で描かれていた。その横の絵は白い別荘だ。

同じ画家が、この辺りの風景を描写した連作らしい。

「浜中さん」

由未が鋭く声をかけてきた。とても真剣な面持ちで、一枚の絵を示す。たった今、浜中が見た白樺の絵だ。

「あれがどうかしたの？」

首をひねりつつ、浜中は問うた。

「あの別荘の近くの風景です」

由未が言う。

「えっ」

と、小さく声をあげ、浜中は絵を凝視する。そしてようやく気がついた。喜多村美穂がいなくなった貸別荘。その少し西から、別荘の塀を右手に見て道の向こうを眺めれば、絵と同じ風景になる。

自然の佇まいだけを絵にしたかったのか、貸別荘の塀は描かれていない。だから浜中は気づかなかった。

「話を訊いてみましょう」

浜中は言った。

「ですね」

と、由未が目を輝かせる。

聞き込み作業は、そのほとんどが徒労に終わる。だから「当たり」かも知れない瞬間、すこぶる高揚するのだ。

ほどなくウエイトレスが、サラダとスープを運んできた。

「どの絵も、同じ方が描かれたのですよね」

壁の絵を示し、浜中はウエイトレスに訊いた。

「ええ、そうです」

「どなたの作品なのです？」

「この店のオーナーが描かれたんですよ」

「そうなんですか。その方、今いらっしゃいますか」

「え？」

ウエイトレスが営業用の笑みを消した。

「実はあの」

と、浜中は警察手帳を取り出した。身分証を彼女に見せると、ひどく驚いた面持ちだ。

ドラマでお馴染みの刑事も、実際に会う機会はあまりない。生涯、刑事に会わない人も多いだろう。

「どういうご用件でしょう」

浜中と由未を窺いながら、硬い声でウエイトレスが言った。

この店とまったく関係ない事件の捜査で、聞き込みをしていること。白樺の絵について、詳しく訊きたいこと。声を潜めて浜中は、それらを彼女に告げる。

「お待ちください」

ウエイトレスはさがった。一旦奥へ姿を消し、やがてオムライスの載った盆を手に、浜中たちの席にくる。

料理をテーブルに並べてから、ウエイトレスは話し始めた。

この店の経営者は北軽井沢と軽井沢で、飲食店を五店舗ほど経営している。今、軽井沢の店におり、これからこちらへ向かうという。

「わざわざ済みません」

「いえ、オーナーはしょっちゅう、各店舗を巡回していますから」

そう応えて、ウエイトレスは去った。

3

ヒバリが賑やかにさえずり、コジュケイが「ちょっとこい」と誘う。空を見あげれば、一朶(いちだ)の雲が青空の中を悠々と西へ向かう。

喫茶店の裏庭だ。庭の中央に丸テーブルがあって、それを四脚の椅子が囲む。浜中と由未はそこにすわり、まもなく到着するであろう、この店の経営者を待っていた。

余人を交えず話を訊きたい――。

オムライスセットを食べ終え、会計を済ませてから、浜中はウエイトレスにそう申し出た。そしてここへ案内されたのだ。

厨房脇に従業員たちの休憩室もあるが、そちらは雑然として、人の出入りも頻繁だという。

この裏庭には、店の勝手口から出られる。まわりを木々に囲まれて、静かで人の気配もない。

浜中たちがすわる椅子や丸テーブルには、使い込まれた印象があった。コックたちがここにすわり、ジャガイモやニンジンの皮を剝く。ウエイトレスたちも時々きて、四方山(よもやま)話に花を咲かす。浜中はそんな様子を思い描く。

空を見あげ、風に揺れる木漏れ日に目を転じていると、勝手口の扉が開いた。先ほどのウエイトレスが姿を見せる。

浜中たちのところへきて、彼女はテーブルに珈琲カップを三つ置いた。

「今、参ります」

と、勝手口を目で示す。待つほどもなく、男性が現れた。六十代前半だろう、豊富な銀髪を緩やかに整え、やや太った体軀を、上品だけれど軽い感じの背広に包む。

「お忙しいところ、済みません」

と、浜中は腰をあげ、警察手帳を取り出した。身分証の頁を開く。由未もならった。

「刑事さんとお会いするのは、初めてですよ」

身分証をしげしげ眺めて、男性が言った。それから名刺を寄こしてくる。工藤昭三（くどうしょうぞう）というのが男性の名だ。

「どうぞおすわりください」

深みのある声で、工藤が言った。浜中と由未は席に復す。

勧められるまま珈琲を啜り、それから浜中は、工藤にいくつか問いを投げた。

工藤が経営する五つの店。メニューなどはすべて、それぞれの店長に一任している。工藤は各店舗を見てまわり、気がついた点があれば意見する程度だという。

「経営についてもあらかた、部下や各店長に任せておりましてね。各店をまわるのは、絵になりそうな景色を探す口実です」

　穏やかに笑い、工藤が話を継ぐ。

　軽井沢人気にあやかって、店は順調。部下や店長たちに少しずつ仕事を任せながら、趣味の油絵に割く時間を増やしていったという。

「ここ二、三年はもう、ほぼ毎日描いてます」

「白樺の絵、ありましたよね」

　と、浜中は核心へ入っていく。

「ええ」

「あれは塀で囲まれた貸別荘の、すぐ近くから見た景色ですよね」

「そうです」

「あの絵をお描きになったのは、いつ頃です？」

　胸の高鳴りを抑えつつ、浜中は訊いた。工藤が内ポケットから手帳を取り出す。頁をめくり、それから工藤は口を開いた。

「昨年の五月二日から十三日にかけて潤筆（じゅんぴつ）、とありますね」

「そうですか」

　落胆を隠して浜中は言った。喜多村美穂があの別荘から消えたのは、昨年の四月十三日だ。ほぼ一か月のずれがある。

「そういえば去年の四月頃、あの貸別荘で失踪騒ぎがありましたね。いたいけな少女がいなくなったとか」

「ご存じでしたか」

　身を乗り出して、浜中は問うた。

「捜索隊も出て、ちょっとした騒ぎになりましたからね。それにあの日、私は貸別荘の近くで、絵を描いておりましたので」

「しかし今、昨年五月に潤筆と」

「あれは再挑戦の作なのです」

　と、工藤が苦笑した。

「再挑戦？」

「四月に白樺の絵を描いて、けれど今ひとつだったので、そちらは没にしました。そして一か月後に再挑戦、というわけです」

「では、その没の絵を描いたのは四月ですか」

「はい。四月三日から十三日に潤筆ですね」

「やった！」

　と、由未が小さくガッツポーズを取る。

「済みません」

　そのあとで頬を赤らめ、恥じ入る様子で由未が言った。けれど浜中も、湧きあがる欣喜を堪えるのに懸命なのだ。

　真知子が嗅いだ刺激臭は、テレビン油。その夏木の気づきがなければ、浜中と由未は工藤に会おうとさえしなかっただろう。しかし今、こうしてテーブルを囲み、工藤の口から美穂がいなくなった時の話が出た。

「そういえば今朝の新聞に、『少女誘拐事件の陰に従姉妹の失踪』という記事がありました。それがあの貸別荘の、失踪騒ぎのことなのですね。だから刑事さんたちが調べに見えたと」

　すっかり理解したという面持ちで、工藤が言った。浜中は首肯して、美穂失踪時の雄二たちの証言をざっと語る。

「なるほど。そういえばあの日、絵を描き始めた十一時頃、別荘の中からふたりの女の子のはしゃぐ声が聞こえましたよ。

　いつしか声が途絶え、私は昼食も取らずに筆を走らせて、午後四時頃にパトカーがきた。けれど私はその時点では、まだ失踪のことを知りません。なんだろうといぶかしみつつイーゼルを畳み、あの場所を離れて、軽井沢の店へ向かったのです。

　少女がひとりで貸別荘を出たのは、何時頃なのです？」

「昼過ぎから午後二時の間だと思われます」

　浜中は応えた。すると工藤が首をひねり、手帳を凝視する。

「おかしいな」

　工藤が呟いた。

「なにがです？」

「この手帳は、簡単な日記録も兼ねていましてね。それによれば昨年の四月十三日、私は午前十一時から午後四時前まで、貸別荘の近くで絵を描いていた。しかしその間、貸別荘から出てくる少女を見た覚えがないのです」

「工藤さんが絵を描いていたのは、どのあたりです？」

浜中は訊いた。工藤が具体的な場所を語る。

貸別荘から数メートル西の林の中、少し高くなった場所に工藤は陣取り、イーゼルを立て、折りたたみの椅子にすわって絵を描いたという。

「道にすわって絵を描くわけにもいかず、林の中に入りすぎると、木々の梢が風景を遮る。貸別荘の近くのあの場所が、ちょうどよかったのです」

「そこからだと、貸別荘の扉が見えるのですか？」

「はい」

「その場所を離れたことは？」

「いえ、ありません。絵を描き出すと、根っ子が生えますから」

「一年以上前のことです。お忘れになったのでは？」

嫌な予感が背を這いあがってくるのを覚えつつ、浜中は遠慮がちに訊いた。

「こう見えて記憶力はあるほうです。それに少女がひとりで貸別荘から出てくれば、心配で必ず声をかけたはずです。同じような建物と林が続く別荘地は、迷子になりやすいですから。

しかしその覚えはない。ちょっと待ってください」

言って工藤は記憶を手繰る表情で、視線を虚空に留めた。そして言う。

「没にしたあの絵を描いていた時、パトカーがきたあの日。うん、間違いありません、少女は貸別荘から出ていない。

確かそう、午後二時から三時の間に、かなり慌てた様子で大人の男女が四、五人、貸別荘から出てきました。やがて彼らが戻ってきて別荘に入り、午後四時頃にパトカーが到着。そういう流れだったと思います」

あの日、喜多村家と佐月家の人々は、午前十時頃貸別荘に到着した。そして午後二時半頃、雄二、真知子、俊郎、高秀の四人で、美穂を捜しに貸別荘を出たという。

雄二たちの証言と、工藤の言葉は一致する。

美穂を捜しに出た時、佐月家と喜多村家の人々は、林の中にひっそりすわる工藤に気づかなかったのだろう。あるいは気づき、けれど美穂の行方を知るはずはないと思い、工藤に声をかけなかった。

だがそれにしても、工藤が美穂を見ていないとは、どういうことか。

「少女が塀を乗り越えて、外へ出たとすればどうです？」

あの塀は三メートルほどある。美穂に乗り越えられるはずはないが、念のため浜中は訊いた。

「塀を？　そんなことがあったら、なおさら覚えているはずです。ですが塀を乗り越える少女など、目撃していません」

工藤が断言した。

4

店内には四人がけの席が十卓ほど、テラスには丸テーブルが六つ。夏木や加瀬と合流し、浜中たちはテラスの端の席を占めていた。

先ほど入った工藤の店とは、別の喫茶店だ。午後二時を過ぎて空席が目立つ。テラス席にはほかの客もいるが、浜中たちの会話は聞こえないだろう。

珈琲を啜ってから、夏木が口を開く。

「喜多村家の人たちが借りた別荘から、二、三分歩いたところに教会があってな。美穂が消えたあの日、結婚式が行われたそうだ。

結婚式は午後一時前に終わり、列席者たちは庭へ出て賛美歌を合唱し、新郎新婦を祝った。午後二時頃、彼らはそれぞれの車で、北軽井沢のレストランへ移動。

教会の人に、新郎新婦の連絡先を聞いた。

教会を出てレストランへ向かう途中、なにか目撃しなかったか、当たったほうがいいだろう。

ほかにめぼしい情報はなし。そっちはどうだ?」

浜中はうなずいて、由未と目を合わせた。ふたりで絵描きの話を語る。

「雄二たち五人で口裏を合わせ、美穂の死を隠そうとしたのだろうか」

浜中たちが話を終えると、加瀬が言った。

「工藤の証言が真実であれば、その可能性、高まりますね」

夏木が応えた。先日小料理屋で、加瀬が口にした五人共謀説。それを浜中は反芻する。

喜多村雄二、真知子、俊郎、佐月高秀、奈緒子。この中の誰かが貸別荘内で美穂を死なせてしまう。美穂の死を隠し、失踪に見せかけよう。誰かが提案し、五人で口裏を合わせる。

それから美穂の遺体をセドリックのトランクに隠し、貸別荘を出て、美穂を捜すふりをする。美穂の靴を崖近くに置き、美穂がいなくなったと所轄署に連絡。

翌日、高秀はセドリックで安中市内の自宅に向かい、途中、後閑に美穂の遺体を埋める。

この流れであれば、工藤の証言と合致する。

だが――。

浜中は口を開いた。

「でもそうなると、誰が愛香ちゃんを誘拐したのでしょう」

五人の誰かが美穂を死なせ、その罪を暴くため、残り四人の誰かが愛香を誘拐した。だから身代金を要求せず、ただ美穂の遺体を掘り出させた。そういう流れではないのだろうか。

由未が言う。

「五人で口裏を合わせて、美穂ちゃんの死を隠した。けれど罪の意識に耐えきれず、きちんと供養したくなり、美穂ちゃんの亡骸を掘り出させたとか……」

首をひねりつつ、浜中は口を開いた。

「美穂ちゃんへの罪の意識に苛まれる中で、さらに誘拐という新しい罪を犯すかな。僕だったら警察に出向いて、洗いざらい打ち明けるけど」

「ですよね」

「ちょっと電話、かけてくるぞ」

加瀬が席を立った。しばらくして戻り、椅子にすわって話し始める。

「北軽井沢を管轄する長野原警察署には、知り合いがいてな。美穂失踪時の様子を、そいつに詳しく訊いた」

と、加瀬が話し始めた。

「美穂がいなくなった。喜多村雄二からのそういう連絡を受け、二台のパトカーに分乗して、八人の警察官が貸別荘に駆けつけた。

雄二たちを疑ったわけではないが、彼らの話を鵜呑みにして、はいそうですかと捜索隊を出すわけにはいかない。人員的にも金銭的にも大ごとだからな。それに美穂がどこかに隠れ、雄二たちが見落としたかも知れない。

八人の警察官はまず、別荘内を徹底的に調べたそうだ。ログハウスの中は無論、建物は高床式だから、床と地面の間に入って、地面を掘った痕跡の有無まで確認した。

庭の芝に異常がないか隅々まで見てまわり、二台の車の中を余すところなく、それこそボンネットまで開けて調べた。

そこまでして、美穂がどこにもいないことを確認し、それから川や崖を捜し、さらにそのあと捜索隊が結成されたという」

「さっきも言いましたけど、二台のパトカーが到着した時、工藤さんはまだ貸別荘のすぐ近くにいたそうです」

浜中は言った。難しい顔でひとつ息をつき、加瀬が口を開く。

「もう一度、あの日の流れをまとめてみるぞ。

まず午前十時過ぎ、雄二たち一行が貸別荘に到着する。

午前十一時、別荘のすぐ近くで工藤が絵を描き始めた。ふたりの女の子のはしゃぎ声が聞こえたと工藤は証言、ならばこの時点で美穂は生きていた。

午後二時半。奈緒子と愛香を留守番にして、雄二、真知子、俊郎、高秀の四人が美穂を捜しに外へ出る。これを工藤は目撃した。

崖のところで美穂の靴を見つけ、雄二たちは貸別荘に駆け戻り警察へ連絡する。

午後四時、パトカーが貸別荘に到着。それを潮に工藤はイーゼルを畳んで立ち去る」

夏木が言う。

「五人が口裏を合わせて貸別荘内に美穂の遺体を隠せば、駆けつけた警察官が見つけ出したはず。そして遺体を外へ運び出せば、工藤の目に留まった」

「その状況で美穂ちゃんは、神隠しに遭ったかのように消えた」

やや呆然と浜中は呟いた。沈黙が降りてくる。

5

ミルクティーを啜って沈思してから、由未が話し始めた。

「たとえばなのですが、大人たち四人で美穂ちゃんの遺体を隠しつつ、扉を開けて貸別荘を出た。それから崖の上へ行き、遺体を川へ落とした。これはどうです？」

「大人四人、死体を隠して輪になって歩けば、工藤が不審を覚えたはずだ。また川へ行く前に誰かに出会えば、あるいは車がとおりかかれば、なにをやっているのかと不審に思われる。遺体を隠すのに、そういう雑な行為はしないだろう」

加瀬が応えた。めげずに由未が口を開く。

「ログハウスの丸太。その中が空洞になっていて、そこへ遺体を隠した」

夏木が言う。

「この前、鑑識の鶴岡に会ったよな。やつがな、ログハウスのすべての丸太を叩いてまわったそうだ。丸太に異常はなく、そもそも遺体を隠せるほど、丸太は太くない」

「死体をばらばらにして、台所の引き出しなどに分散して隠した」

「後閑城址公園から見つかった美穂の遺体に、ばらされた痕跡は一切なし」

「ああ、そうでした。ええと、ほかには……。あっ、車だ！　でも駆けつけた所轄署の人たちは、二台の車を隅々まで見たんですよね」

加瀬がうなずく。

「車も駄目か。そうなると、あとは」

と、由末はテーブルの上で、両手を握り締めた。頭をフル回転というふうに、両目をぎゅっと閉じる。

「頑張って」

思わず浜中は声をかけた。すると由未がぱちっと目を開け、こちらを見る。

「浜中さんも考えてくださいよ！」

由末に言われて、浜中は頭をかいた。だが、浜中は考えるのが苦手なのだ。浜中は口を開いた。

「貸別荘から一歩も出ずに、美穂ちゃんは消えた。瞬間移動や透明人間。そういう超常現象が起きたとしか、思えませんよ」

「だったら浜中さん、捜査報告書にそう書いてくださいね」

「いや、それはちょっと」

「『美穂ちゃんは透明人間になったのだ』。報告書にそう書いたら、浜中さんのところの美人係長、どう反応しますかね」

友だちに悪戯を持ちかける中学生。そんな表情で由末が顔を寄せてくる。

「だから書かないってば」

「ああ、つまんない」

そう言って、由末はティーカップに手を伸ばした。真顔になって考え始める。

夏木に目を向け、浜中は口を開いた。

「生死にかかわらず、美穂ちゃんは貸別荘を出ていない。けれど美穂ちゃんの靴は川の近くにあり、遺体は安中市内に埋められて、着衣には藻が付着していました。一体どういうことでしょう」

「靴など、どうにでもなる」

さらりと夏木が言った。

「どういう意味です？」

浜中は問う。由未も夏木に顔を向けた。

「五人で口裏を合わせたのか、誰かが美穂を死なせて遺体を隠し、いなくなったとほかの四人を謀ったのか。

そのどちらであるにせよ、美穂を捜しに行く時、靴をポケットにでも隠せばいい。そして崖の上へ行き、こっそりどこかに置く。

それを誰かに発見させる。あるいは自分で見つけたふりをする。それだけの話さ」

「そうか！」

と、由未が右手を握った。その右手でハンマーさながら、左の手のひらをポンと叩く。

浜中はちょっと驚いた。合点が行った時の仕草だが、ほんとうにこれをやる人は、あまりいないような気がする。

「昼寝から目が覚めたら美穂ちゃんがいない。そのあと玄関に行ったら、美穂ちゃんの靴がなかった。真知子さん、そう言ってましたよね」

由未の言葉に浜中はうなずいた。

「五人で共謀したのであれば、誰でも靴を手に取れますよね。だったら美穂ちゃんの死は単独犯によるものと仮定して、昼寝の間に誰が靴を盗めたか、ちょっと考えてみましょうよ。あ、もしかして夏木さん、検討済みですか？」

「そうだが、ふたりで考えてみろ」

「はい！　ええとまずは真知子さん。俊郎さんが屋根裏部屋にいて、雄二さんは洋室。奈緒子さんが寝ていれば、美穂ちゃんの靴は盗めた。奈緒子さんも真知子さんが寝ていれば同様に盗めた。ですよね、浜中さん？」

「はい」

「次は俊郎さん。屋根裏部屋をそっと降りれば、靴は盗めた。ですよね」

「はい」

「雄二さん。洋室からこっそり抜け出し、靴を盗むことはできた。ね」

「はい」

浜中は返事をした。中学生のような由未が、なんだか上司に思えてくる。

「最後に高秀さん。庭からこっそり玄関に入り、靴を手にできた。ああ、全員できます。これじゃ犯人絞れませんよ、まったくもう」

「僕に言われても」

夏木が口を開いた。

「それからな、希原」

「はい」

「着衣の藻も、忘れていい」

「え？」

由未が目を丸くした。

「貸別荘近くの川や湖へ行き、湖水や川の水を何かの容器に汲む。後閑城址公園に埋める際、それを死体の着衣にかければいい」

夏木が言った。由未の手のひらで、ポンと音が鳴る。

「その、ポンはどうだろうか」

ささやかな反撃の思いを込めて、浜中は言った。だが浜中に目もくれず、由未が夏木に問う。

「セドリックには灯油用のポリタンク、シャレードにはクーラーボックスが積んでありました。そのどちらかで、水を汲んだのでしょうか？」

「そこまでは解らないさ」

と、夏木が肩をすくめた。それから頬を引き締めて、口を開く。

「しかしそれでも謎は残る」

「そうですよね」

「あの日の午前中まで、美穂は生きて貸別荘にいた。午後四時に警察官たちがきて、敷地内をくまなく捜すが見つからない。だがその間、美穂は外へ出ていない。

工藤の証言が真実であれば、美穂というひとつの肉体が、貸別荘の敷地から完全に消えたわけだ。この謎は手強いかも知れない」

と、夏木が結ぶ。

6

浜中は道端に車を停めた。すぐ先で緩やかな登り坂が始まっており、そこから先は道幅が狭い。

あれから浜中たちは喫茶店を出て、工藤が経営する店をまわった。工藤という人物について、さりげなく従業員たちに訊く。

工藤は信頼できる人物であり、嘘はつかず、軽薄な言動も取らない。

従業員たちは一様にそう応えた。

自分の勤務先の経営者だから、あからさまに悪口は言えないだろう。だが、工藤について語る従業員たちに、おべっかを口にしている様子はない。

また喜多村俊郎たち一行は、あの日初めて北軽井沢を訪ねたという。工藤が喜多村家や佐月家の人々と因縁があり、何らかの思惑で嘘の証言をした可能性は、ゼロではないがごく低い。

そんなことを話し合ったあとで、浜中たち四人は工藤に会った。加瀬や夏木の前で、あの日のことをもう一回、語ってもらう。

そして工藤と別れ、ここへきたのだ。

「工藤は嘘をついていないだろう」

と、加瀬が夏木に目を向ける。

「彼は真実を語っている。私にもそう見えました」

「だな」

言って加瀬が歩き出す。浜中と夏木、由未もならった。四人で坂を登っていく。

坂を登り切り、浜中たちは林の中の小径に入った。水の音が聞こえてくる。

木漏れ日を踏んでさらに行くと、鮮やかに視界が開けた。崖の上に出たのだ。美穂が転落したとされる場所だが、工藤の証言が出た今、ほんとうに美穂がここから落ちたのか、解らない。

北軽井沢を去る前に、もう一度この現場を見ておこう。

加瀬がそう言い、浜中たちはここへきた。

と──。

崖の先に目を向けて、浜中たちは揃って足を止める。いわくあるこの崖に、先客がいたのだ。

初老の男性がひとり、浜中たちに背を向けて、崖際にしゃがんでいる。背中に邪魔されて男性の手は見えないが、両手を合わせて祈りを捧げている様子だ。

男性を驚かせてしまえば、誤って川に転落するかも知れない。

そう思ったのだろう。ことさらに足音を立てて、加瀬が歩き始める。浜中たちも歩き出し、すると男性がこちらを向いた。浜中たちを認めて腰をあげる。

七十歳前後だろうか。白髪で、猛禽類さながらに目つきが鋭く、痩せて、面貌に一切弛緩がない。

浜中たちを警戒しているというよりも、いつもそういう面持ちなのだろう。彫刻刀で彫ったかのように、表情に険しさが刻み込まれている。

浜中が会釈すると、男性はかすかにあごを引いた。表情を一切変えず、そのまま行き過ぎようとする。

「ここでどなたか、亡くされたのですか」

足を止めて、穏やかな口調で加瀬が問う。男性は立ち止まり、しかし無言を守る。

「この崖から川へ身を投げる人が、時折いると聞いたものですから」

加瀬が言った。ちらと視線を崖の先に投げ、ようやく男性が口を開く。

「ただなんとなく手を合わせた。それだけです」

枯れ木をこすり合わせたような、乾いた声だ。しかし浜中は見逃さなかった。

百分の一秒、千分の一秒、あるいはそれより短い時間。

男性の双眸に哀しみの色が宿ったのだ。

「なんとなく、ですか？」

加瀬が問う。

「失礼」

と、男性が去って行く。世俗との交わりを極力絶ち、自ら進んで、孤独という名の暗い穴ぐらに潜む。

男性の背を見ながら、浜中はそんな印象を抱いた。

7

男性を見送り、浜中たちはしばし崖の上に佇んだ。それから美穂の靴が見つかったという草むらへ行く。だが特に新しい発見もないまま踵を返した。

停めておいたレオーネに戻ると、夏木が運転を買って出てくれた。そして一路、安中市を目指す。喜多村雄二と真知子が暮らすマンションに着いた時、日は暮れかかっていた。マンション内の来客者用の駐車場。そこに夏木がレオーネを停めて四人で降りれば、茜色に染まった空が、ため息が出るほど美しい。

雄二と真知子が住むのは三〇四号室だ。マンションの扉自体に鍵はない。浜中たちは建物の中へ入り、三〇四号室の前に立った。

インターフォンでのやり取りのあとで、玄関扉が開く。顔を覗かせた雄二を見て、浜中はそっと息を呑んだ。

裡に溢れる疲れと哀しみが、毛穴のひとつずつから漏れ出て、雄二の全身に暗い染みを作っている。そんな様子なのだ。

「お疲れのところ、済みません」

心から、浜中は言った。

「いえ。実は少し前に、美穂の遺体が帰ってきましてね」

その現実から目をそらすまいと、歯を食いしばるように雄二が言った。

「まあどうぞ」

と、玄関扉を開けてくれる。浜中たちは廊下にあがり、居間にとおされた。八畳ほどの洋間だ。由未が言ったように、居間は温かみに満ちた空間だった。雄二、真知子、美穂。その三人の団らんが、見えてくるような気さえする。

けれど今、そこに人の姿はない。温かみの残滓（ざんし）だけが、浜中たちを迎えてくれた。

「美穂の棺は和室に安置しました。真知子はもう、そこから動かなくて。呼びましょうか？」

誰にともなく雄二が問うた。加瀬が首を横に振る。

「そうですか。どうぞ」

と、雄二がソファを手で示す。そして台所へ向かうそぶりを見せた。

「いえ、ほんとうにお構いなく」

雄二を押しとどめるように、加瀬が言った。浜中たちはソファにすわる。

ふたりがけのソファが、テーブルを挟んで向き合う。そういう応接セットだから、四人しかすわれない。雄二が椅子を持ってきて腰かけた。そして口を開く。

「高秀君、奈緒子、愛香、それに父の俊郎がここへきて、今夜、ひっそり通夜を行います。そっとしておいてほしいので、『忌中』も貼り出さないことにしました。明日もごく身内だけで、美穂を茶毘（だび）に付す予定です」

雄二によればすでに何度も、記者やリポーターの訪問を受けたという。

申し出た。

「さすがに疲れます」

と、雄二がうつむく。憔悴の雄二に対して心苦しいが、シャレードの車内を見たいと、浜中たちは申し出た。

「なぜ車を？」

首をひねりつつ、雄二が問う。

北軽井沢で会った工藤によれば、あの日美穂は別荘から出ていない。ならば車の中に、美穂が隠れる場所があったのではないか。

雄二たちは車の中やトランクを見たと証言し、そのあと長野原警察署の警官たちが、車の中を余すところなく調べた。

見落としはないだろうが、念のために確認する。

そう話し合って、浜中たちはここへきた。しかしそれらを雄二に告げず、ただ車を調べたいと浜中たちは応えた。いぶかしげな面持ちながら、雄二が承諾する。

浜中たち一行は、部屋を出てマンションの駐車場へ行った。シャレードの車内を覗く。

シャレードはハッチバックだから、後部座席の背もたれのうしろがそのままトランクだ。

「貸別荘内でこの車内を調べた時、座席やトランクに布やバスタオルなど、ありましたか？」

夏木が問うた。雄二が口を開く。

「なかったです。仮に布類があって、そこに美穂が隠れたとしても、人ひとり分の膨らみに気づかないわけがありません。あの日、この車内は隈なく調べましたから」

「そうですか」

と、夏木は腰を折った。運転席、助手席、後部座席。これらと床の間には、わずかばかり隙間がある。

浜中もしゃがみ込み、夏木とともにひとつひとつ、座席と床の隙間を覗き込んでみた。だが、それらはとても小さな空間で、人が隠れることなど到底できない。

それから雄二に、ボンネットを開けてもらった。様々な機械がぎっしり組み込まれ、エンジンでも外さない限り、人が潜める空間はない。

「あの日美穂ちゃんが車内にいて、それを見逃したことは？」

「絶対になかったです」

雄二が断言し、夏木がうなずいた。車内の調べはすっかり済んだ。浜中たちは雄二に礼を述べ、部屋へ戻っていく彼を見送る。

雄二によれば佐月高秀、奈緒子、愛香の三人は、今夜セドリックでここへきて、来客用の駐車場に停めるという。

来客用の駐車場は管理人室の脇に三台分あって、夏木はその端にレオーネを停めた。そこへ行き、浜中たちはレオーネに乗り込んで待機する。

やがてセドリックが到着した。管理人室の前で一旦停まり、高秀だけが降りて、窓口で手続きする。その間に浜中たちは、車を降りた。

手続きはすぐに終わり、高秀がセドリックに乗り込んだ。レオーネの隣に停める。そして高秀と奈緒子が車から降りた。

　ふたりとも喪服姿だ。奈緒子の面持ちには深い悲嘆の色があり、彼女ははっきりした顔立ちだから、見ているのがつらくなるほど痛々しい。

「こんばんは」

　加瀬が声をかける。

「待ち伏せですか」

　うんざり声で高秀が応えた。浜中は心の中で首をひねる。愛香が誘拐され、やがて無事保護されたのだが、高秀はむしろそれから刺々しくなった。どこか投げやりで苛々して、今日などそれを隠そうとさえしない。

　愛香誘拐から保護という流れの中で、美穂の遺体が掘り出された。もしかして高秀は、その瞬間から少しずつ、変わっていったのではないか。つまり高秀は、美穂の死に関与している。

　そこまで考えを進めてしまい、浜中は自らを戒めた。予断は禁物だ。

「ちょっと確認したいことがありましてね」

　そう応えてから、加瀬はセドリックの車内に目を向けた。後部座席に愛香がいて、なぜか車を降りてこない。吐息を落とし、奈緒子が口を開いた。

「美穂が亡くなったことは、もう愛香に告げました。薄々気づいていたのでしょう、天国に行く美穂を見送ろうと私が言って、愛香は素直にうなずきました。

　でも実際にここへきて、美穂の死を受け入れるのが、怖くなったのかも知れません」

つらい沈黙が降りた。しじまを破って、奈緒子が車の扉を開ける。そして愛香に声をかけた。

「怖いの？」

「うん」

そう応え、少し迷ってみせてから、愛香は車を降りた。浜中たちに目を向けて、それからうつむき口を開く。

「私、みほちゃんのこといつか、忘れちゃうかもしれない。それがとってもこわいの」

愛香は切なげに、小さな手を握り締めた。ぽろぽろと涙をこぼす。

その涙の滴、愛香の言葉、声。生涯忘れないだろうと、浜中は思った。

「そんなことない、大丈夫よ」

声を震わせて、奈緒子が言った。

「ほんとに？」

「うん」

「よかった」

と、愛香が泣き笑いの表情を作る。浜中は少しだけ安堵した。

「奈緒子さんと愛香ちゃんは、行ってくださって結構です」

加瀬が声をかける。奈緒子が顔をこわばらせ、高秀は太い眉根を寄せた。

「高秀さんから事情を聴取するわけではなく、車の中を見たいだけです」

すると精一杯記憶を手繰る面持ちを見せて、奈緒子が口を開く。

「貸別荘で美穂がいなくなった時、私たちは車の中を調べました。その時のことと、なにか関係でもあるのですか？」

「まあとにかく、車の中を見せてください」

と、加瀬がお茶を濁した。わずかに首をひねりつつ、愛香をつれて奈緒子が去る。

「どうぞ、お好きに」

と、高秀がセドリックを目で示す。シャレードの時と同じ要領で、浜中たちは隅々までセドリックを調べた。だがセドリックにも、美穂が隠れる空間はない。

8

潮騒のようなざわめきが、安中警察署の大会議室に広がった。夜の定例捜査会議。そこで浜中が、工藤の証言を報告し終えたところだ。

いつものように浜中は、夏木、加瀬、由未とともに最後列の席にいる。

幹部席の中央で、泊が口を開いた。さっとざわめきが消える。

「そりゃいったい、どういうことだい」

なんと応えていいか解らない。立ったまま、浜中は首をひねった。それから口を開く。

「なお、加瀬警部補の提案により、事件関係者にはまだ、工藤の証言は一切伝えていません」

「うん、そうだな。車の中や貸別荘の敷地内に、美穂が隠れる場所はない。しかし工藤によれば、美穂は貸別荘から出ていない。だが美穂はいなくなった。

美穂消失の謎。この解明こそが、犯人へのきざはしになるかも知れねえ。美穂が消えたと、首をひねってばかりは癪だ。逆にこっちの手札として、隠し持っておこうや。マスコミにもこれだ」

と、泊は手で口にチャックの仕草をした。浜中は着席し、捜査一課二係の川久保が起立する。

「おう、次は弥次さんかい」

「はい」

そう応え、川久保がおどけて笑みを作る。そのあとで頬を引き締め、川久保は口を開いた。

「喜多村雄二と真知子が住むマンション。そこの住人の主婦から、ちょっとした証言が取れました。愛香が誘拐された日の午後八時頃、真知子が車で出かけるのを見たというのです」

「車で？　だが、確か真知子は」

と、泊が与田管理官に目を向けた。

「二十五日の夕方、夫の雄二が出張で名古屋に向かった。それからずっと、真知子はマンションにいたと言っています」

「だよな。で？」

川久保が口を開く。

「しかしその主婦は、シャレードに乗ってマンションを出る真知子を、部屋の窓からはっきり見たと言っています。しかもそれだけではありません。

翌二十六日の午前七時頃、その主婦はゴミを出しに行ったのですが、喜多村家の駐車場所に、シャレードはなかったそうです」

「ほう」

泊がわずかに目を細めた。川久保が言う。

「『泊まりがけで出かけのかしら』。そう思ったことを主婦は覚えており、二十六日の朝、シャレードはなかったと断言しました。

しかしそのあと、主婦はシャレードに気を留めることはなく、いつ戻ってきたのか、解らないそうです」

「真知子は車で出かけたのに、自宅にいたと嘘をついたってことか」

と、泊が椅子に背を預け、頭のうしろで両手を組んだ。川久保が着席し、奇妙な沈黙が降りてくる。

誰もが様々に、思いを巡らしているのだろう。

佐月愛香を誘拐したのは、あの日貸別荘にいた五人の誰かの可能性がある。その中で佐月高秀、奈緒子、喜多村雄二、俊郎にアリバイが成立。残るは喜多村真知子だけであり、その真知子が虚偽の証言をした。

これですんなり、真知子逮捕に向かうのか。

しかし監禁場所の選定や、睡眠薬を脱脂綿に含ませたであろう手口から見て、犯人はなかなか用意周到だ。

真知子が誘拐犯だとして、マンションの住民に出かける姿を目撃されないよう、何らかの手を打たなかったのは、逆に変ではないか。

「まあとにかく、新展開ではあるな」

泊が言った。与田管理官に指名されて、刑事や鑑識たちが報告していく。

愛香の監禁場所である河田家の、庭の一部が濡れていた。数日前、それを鶴岡から聞き、濡れた地面の土を調べてほしいと夏木が依頼した。

その結果を鶴岡が報告する。

「特に変わった成分は検出されませんでした。地を濡らしていたのは雨水や海水ではなく、水道水だと思われます」

言って鶴岡が着席した。

ほかに新たな情報はない。ほどなく捜査会議は終わった。捜査員たちが席を立つ際の、椅子が床に擦れる音。人々のざわめき。それらに包まれた大会議室で、浜中は口を開く。

「先輩、これからどうします？」

「そうだな」

と、思案する夏木の双眸に、ほんの一瞬哀しみの色が宿る。

「少し疲れた。悪いが今日はもう、あがらせてもらう」

「そうですか」

浜中が応えると、そのまま夏木は大会議室を出て行った。

普段の夏木と、どこか様子が違う。ひとり残されて戸惑いつつ、浜中は視線を彷徨（さまよ）わせた。

浜中や夏木の上司である美田園恵が、一番前の席にいる。腰をあげ、振り返った美田園と目が合った。おや、という表情になって、美田園がこちらへくる。

「夏木君、あがったの？」

浜中の横で足を止めて、美田園が口を開いた。

「はい。実はあの……」

と、ざわめきの中で浜中は逡巡する。

「軽く一杯、行こうか」

いたわりの笑みを見せて、美田園が言った。

9

安中駅近くのバー。浜中は美田園とともに、カウンター席の端にすわっていた。

浜中の前にはビール、美田園の前にはフローズンダイキリ。つやつやと磨き込まれたカウンターに、間接照明の光が映り込む。

美田園が目配せすると、気を利かせてバーテンダーが浜中たちから離れた。浜中は口を開く。

以前に高秀から、愛香が生まれた時のことを聞いた。小さな声で、その話を美田園に語っていく。

高秀の先妻である温子は、妊娠中に癌を告知された。癌治療に専念する。温子はその選択肢を取らずに愛香を産み、亡くなったという。

「高秀さんからその話を聞いた時、夏木先輩はとても哀しい表情を見せました。それからも高秀さんと会った時、先輩の顔に時々影がさすのです」

浜中は言った。

「そうか」

と、美田園がフローズンダイキリのストローを口に含む。上品な仕草で一口のみ、視線をカウンターに落とした。

居酒屋では華やかに飲み、バーではしっとり振る舞う。そういう使いわけが、美田園は自然にできるのだろう。

控えめにかかる音楽が、浜中の耳に流れ込んできた。美田園は口を開かない。浜中はグラスのビールを口に運び、沈黙に身を任せた。

「口止めされてるわけじゃないし、浜中君も夏木君のよき相棒に育ったから、そろそろ知ってもいい頃かな」

やがてそう言い、美田園は少し寂しげに笑った。それからふっと、懐かしそうな面持ちになり、口を開く。

「六年前、夏木君は結婚した。相手は私と同期の婦警、間宮聡子(まみやさとこ)さん。同期といっても年齢は、彼女のほうがずっと下。

それでも夏木君より、ふたつ年上の姉さん女房でね。夏木君は彼女を『聡子さん』と呼び、聡子は夏木君のことを『大介』と呼ぶ。そんな、ちょっとかかあ天下の家庭だった」

硬派な印象の夏木が、家で妻をさんづけで呼ぶ。少し意外な気がしたが、そのあとですんなりと浜中は納得した。

夏木は強いが、決して威張らない。亭主関白の夏木など、想像できないのだ。少しだけ妻にやり込められて、苦笑を浮かべる。そんなほうが夏木らしい。

「上州名物、『かかあ天下と空っ風』ですね」

浜中は言った。

「そのほんとうの意味、知ってる？」

「ほんとうもなにも、そのままの意味ですよね」

「上州は養蚕が盛んでね。これは女性の仕事だったの。春と夏は養蚕、秋は田の収穫、冬は織物。『かかあ天下』はね、一年中よく働く上州女を称えた言葉なのよ」

「そうだったのですか。群馬生まれなのに、ちっとも知らなかったです」

と、浜中は頭をかいた。

「しっかり稼げるから、気に入らない亭主は家から追い出す。そういう上州女も、多かったとは思うけどね」

そう言って小さく笑み、フローズンダイキリで喉を湿らせて、美田園が口を開く。

結婚し、夏木と聡子は官舎に住んだ。聡子は気さくで明るくて、美田園はほかの婦警とともに、よく夏木家で夕食会をしたという。

「夏木君は黙ってお酒を飲み、私たちの他愛ないお喋りにつき合ってくれた。

聡子と夏木君、べたべたしないんだけど、お互いをしっかり理解しているのが伝わってきてね。羨ましいほど、似合いの夫婦だった。

夏木君は前橋警察署の刑事課にいたんだけれど、やがて県警本部の捜査一課二係に配属されたの。

そして一年後、聡子が妊娠する。

私まで嬉しくなるほど、聡子は幸せそのものだった。けれどそのあと、念のために受けた健康診断で、肺に異常が見つかってしまう。

専門医に診てもらった結果、肺癌だと判明したわ」


浜中の胸が、哀しみに染まる。

夏木の妻は病死。浜中が仄聞（そくぶん）していたのは、それだけなのだ。


「お腹の子供への影響を考えれば、副作用のある抗癌剤は使えない。だから選択肢はふたつ。医師は聡子にこう説明した。

ひとつ、お腹の子供を諦めて、肺癌治療に専念する。

ふたつ、子供を産み、それから癌の治療を開始する。

そのあとで、医師はさらに言ったそうよ。後者を選んだ場合、子供を産む前にあなたの命が尽きるかも知れないと」


「そんな」


「妊娠と癌治療の両立。夏木君と聡子はそれを求めたけれど、お腹の子の大きさや聡子の癌の進行具合から、難しいことが解った。

そして夏木君は、肺癌治療に専念するよう聡子に勧めた。けれど聡子に子供を諦めるという選択肢はない。ふたりは初めて諍い、関係は徐々に冷えていく」

「せっかくの、おめでたなのに」

ただやるせなく、浜中は両手を握り締めた。

「そのあとのふたりを詳しく話すのは、ちょっとつらすぎる。とにかく聡子は子供を産むことに決めて、けれどその前に彼女は逝ってしまう。お腹の子も助からなかった」

切ない沈黙が降りた。

聡子という女性が癌にならず、子供を産む。それから始まる団らんの中で、夏木が見せたであろう笑顔を思い浮かべて、浜中は思わず涙ぐむ。

鼻を啜って目をしばたたかせて、浜中は涙を散らした。そして口を開く。

「そのあと先輩は」

「忌引きを終えて、普段通り働き出したわ。ほどなく官舎を出て、マンションに移ったけどね」

「そうですか」

きつい時ほど、つらい時ほど、夏木はいつもどおりに振る舞うのだろう。

「聡子の一周忌の時、夏木君は私だけに、聡子の最期を話してくれた。

『あなたと過ごせて、私はとても幸せでした。ありがとう、ごめんね』そう言って、聡子は夏木君の腕にすがり、『赤ちゃんのことお願い』という言葉を残して、逝ったそうよ」

「それって」

「お腹の子は助からない。聡子はそれを知らずに亡くなったの。それが幸せなのか不幸なのか、私には解らないし、答えはないかもしれない。

聡子が今際(いまわ)に残した言葉。夏木君は聡子のために、今も幻の赤ちゃんを育てているかも知れない」

フローズンダイキリのグラスに、哀しみを流し込むように、美田園は小さく吐息を落とした。汗をかいたグラスを見つめ、浜中は沈黙の中を彷徨い始める。

しかしそこへ振動音がした。美田園が内ポケットからポケベルを出す。その画面を見つめ、彼女はさっと表情を引き締めた。

「捜査本部に戻るわよ」

「解りました」

そう応え、夏木の過去への思いを置き去りにして、浜中は席を立った。

10

浜中は美田園とともに、安中警察署の大会議室に入った。泊捜査一課長と与田管理官、それに数人の刑事が室内にいる。加瀬と由未の姿もあった。

「どうしました?」

幹部席の泊の前に立ち、美田園が問うた。浜中は少し離れて耳をそばだてる。

「喜多村雄二が訪ねてきてな」

「もしかして」

美田園の声が張り詰める。愛香誘拐、あるいは美穂の死体遺棄について、情報提供にきたのか。それとも自首か。

「話があると言うから、応接室にとおした。今、弥次さんと喜多さんが対応している」

泊が応えた。

「うちの川久保と住友ですか」

「ああ、あのふたりなら安心だ。とにかく任せて、待つしかねえぜ」

「はい」

と、美田園が長机の列の最前列に着いた。少しうしろの席に加瀬と由末がいる。浜中はそこへ行き、由末の隣に腰をおろした。じりじりと時が過ぎる。

やがて扉が開き、川久保が姿を見せた。白い手袋を嵌めて、右手に封筒を持っている。

「おう、どうだった?」

すかさず泊が声をかけた。

「喜多村雄二宅に、今日これが届いたそうです」

川久保は幹部席に行き、封筒を机の上に置いた。

「正式な捜査会議ってわけじゃねえ、遠慮しなくていいんだぜ」

泊が言い、浜中たちは腰をあげた。みなで幹部席の机を取り巻き、机上の封筒に目を落とす。

便箋が三つ折りで入るありふれた白い封筒で、「安中」が消印の速達だ。

浜中は身を硬くした。隣に立つ由末からも、強い緊張が伝わってくる。

封筒には、喜多村家の住所と喜多村雄二の名が記してあった。その字がやけに角張っているのだ。愛香誘拐事件において、誘拐犯は指示書をいくつか出している。その字はすべて、定規を当てたかのようだった。それに似た文字が今、浜中の眼前にある。

「差出人の名はありません」

いつも剽軽な川久保も、さすがに表情が硬い。彼は封筒を裏返し、それから元に戻した。

「中にはなにが？」

泊が問い、川久保が封筒へ手を入れる。一枚の便箋を取り出し、三つ折りのそれを慎重な手つきで開いた。宛先同様、角張った文字が縦書きで並ぶ。みなの視線は釘づけだ。

> 美穂の命を奪い、遺体を後閑に埋めたのは、喜多村雄二、貴様だ。私は証拠を握っている。
> だがその証拠を売ってもいい。
> 証拠の代金として百万円。
> 口止め料として百万円。
> 合わせて二百万円を持ち、六月二日の午後一時に後閑城址公園の本丸跡に来い。

浜中はせわしなく文字に目を走らせた。もう一度ゆっくり読んでから、由未に目を向ける。

「違いますよね」

小声で由未が言い、浜中はうなずいた。

角張った感じは似ているが、愛香誘拐事件の指示書とは違う文字だ。

張り詰めた座の空気を溶かすように、泊がゆっくり息をつく。それから口を開いた。

「愛香を誘拐した犯人が、わざと別の筆跡でしたためたのか。それとも別の人物が、この脅迫状を書いたのか。で、雄二はなんて言ってんだい？」

川久保が応える。

「自分は美穂の死に関与していない。潔白だから金など払うつもりはなく、脅迫状を警察に提出しに来たと」

「そうかい。脅迫状のこと、雄二は誰かに言ったのかな」

「いえ、妻の真知子にも、話していないそうです。美穂の遺体が見つかって以来、真知子は憔悴しきっており、これ以上心配の種を増やしたくない。そう雄二は言ってます」

痛々しいばかりの真知子を、浜中は思い出す。

「今、雄二は？」

「住友とともに、応接室で待機してもらっています」

うなずいて腕を組み、泊が口を開く。

「さて、どうするかだな」

11

「その先を右だ」

レオーネの助手席で夏木が言った。うなずいて、浜中はウインカーを出す。右折した先にポストがあったから、その手前の路肩に車を停めた。

「これで八台目か」

と、夏木が地図に印をつける。沈んでいた昨夜と違い、普段の夏木に戻りつつあった。それが浜中には嬉しくて、けれど美田園に聞いた夏木の過去が、浜中の心に哀しみの霧を降らせる。

「ですね」

ことさら元気にそう応え、浜中は車を降りた。夏木と手分けして、付近の店を聞き込んだ。ふたりの手には佐月高秀、奈緒子、喜多村雄二、真知子、喜多村俊郎の写真がある。

佐月家に郵送された犯人からの指示書。消印からあの封筒は、五月二十六日の午前十時から午後三時の間に、郵便局が「富岡区」と呼ぶ区域のポストに投函された。あるいは正午から午後五時の間に、同区内に五つある郵便局のどこかに持ち込まれたことが判明している。

その時間帯、高秀と奈緒子は浜中たちとともに、ずっと佐月家にいた。雄二は名古屋に出張中で、俊郎は碁会所だ。

四人のアリバイは鉄壁であり、一方で真知子にアリバイはない。

真知子が犯人であれば、富岡区内で指示書を投函したはずだ。真知子の写真と、念のためにほかの四人の写真を手に、区域内のポストを総当たりしたい――。

今朝、加瀬と由未が、泊捜査一課長にそう具申した。区域内に五つある郵便局は、別の刑事が訪問済みだ。

区域内にポストは六十一台。かなりの数だから、浜中と夏木は手伝いたいと申し出た。泊が快諾し、地図上で区域をふたつに分けて、浜中たちは二台の車で安中署を発った。加瀬と由未も今頃、ポスト巡りをしているだろう。

ポスト近くの洋品店と煙草屋、それに喫茶店に入り、浜中は店主たちに五人の写真を見せた。だが、誰も見ていないという。

ポストや投函者に注意を払う者はいない。今回の聞き込みは、当たりが出ればみっけもの。しかし誰かがやっておく必要がある——。

出発前、加瀬が浜中たちにそう言った。だからめげない。喫茶店を出た浜中は、足取り軽く車の前で夏木と合流した。

「なにもなしだ」

そういう夏木の表情にも、焦りは一切ない。

「次、行きましょう」

そう言ってから、ふと浜中は思った。

万にひとつの目撃情報を得るために、頻繁に車を乗り降りしてポストを巡る。夏木の沈んだ様子に気づいた加瀬は、この単純作業が気分転換になると考えて、浜中たちの前で泊に具申したのかも知れない。

浜中たちは車に乗り込む。次のポストは雑貨屋の軒先にあり、浜中は少し先に車を停めた。夏木とともに降りて、ポストの前に立つ。

人の背丈ほどの丸ポストだ。四角いポストに取って代わられ、丸ポストは姿を消しつつある。浜中たちの目の前に立つ丸ポストも、相当古そうだ。

どれほどの人々が、どのような思いでこのポストに投函してきただろう。

そんなことを思ったあとで、先ほどと同様に手分けして聞き込みをしたが、目撃情報は出ない。

浜中たちは車に戻った。

「そろそろ運転代わろうか」

夏木が言い、その時浜中のポケットベルが振動した。

「済みません」

と、浜中は内ポケットからポケベルを出す。

着信番号を見て、浜中はぎょっとした。大伯母の神月一乃からだ。一乃は群馬県北部の水上町（みなかみちょう）に住み、齢八十を過ぎてなお、かくしゃくとしている。

浜中は小さい頃から、一乃にとても可愛がられた。そして浜中は、一乃に頭があがらない。

雑貨屋の店先の公衆電話。浜中はそこへ突進し、受話器を取りあげて神月家の番号をまわす。呼び出し音は一回目の途中で途切れた。

「今日は電話をよこすのが早いな」

受話器の向こうで一乃の声がする。

「でしょ！」

自慢げに浜中は応えた。

ポケベルを鳴らしたら、三十秒以内に電話をよこせ――。

一乃はそんな無茶を言う。だが、今日は三十秒以内にかけられた。

「三十秒はクリアできたか。よし今度から二十秒でかけてこい」

そう言って、受話器の向こうで一乃がくつくつ笑う。

「一乃ばあ。それは絶対無理だから」

「いや、康平。お前ならできる」

「変に褒めないでよ。それで今日はどうしたの？」

「雨樋を掃除しようと、屋根に梯子をかけて登ったら、途中で落ちてしまってな。木の梯子だったから、濡れて滑りやすくなっていたようだ」

浜中は一瞬言葉を失った。思わず受話器を握り締める。

「大丈夫なの⁉」

「救急車で運ばれたよ、与助（よすけ）さん」

「へ？　与助さん」

「ああ、川向こうの小林（こばやし）与助さんだよ。康平、お前も知ってるだろう」

「うん、知ってるけど。僕はてっきり、一乃ばあが落ちたと思ったよ」

与助には申し訳なく思ったが、正直言って浜中は安堵した。

「先に与助さんの名を出せばよかったな。心配かけて済まない。康平、ありがとうな」

少しだけしんみりと、一乃が言った。

「そんなことないよ。それで与助さんは？」

「医者によれば、ひと月ほどで退院できるらしい」

「よかった。お大事にって伝えてね」

「ああ。康平、お前は元気か？」

「うん、元気。仕事が一段落したら、水上へ遊びに行くよ」

「お前の好きな料理を、たんと作って待ってるぞ」

「ありがとう」

心からそう言って、二言三言のやり取りのあと、浜中は電話を切った。

12

浜中は駆け足で車に戻った。車の脇に立つ夏木に詫びて、一乃とのやり取りを話す。

話が終わり、浜中たちが車に乗り込もうとしたところへ、赤い軽自動車がやってきた。郵便局の車だ。丸ポストの前に停まり、制服姿の郵便局員が降りてくる。四十半ばの男性だ。

男性は車のうしろの扉を開けた。大きくて丈夫そうな、緑色の袋を取り出す。そして彼はポストの前に立った。

「ポケベルが鳴り、お前が電話をかけたから、こうして集荷の人に会えた。一乃さんに感謝だな」

言って夏木はポストに向かう。浜中もあとを追った。男性に声をかけて、警察手帳を見せる。

「警察の方……」

驚きと戸惑いがない交ぜという表情で、男性が言った。

「とある事件を捜査していましてね。ポストの近くでこの方々を見たこと、ありますか？」

と、夏木が五枚の写真を見せた。真剣な面持ちでしばらく眺め、それから男性は首を左右に振る。

「ちょっと覚えてないですね」

「そうですか、お仕事中済みません」

夏木が言った。男性に頭をさげて、浜中たちは車に戻る。

そこでふと、浜中は足を止めて振り返った。せっかくだから、集荷の様子を見たくなったのだ。夏木も同じ考えらしく、ポストに目を向けた。

丸ポストを人間にたとえれば、顔のところに庇つきの投函口がある。お腹のあたりが四角くせり出し、そこが集荷扉だ。

男性は膝を少し折り、集荷扉に鍵をさし込んでひねった。やや力を込めた様子で扉を開ける。それから左手に集荷袋を持ち、右手をポストの中に入れた。郵便物を丁寧に取り出しては、集荷袋に入れていく。

そのあとで男性は、ぐいと右腕をポストの中に突っ込んだ。空中に両目を向けて、左右に泳がせる。集荷忘れがないか、ポストの底を探っているのだろう。

「未集荷なし」

小さく呟き、男性は腕をポストから出した。集荷袋を地に置いて、両手で集荷扉を持つ。そして勢いをつけて、扉を閉めた。ガタンという音がして、ポストがわずかに揺れる。

「古いから、建てつけが悪いんでしょうね」

と、浜中は夏木に目を向けた。しかし夏木は応えず、じっとポストに目を注ぐ。

ほどなく夏木の双眸に、針のような鋭い光が灯った。その光がぐんぐん強くなり、夏木の精悍さが際立っていく。

夏木が歩き始めた。浜中はあとを追う。

郵便局の男性は、集荷袋を車に積み込んだところだ。夏木はそこへ行き、男性に声をかけた。

「このポストの扉、いつも勢いよく閉めるのですか？」

「ええ、古いポストですからね。開ける時はいいんですが、閉める時はちょっとしたコツがありまして」

いぶかしむような男性の声だ。気にした様子も見せずに夏木が訊く。

「丸ポストの内部、どうなっています？」

「どうもなにも、鉄製の長方形の箱がすっぽり入っているだけです」

「投函口から郵便物を入れると、その箱の中に入る？」

「はい。それを今、私が集荷したわけです」

「このポストの集荷担当は決まっていますか？」

うなずいて、男性が説明した。曜日ごとに交代で、三人の郵便局員がこのポストにきて、集荷するという。

「三人とも、同じように扉を閉めますか？」

「はい。みんなこいつの癖は摑んでますから」

「そうですか」

と、夏木は質問を再開した。集荷時間について訊く。

「ここにありますでしょう」

男性がポストの側面を指で示した。平日、日曜日ともに、午前十時と午後三時頃集荷と記されている。

「ほぼこの時間どおり、集荷にきます」

うなずいて、夏木は刹那沈思する。それから口を開いた。

「宛先不明の郵便物、ありますよね」

突如話題が変わり、男性はまごついた面持ちだ。浜中も内心で首をひねる。

「たとえば前橋市の城東町（じょうとうまち）は、五丁目までしかない。宛先に『前橋市城東町八丁目』とある手紙は、どう取り扱われるのです？」

と、夏木が問いを重ねた。

「差出人が記されていれば、宛先不明の郵便物として、差出人に返還します」

「差出人の名がない場合は？」

「さっきの前橋市の例でいえば、城東町の配達を受け持つ郵便局に送られます。そこで一定期間保管してから、棄却処分ですね」

「全国の郵便局を調べるのは不可能だ」

と、夏木が独りごちた。男性に目を向けて口を開く。

「お忙しいのに済みませんでした」

「いえ」

男性がそう応え、浜中と夏木は車に戻った。

「一乃さんがヒントをくれた。改めて感謝だな」

車に乗り込み、夏木が言う。

一乃が話した小林与助の怪我。そこから夏木はなにか閃いたらしい。けれど浜中には、さっぱり解らない。

13

浜中はレオーネを運転していた。助手席に夏木、後部座席に加瀬と由未。

どんよりとした空の下、午後六時を過ぎて、車窓を過ぎゆく安中の街は、活気づきつつある。

昨日、あれからポスト巡りをすべて終えたが、目撃者と会うことはなかった。加瀬や由未も、目撃情報は得られなかったという。

あの丸ポストで、夏木は何か閃いたはずだ。けれど夏木は丸ポストのことを、加瀬たちに話していない。まだ推理が固まっていないのか、それとも思惑があるのか。浜中には解らない。

美穂が消えた日、貸別荘の近くで結婚式があった。

夏木たちが得た情報により、別の捜査員たちが昨日、新郎新婦や結婚式の列席者を訪ねた。だが特に情報は得られなかったという。

沈黙を載せて、レオーネは街を走る。そのしじまをやがて、由未が破った。

「愛香ちゃんが誘拐されて、美穂ちゃんの遺体が見つかり、今度は雄二さんに脅迫状。これからどうなっていくのでしょう」

解決への光明がささず、さらに錯綜していく事件。由未の言葉は焦燥にまみれている。

一昨日の夜、脅迫状を手に喜多村雄二が安中警察署にきた。浜中たちは大会議室で脅迫状に目をとおしたのだが、そのあと泊一課長が雄二に会って協議した。

結果、脅迫状に記された指定の場所へ、雄二に行ってもらうことになった。泊によれば、雄二から言い出したという。

脅迫状を送りつける卑劣な行為は許しがたく、犯人が誰なのか突き止めたい。また警察が脅迫者を逮捕して、それが愛香と美穂の事件解決のきざはしになるかも知れない。だから協力を惜しまない。

そう申し出た雄二に対し、身に危険が及ばないようできる限りのことをすると、泊は誓った。

そして今日の午後一時、普通預金からおろした二百万円を手に、雄二は後閑城址公園の本丸跡に向かったのだ。

脅迫状には美穂失踪時の状況が、全く記されていない。事件を報道で知ったあかの他人でも書ける文面だ。だから犯人像を絞ることはできないが、事件関係者の中に脅迫者がいる可能性も否定できない。

ならばこれまで喜多村家や佐月家の人々に会った捜査員を、現場に張り込ませない方がいい。脅迫者に面が割れている恐れがある。

泊はそう判断し、県警本部から別の刑事たちを呼び寄せ、後閑城址公園内に入念に配置した。

浜中たちは公園から離れた場所で車中待機し、指示を待つ。

午後一時。高台の本丸跡に雄二が立った。

一分、二分、三分。

じりじりと時が過ぎ、だが脅迫者は姿を見せない。十五分経ち、三十分経過しても何も起きない。そのまま二時間待ったが、結局脅迫者は現れなかった。脅迫者の目星は、まだついていない。

「警察の張り込みに気づいて、脅迫者は公園から立ち去ったのでしょうか」

後部座席で由未が言った。しかし浜中は知っている。刑事たちには、巧みに変装して日常風景の中にすっかり溶け込むすべがあるのだ。

よほど警戒し、どれほど注視しても、公園にいる人々の中から、刑事を見つけるのは難しい。

「あるいは最初から、金を受け取るのが目的ではなかった」

夏木が応えた。

「テレビで事件を知った誰かの悪戯とか、ですか」

身を乗り出して由末が問う。

「それは解らない。だが脅迫状の文面は『私は証拠を握っている』というだけだ。それで二百万円をほんとうに得られると、犯人は思ったのだろうか」

「言われてみれば、そうですよね。証拠の一部を同封するなり、書き添えるなりして、証拠の価値をしっかり示さないと、相手はお金を用意しないかも」

夏木が無言でうなずき、再び沈黙が訪れた。

やがて車窓にぽつりと雨粒が落ちる。降り始めた雨の向こうに、雄二たちの住むマンションが見えてきた。

「降ってきましたね」

由未が言った。心なしかその声は硬い。泊に命じられ、浜中たちはこれから、重大な仕事をしなければならない。

「入梅までには、この事件を片づけたいな」

低い声で加瀬が応えた。浜中はマンションの敷地に、車を乗り入れる。管理人室で手続きして、来客用の駐車場に停めた。四人で降りて、三〇四号室へ向かう。

玄関扉のインターフォンを押すと、雄二が顔を出した。目の下にはっきり隈が出て、かなり疲れているようだ。部屋着を着ているが、くつろいだ様子はない。

「先ほどはお疲れ様でした」

加瀬が言った。

「いえ」

「あれとは別件で、ちょっとお話を伺いたいのですが」

脅迫状のことを、雄二は真知子に告げていない。そのあたりを配慮したのだろう、脅迫状と口にせず、加瀬が話を進めた。

「お構いはできませんが」

そう応え、雄二が浜中たちを招じ入れる。

「今、このお宅には、雄二さんと真知子さんだけですか？」

まだ靴を脱がずに、声を潜めて加瀬が問う。雄二が首肯した。

「実は真知子さんだけに、訊きたいことがありましてね。できましたらその……」

「私は席を外せと？」

「そうして頂ければ」

「真知子が何か」

心配そうに雄二が訊いた。

「ちょっと確認したいことがあるだけです」

「まあ、どうぞ」

浜中たちは廊下にあがった。

雄二を先頭に居間へ入ると、真知子がいた。喪に服しているのだろう、黒い洋服でソファにすわっている。その姿はどこか仄々しく、すでに魂は黄泉の国へと攫われて、体が少しずつ消え始めているかのようだ。

浜中たちを認めて、真知子はゆるゆると腰をあげた。その嫋やかさが、かえって痛ましい。

「警察の方が話を聞きたいそうだが、大丈夫か」

雄二が言った。

「ええ」

吐息をそこへ落とすように、真知子が応える。

「私は和室にいる。なにかあったら、声をかけてくれ」

真知子にそう言い、心配な様子を残して雄二が去る。真知子が茶を淹れるそぶりを見せたので、加瀬が丁重に断った。

気を利かせて、由未が椅子を持ってくる。椅子にすわろうとする真知子に、由未はソファを勧めた。夏木と加瀬が並んでソファに腰かけ、浜中と真知子は向かいのソファについた。由未は椅子に腰かける。

少し間を置き、加瀬が口火を切った。佐月愛香が誘拐された夜のことを訊く。

夕方、出張に出る雄二を送り出し、そのあと朝までこのマンションにひとりでいたと、真知子は応えた。

「記憶違いでは?」

「いえ、ここにいました」

しおれた花のように肩を落とし、虚ろな視線をテーブルに置いて真知子が応えた。

「しかしあの夜、車で出かけるあなたを見た人がいます」

いきなり加瀬が手札を切った。だが真知子の表情に、まるで変化はない。

「だったら私、出かけたのでしょう」

生気のない声で、他人事のように真知子が応えた。

「しかしあなたは今、このマンションにいたと」

「刑事さんが仰ったように、記憶違いをしていました」

「では改めてお聞きします。あの夜、車でどちらへ出かけたのです」

「さあ」

そう応える真知子を見つめて、加瀬は口を開かない。

「北軽井沢へ向かったのでは？」

夏木が問う。しかし真知子は無言を守った。落ち着かない沈黙に、浜中たちは包まれていく。

加瀬がしじまを破った。

「お疲れのところたいへん恐縮ですが、あの夜のことをあなたから聞き出すまで、私たちはここに居すわるつもりです」

「そうですか」

うつむいたまま、一切の感情を見せずに真知子が言う。

四人で訪問して真知子に重圧をかけつつ、あの夜のことを問え。

それが泊の指示だ。

真知子にアリバイがないだけでは、泊もここまで命じないだろう。真知子は草津へ行ったと嘘をついた。警察としてはしっかり糺さなくてはならない。

しかし目の前の真知子は抜け殻同然で、相当参っている。愛娘を荼毘に付したばかりの真知子に、どう水を向ければいいのか解らず、浜中は口を開くことができない。

刑事失格だろうかと、弱気が頭を持ちあげた。浜中はちらりと由未に目を向ける。浜中と同じ思いなのか、真知子のために懸命に言葉を探している面持ちだ。

痛いような静寂がきた。カチッカチッと、壁掛け時計から針の音が聞こえてくる。

「お願いです、話してください」

やがて由未が言った。切なそうに真知子を見て、すぐに口を開く。

「美穂さんを亡くされて、そのご心痛はお察ししますが」

「お察し？」

と、真知子が由未の言葉を遮った。

「はい。つらいお気持ちは解ります」

「希原」

たしなめる口調で加瀬が言う。

次の瞬間、真知子がゆっくり顔をあげた。思わず浜中は凍りつく。真知子の目は鬼女さながらに吊りあがり、凄まじい憤怒の表情なのだ。

「あなたに私の気持ちが解るの？」

表情とは裏腹に、不気味なほど静かな声で、真知子が由未に問う。

「いえ、あの」

そう応える由末の顔から、見る間に血の気が引く。

「あなた子供いる？」

「いえ、いません」

「そのあなたに、私の痛みが解るというの？」

めらめらとした青い炎を、由末に向かって吹きつける。そんな様子で真知子が言った。

「済みません、ごめんなさい」

懸命に由末が謝る。だがその声は、恐らく真知子に届いていない。

「ご心痛はお察し、つらい気持ちは解る」

次第に声を高めながら、真知子は言葉を繰り返す。

「申し訳ありません」

と、加瀬が頭をさげ、浜中と夏木もならった。由末はおろおろと謝り続ける。しかし真知子は止まらない。呪詛（じゅそ）の言葉を吐くようにして、同じ言葉を口にする。

騒ぎを聞きつけたのだろう。居間の扉が開いて、雄二が入ってきた。

「大丈夫か？」

そう言って、雄二は真知子の横に膝をついた。右手で真知子の髪をさすり、そのまま頭を抱き寄せる。真知子はようやく口を閉じた。雄二の胸でしくしくと泣く。

「私たち夫婦が、何をしたというのです？」

かろうじて怒りを抑えている。そんな口調で雄二が言った。

14

「私、どうしたら……」

ぽつりと由未が言った。

あれから浜中たちは、雄二と真知子に詫びて喜多村家を辞した。そして四人で車に乗り、安中警察署に向かっている。ハンドルを握るのは浜中だ。

雨はすでに止み、濡れた路面に街の明かりが滲む。

「希原」

後部座席から加瀬の声が聞こえてきた。

「お前は懸命に真知子に呼びかけた。しかし美穂を亡くし、真知子の心はとても刺々しくなっていた。それだけのことだ」

「私、軽率でした。あまり考えもせず、気持ちが解るなんて言ってしまって」

「過ぎたことを思い煩っても、仕方ない。それにおれの仕切りも悪かった」

「加瀬さんのせいではありません。あの」

と、由未が身を乗り出してきた。

「浜中さん。車停めてください。私、ひとりで謝ってきます」

「え？」

と、浜中はバックミラーに目を向けた。由未の顔は、仄暗くしか映っていない。しかしそれでも真知子への済まない思いと、堪らない後悔が伝わってくる。

浜中は思わずアクセルを緩めた。

「停めるな、浜中」

加瀬が諭してきた。浜中がうなずくと、由未がしょんぼり座席に復す。

ゆっくりアクセルを踏みながら、浜中は口を開いた。

「真知子さんにかける言葉が見つからない。自分にそう言い訳して、僕はずっと黙っていました。真知子さんに声をかけた希原さんに比べて、僕は卑怯な人間です」

言い終えて、浜中は赤面した。これでは慰めの言葉になっていない。

「ありがとうございます」

けれど由未はそう言ってくれた。

15

朝八時、安中警察署の大会議室。今回の事件に携わる捜査員のほとんどが集結していた。浜中たち四人はいつものように、最後列の席だ。

緊急の捜査会議が、これから始まる。その内容はまだ伝わってこない。

前の扉が開いて、泊捜査一課長たち幹部が入ってきた。浜中たちは立ちあがって敬礼し、幹部がすわるのを待って腰をおろす。

「おうみんな、朝から済まねえな」

そう言って、泊が与田に目配せする。与田が口を開いた。

「本日午前六時半、喜多村雄二から連絡があった。昨夜午後十時過ぎ、雄二と真知子は自宅マンションで就寝した。しかし今朝、雄二が目を覚ますと真知子の姿がないという」

浜中の横で由未が身を硬くした。与田の言葉が続く。

「以下は雄二の談。

何も告げずにしかも夜間、真知子がいなくなったことなど、これまでない。

美穂は生きているかも知れない。その奇跡にすがりついて、真知子はこれまで生きてきた。その望みを絶たれ、死に場所を探して真知子は家を出たのではないか」

「嘘……」

由未の口から言葉が漏れた。与田が言う。

「私語は慎め」

「でもあの、私のせいなんです」

そう応え、青ざめた顔で由未が腰をあげた。

「私のせい？」

「はい」

「希原」

加瀬が止めるが由未は聞かない。

「昨夜、私は真知子さんを、ひどく傷つけてしまったのです」

「どういうことだ?」

与田が問う。昨夜の捜査会議では、真知子への聞き取りの様子を加瀬が報告した。その際加瀬は、真知子が激昂したことを告げていない。

由未は昨夜の出来事を語った。

「真知子が誘拐犯ならば、自殺されたらたいへんな落ち度になる。お前のせいだぞ!」

聞き終えて、与田が怒鳴った。

「申し訳ありません」

震え声で由未が頭をさげる。

「謝って済む問題か」

荒々しく与田が言った。

「よさねえか!」

泊が一喝する。

「ですが」

「いいからお前さんは少し黙れ。おう、希原」

「はい」

「未熟者が何かやらかすのは、当たり前だ。昨夜の出来事を、そう簡単に忘れることはできねえだろうが、あまり気にするな。それより真知子を捜さないとな」

途中から声を落とし、優しく諭すように泊は言った。

「はい」

そう応え、由未は眉根を寄せて口元を硬く結んだ。泣くまいと懸命に堪えているらしい。

「梅干しをふたつ三つ、口の中に放り込んだような表情だな」

と、泊が笑い、すわるようにと由未に手で示した。

「よし、真知子捜索の班分けだ」

何事もなかったように、泊が言った。

16

浜中はレオーネのハンドルを握っていた。助手席に夏木、後部座席に加瀬と由未。レオーネは一路、北へと向かう。

真知子は高崎市で生まれ育ち、喜多村雄二と結婚して安中市に移った。

高崎市、安中市、北軽井沢。

この三か所で真知子を捜すことになり、しかし彼女は北軽井沢に、二回しかきていない。高崎市と安中市の班に、捜査員が多く投入された。北軽井沢へは、浜中たちだけで行く。

雄二によれば、喜多村家所有のシャレードは、マンションの駐車場にあるという。ならば真知子は徒歩、タクシー、公共交通機関のいずれかで移動したはずだ。

安中駅から信越本線で軽井沢駅、または中軽井沢駅へ。そこからバスかタクシーで、北軽井沢方面に向かう。あるいは安中市から北軽井沢までタクシーか。

前者は乗り換えの手間があり、後者はタクシー代が高額だ。けれど真知子が死ぬつもりであれば、そういう日常的な思いに縛られないかも知れない。

すでにレオーネは軽井沢に入っていた。ここまで車内に会話はほとんどない。

浜中はバックミラーで、時々由未の様子を窺った。捜査会議で泊に励まされた由未だが、次第に沈み、親とはぐれた仔猫のように、今では小さく震えてさえいる。

前方に北軽井沢の別荘地が見えてきた。真知子が行くとすれば、昨年真知子たちが泊まった貸別荘近くの崖ではないか。そう考えて、浜中はまずそちらへ向かう。

先日と同じ道端に、浜中は車を停めた。堪らないのだろう、転げ出るように由未が車を降りた。

「焦るな、希原」

言いながら、加瀬が車から出てきた。浜中たちは坂を登り始める。

登り切り、小径に入って少し行くと、視界が開けて曇天の空が望めた。崖の上に出たのだ。

「嘘」

と、由未が立ち尽くす。彼女の視線は崖の先に釘づけだ。そちらに目を向け、浜中の腕に鳥肌が立つ。

美穂が好きだったという白いアルストロメリア。その花束が、崖の突端に置いてあるのだ。

花束に向かって由未が駆けた。夏木が捷速にあとを追い、浜中と加瀬も走り出す。崖の端まで行き、由未は足を止めた。呆然と花束に目を落とす。

由未の横に立ち、浜中たちも花束に視線を向けた。アルストロメリアは瑞々しく、供えてからさほど、日は経っていないだろう。

花束のすぐ先で崖は終わり、二十メートル下には川が流れて、相変わらずの激流だ。

岩に叩きつけられて水がはぜ、その白い塊が水面にぶつかっては消える。幾万匹もの白い小さな竜のごとく、それらが水面を騒がしていた。耳を聾するほどの水の音に、浜中たちは包まれる。

由未はもう、すっかり血の気が失せた様子で、かろうじて立っている状態だ。その背の向こうで崖は終わるから、川に落ちやしないかと、浜中は気が気ではない。

「川の音がうるさくて、ここでは話もできない。少し戻りましょう」

夏木が大声で言い、加瀬がうなずいた。すぐに夏木が腕を伸ばして、由未の手を取る。

「行くぞ」

と、夏木が由未の手を引いた。返事もせず、あらゆる感情が抜け落ちた表情で、手を引かれるまま由未が歩き出す。

崖を途中まで戻って、浜中たちは足を止めた。由未が虚ろな視線を花束に向ける。そして左右に首を振り、まつげを伏せた。

「真知子さんが亡くなっていたら、責任を取って私は警察官を辞めます」

決意が滲む由未の声だ。加瀬が口を開く。

「それがお前のけじめなら、そうすればいい。だがな、希原。辞めずに責任を取り続ける道もある」

「そうですよ」

思わず浜中は言った。すると堰を切ったように、思いが溢れ出す。それをそのまま浜中は口にした。

「辞める云々なんて、あとでいくらでも考えればいいことです。それより今、やれることをやりましょう。へとへとになるまで、一歩も動けなくなるまで、ともかくも全力で動きましょうよ。それが僕たちの責任であり、僕たちの仕事じゃないですか」

由未がまっすぐ浜中を見つめてくる。その瞳に小さな光を灯し、由未が口を開いた。

「ありがとうございます、浜中さん。そうですよね、考えるのはあとにします」

「うん、とにかく動きましょう！」

「では教えてください、浜中さん。私が今できる最善のことを」

「え？　それはあの……」

と、浜中は加瀬と夏木に目を向けた。夏木が口を開く。

「まずは所轄署に連絡して、川と湖の捜索を依頼」

「前にも言ったが、ここを管轄する長野原警察署には、知り合いがいる。捜索のほうは私に任せてくれ」

すかさず加瀬が言った。加瀬に礼を述べて、夏木が話を継ぐ。

「あの花束を置いたのは、真知子である可能性が極めて高い。だが確定ではない。

いつ、誰が白いアルストロメリアの花束を、崖の先端に置いたのか。このあたりの別荘、保養所、店を総当たりして聞き込みだ」

「はい！」

気をつけをして大きな声で、由未が応えた。吹っ切れたその表情に、浜中は安堵する。

17

レオーネに乗り込んだ浜中たちは、長野原警察署に急行した。加瀬を降ろし、署でポラロイドカメラを借りて、浜中、夏木、由未の三人で北軽井沢に取って返す。

浜中たちはまず、崖の突端へ行った。白いアルストロメリアの花束を、ポラロイドカメラで撮影する。

その写真と喜多村真知子の写真を手に、聞き込みを開始した。

レオーネを停めて、付近の建物を手当たり次第に訪ね歩く。それが終わればレオーネを少し走らせて停め、周辺で聞き込みをする。その繰り返しだ。

平日だから、貸別荘には空きが目立った。けれど建物は、かなりある。終わりの見えない作業だが、黙々と続けるしかない。曇天で避暑地に吹く風は涼しいが、いつしか浜中の背は汗ばんだ。

崖の周囲を環状に聞き込みしたが、目撃情報は得られない。環を広げるべく、浜中たちは崖からさらに北へ進んだ。

先の左手に保養所のテニスコートがあり、四人の若い女性がラケットを手にしていた。浜中はその近くに車を停める。

彼女たちに写真を見せたが、花束や真知子に見覚えはないという。

礼を述べ、浜中たちは三手に分かれて、あたりの聞き込みを始めようとした。そこへ前方から、女性がひとり歩いてくる。六十歳前後だろうか、観光客というふうではなく、このあたりを歩き慣れた雰囲気があった。

「済みません」

由未が女性に声をかけた。

「なんでしょう？」

やや警戒という面持ちで、女性が応える。浜中たちは警察手帳を女性に見せた。

「警察の方」

戸惑いと興味が彼女の顔に浮く。訊けば女性はこの近くで、小さなホテルを切り盛りしているという。

「ちょっと写真を見て頂きたいのですが」

由未が言った。

「写真ですか」

「はい。まずはこの女性、見覚えございませんか？」

女性はしげしげと真知子の写真を眺め、それから首を左右に振った。

「そうですか。では誰かが、この花束を持っていた。そんな覚えはありますか？」

花束の写真を由未が見せる。

「アルストロメリアね。きれいだわ。あれ？」

と、女性が小首をひねる。

勢い込んで、由未が問いを重ねようとした。それを夏木が、そっとたしなめる。声をかければ、女性が記憶を手繰る邪魔になる。そう判断したのだろう。

浜中たちは黙って待った。やがて女性が口を開く。

「昨日の午後、見かけたわ」

「昨日の午後、ですか」

やや声を落として、夏木が訊いた。昨日のことを思い返し、浜中も首をひねる。

脅迫状の指示により、昨日雄二は後閑城址公園へ行った。その間に真知子は家を出て、ここへきたのだろうか。そして花束を供えて自宅へ戻った。

「午後の三時頃だったかしらね。白いアルストロメリアの花束を持って歩く人を、見かけたわ」

「どこで見たのです？」

「少し南の崖の近くよ」

「激流沿いの崖ですね」

夏木の問いに女性がうなずく。花束を崖の突端に置いたのは、まず間違いなくその人物だ。

「どういう人でした？」

「お年を召された男性です」

「男性⁉」

由末が声をあげた。そしてすぐ、済みませんと小声で詫びる。

事件関係者で年を取った男性は、喜多村俊郎しかいない。俊郎がここへきたというのか。

「どのような男性だったか、覚えていますか？」

夏木が訊いた。

「痩せて目つきが鋭くて、ちょっと近寄りがたい感じの人」

俊郎は穏やかな印象だ。女性が見たのは俊郎ではないだろう。

「あれ、その人」

小さく呟き、由末が小首をかしげた。つられて浜中も思い出す。

三日前、浜中たちは北軽井沢へきた。その時崖の上で、猛禽類のような目をした老人に会ったのだ。

夏木が女性に詳しく問うた。

昨日の午後三時頃、花束を手にすたすたと歩く目つきの鋭い老人を、あの崖の近くで見たという。

「あの方、時々見かけますよ」

「このあたりで暮らしているのでしょうか」

「だと思いますけど、詳しいことは……。声をかけづらい雰囲気ですし、向こうからは会釈もしてこないでしょう。見かけても、黙って行き過ぎるだけですから」

「そうですか」

と、夏木がさらに問いを重ねる。しかし女性からはもう、情報は引き出せない。

18

喜多村美穂の靴が落ちていた崖に、美穂が大好きだった白いアルストロメリアの花束を供えた。偶然のわけがない。あの老人は今回の事件、あるいは事件関係者と、必ず繋がりがある。

花束と真知子の写真を見せ、それから目つきの鋭い老人について訊く。その要領で浜中たちは、聞き込みを再開した。

真知子と花束の目撃情報は皆無だが、老人を見た人は割といて、とある喫茶店の店主によれば、時折店にくるという。

老人はこのあたりに住むか、あるいはどこかの別荘に、長期滞在中なのだろう。しかし目撃者の中に、老人の住処(すみか)や名前を知る者はいない。

あの老人を風景にたとえるならば、峻険と聳える独立峰だ。他者との交わりを避け、孤独を踏みしめて歩く雰囲気だから、みな声をかけづらいのだろう。

崖の北から東に向かって聞き込みを続けるうちに、午後の一時を過ぎた。浜中たちは洋食屋に入り、手早く昼食を済ませる。

店を出て車に乗り込み、浜中は加瀬に無線で連絡を取った。

崖の下から下流に向かって川を捜索したが、真知子は見つからず、女性の服や着衣も出ない。これから湖の捜索に入るという。

高崎市や安中市内で真知子が見つかれば、無線で繰り返し報じられる。だが今のところ、そういう連絡はない。

浜中はバックミラーに目をやった。由未の表情に焦りの色がある。

「さあ、続けましょう」

少し明るく言って、浜中はエンジンをかけようとした。すると助手席の夏木が制してくる。

「見ろ」

夏木が言った。

浜中の車は店の駐車場に停まっており、車を二台挟んだ先に道がある。そちらに目を向け、浜中は思わず声をあげそうになった。

鷹のように鋭い目をしたあの老人が、道をこちらへ歩いてくるのだ。

「どうします？」

緊張をはらんだ声で由未が問う。老人は浜中たちに気づいた様子もなく、店の前をとおり過ぎていく。

「おれひとりで尾行する。ふたりはここで、待っていてくれ」

夏木が応えた。少し間を置き、静かに車の扉を開ける。

さりげなく、けれど全く無駄のない足取りで、夏木は老人のあとを追った。

19

「家が解った。これから訪ねよう」

車に乗り込み、夏木が言った。あれから四十分ほどが経つ。

浜中はエンジンをかけ、夏木の道案内で車を走らせた。

喜多村家と佐月家の人々が借りた別荘を右手に見て、左折すれば崖に出られる十字路を直進する。

しばらく先で丁字路を右に折れると、少しばかり高台に出た。そこに丸太小屋がひと棟だけある。

「ここだ」

夏木が言った。丸太小屋の少し手前で、浜中は車を停める。

夏木や由未とともに、浜中は車を降りた。なかなかの眺望で、今とおってきた道や、とりどりの別荘、ずっと先まで続く林が見渡せる。

曇天の下を涼やかに風が吹き抜けて、木々の梢が一斉に揺れた。午後になり、次第に風が強まっている。

敷地を囲む塀や門扉はない。右手に古いダットサントラックが一台停まり、左手の庭に屋外用の円卓と椅子があり、その間を抜けた先に丸太小屋が建つ。

浜中たちは敷地に踏み込み、玄関扉の前に立った。浜中が呼び鈴を押すと、室内からかすかにチャイムの音がする。

少し待たされてから玄関扉が開き、あの老人が顔を覗かせた。居並ぶ浜中たちを見て、一瞬戸惑いの表情が浮く。そのあと老人は厳めしい面持ちになり、猛禽類のような目を浜中たちに向けた。

「先日はどうも」

夏木が言った。

「先日」

と、老人が首をひねる。

「あの場所で、三日前にお会いしました」

「あの場所とは？」

「あなたが昨日、白いアルストロメリアの花束を供えた崖です」

老人の顔が険しさを増した。

「ご用件は？」

乾いた声で言う。

「喜多村美穂ちゃん、ご存じですよね」

「知らん」

そう応え、老人が扉を閉めようとした。夏木が扉を摑み、老人の手が止まる。

「無礼だな。そもそもあなた方は何者だ？」

「これは失礼」

と、夏木がもう一方の手で、内ポケットから警察手帳を取り出した。浜中と由未もならう。

「警察の方だろうが、無礼に変わりはない。扉から手を離してもらおう」

「一昨日、美穂ちゃんが荼毘に付された。そして今朝、母親である喜多村真知子さんが姿を消した」

一気に夏木が言った。老人の双眸に動揺が走る。さっきはうそぶいたが、やはり老人は美穂や真知子を知っているのだ。

「私たち警察は今、全力で真知子さんの行方を追っています」

必死さがひしと伝わる夏木の声だ。老人の手がゆっくり扉から離れた。今日これまでのことを、夏木が詳しく語る。

「やもめ暮らしで家の中は散らかっている。外のベンチでいいか？」

聞き終えて、老人が言った。夏木がうなずき、浜中たちは老人とともに庭の円卓を囲む。夏木が名を問い、伊佐昌利（いさまさとし）と老人は応えた。

「喜多村真知子さんのことは知っている。だが今日は会っていないし、散歩中に見かけてもいない」

「最近真知子さんに会ったのは、いつですか？」

「先週の月曜日だったか」

「五月二十六日ですね」

「ああ、そうだ」

浜中はわずかに身を硬くした。誘拐犯が第二の指示書をポストに投函し、監禁場所で天窓から愛香の様子を窺ったのが、五月二十六日だ。

「どこで何時頃、真知子さんと会ったのです？」

「それを聞いてどうする？　あなた方は今、真知子さんを捜しているんだろう。その手がかりになるとは思えないが」

「佐月愛香ちゃん誘拐事件、ご存じですね」

「もちろんだ。新聞やテレビはそれほど詳しく報じてないから、気になっていた」

「今から話すことは、他言無用に願いたいのですが」

　と、夏木が伊佐に鋭い視線を向けた。目をそらさずに伊佐がうなずく。

「愛香ちゃんは二十五日の夜に誘拐され、二十七日に保護されました。その間の行動を真知子さんに訊いたところ、二十五日の夜は自宅マンションにひとりでいて、二十六日は草津に行ったと応えた。だがこの証言は恐らく嘘だ」

「警察は身内を疑っているのか？」

「身内だから犯人ではない。そう断じる理由はありません」

「行方不明の真知子さんが見つかれば、彼女は逮捕されるのか？」

「すぐにそれはない。だが真知子さんを取り巻く状況は、少し厳しい」

「そうか」

　伊佐はうつむき、沈思した。やがてためらいを吐き出すように、太く息をつく。

「二十五日の夜、午後十時頃。真知子さんはここへきた。そして泊まり、翌日の午後三時過ぎまで一緒だった」

　顔をあげて、きっぱりと伊佐が言った。

「真知子さんとの出会い、そのあたりからお聞かせ願えませんか？」

静かな声で夏木が訊く。うなずきながらうつむき、過去を手繰る表情を見せてから、伊佐は語り始めた。

伊佐はずっと、都内のマンションにいたという。だが老境の身にとって、街はあまりに生活の速度が速い。そして伊佐は人との関わりを煩わしく思うたちで、孤独を好む。

五年前、売りに出ていたこの丸太小屋を買い、庵を結ぶようにして、伊佐はひとりで住み始めた。年金で生活の心配はなく、散策や読書の日々だ。

激流沿いに聳えるあの崖は、伊佐にとって散策路のひとつであり、時々足を運ぶ。

昨年六月。伊佐が崖に行くと女性がひとりいた。白いアルストロメリアの花束を地に供え、こちらに背を向け祈っている。

女性の肩から立ち昇る切なさが見えるかのようで、祈りの邪魔をしないよう、伊佐はそっと踵を返した。

それから伊佐は、崖で女性を見かけるようになる。だが声はかけず、女性がいればそっと道へ戻った。

あの崖で少女が川に転落したらしい。伊佐はそれは仄聞しており、女性は少女の母親だろうと推測した。すると女性の哀しみが、染み込むように自分の裡に入ってくる。

「私も女房とひとり息子を、事故で亡くした」

今も胸中にある痛み。その疼きを少しだけ吐き出すように、伊佐が言った。沈黙がきて、風に揺れる梢の音が浜中の耳を打つ。

やがて伊佐がしじまを破った。

あれは八月初旬のこと。

崖に行くとあの女性がいた。祈りを終えたのだろう、突端からこちらに向かってくる。崖の途中でふたりは行き合い、すると女性が会釈してきた。ぎこちなく、伊佐もわずかに頭をさげる。

「いつも済みません」

足を止めて、まろやかな声で女性が言った。女性がそこで祈っていれば、静かに去る。そういう伊佐の振る舞いを、女性は知っていたのだ。

それから崖で会えば言葉を交わすようになり、ほどなく伊佐は、喜多村真知子という女性の名を知った。

ひとり暮らしの伊佐は、数日の間、誰とも喋らないことさえ珍しくない。それでも平気だし、むしろ気楽でさえあった。だが真知子とは気が合って、ごく自然に言葉が出る。

やがて九月になり、蟬の声がすっかり途絶えた頃。

「私の家を見たい。真知子さんがそう言ったから連れてきて、この円卓で紅茶をふたりで飲んだ」

思い出にそっと触れる、伊佐の口調だ。かすかに口元をほころばせて、伊佐が話を継ぐ。

その日以降、次にいつ北軽井沢にくるか、真知子は伊佐に告げるようになった。

時間を決めて崖で落ち合い、この円卓で紅茶を飲む。駆け足で去って行く北軽井沢の秋の中、伊佐と真知子は様々に語り合った。

やがて初冬のある日——。

「家に帰るのがつらい」

ぽつりと真知子が言った。

真知子の夫は出張が多く、関東であれば日帰りだが、遠方の場合は一泊か二泊してくる。美穂がいなくなって以来、夫が出張中の夜、真知子は孤独、怖さ、寂しさとひとりきりで闘ってきた。しかしもう、耐えがたいという。

「心が崩れてしまいそうな彼女を放っておけず、その日、ここに泊めた。それから時折、真知子さんは泊まっていく。

軽井沢へ出てふたりで夕食を取り、この丸太小屋へ戻って少しだけワインを飲む。それから別々の部屋で寝て、翌日は気が向いたら、ふたりでどこかへ出かける。

いつもそんなふうに過ごすんだ」

「そうですか」

と、夏木が二十五日から二十六日にかけての行動を訊いた。

二十五日の夜に真知子から電話があって、今から会いたいという。軽井沢の店で落ち合うことにして、午後十時頃、その店で会って遅い夕食を取った。それから真知子はこの丸太小屋にきて、伊佐と別の寝室に入る。

翌日は午前八時頃に起き、伊佐の車にふたりで乗って南下。清里（きよさと）まで足を伸ばしてオルゴール博館や体験工房、牧場などを見てまわった。

「午後三時頃にここへ戻り、真知子さんは自分の車で安中へ帰っていった」

伊佐が結んだ。

20

ふたりが行った店や博物館などを伊佐から訊き出し、浜中は手帳に記した。これらを訪ねて真知子と伊佐の目撃情報が出れば、真知子のアリバイは成立だ。

夫が出張中に別の男性宅へ泊まる。

別々の寝室で就寝したとしても、端から見れば不倫に映る。雄二が知れば一悶着あるだろう。伊佐に迷惑がかかるかも知れない。

そう考えて、草津へ行ったと真知子は嘘をついたのだろう。

「私にとって真知子さんは、大切な友人だった」

ぼそりと伊佐が独りごちた。なぜ、過去形なのかと浜中は首をひねり、次の瞬間、夏木の双眸に鋭い光が宿る。

「この際です、すべて話した方がいい」

やがて夏木が言った。

伊佐にはまだ何か、打ち明け話があるのだろうか。

沈黙が降りて、一陣の風が吹き抜けた。遅まきながら浜中は気づく。

「雄二さんへ脅迫状を送ったのは、伊佐さん、あなたなのですか？」

浜中は訊いた。眉間に縦じわを寄せ、伊佐は無言を守る。夏木が口を開いた。

「美穂ちゃんの遺体が後閑城址公園で見つかった。あなたはそれを真知子さんからの連絡で知る。その時かどうか解らないが、美穂ちゃん失踪時の状況も、あなたは真知子さんに聞いた。

貸別荘でみなが昼寝中、洋室にいた雄二さんの視界の中に扉があった。だとすれば、誰にも見られずに扉を開けて、美穂ちゃんを外へ運び出せるのは雄二さんだけ。

あなたはそのことに気づき、真知子さんに電話してそう告げた。あるいは匂わせた。

あの時の状況を振り返れば、夫の雄二さんが美穂ちゃんを死なせたのかも知れない。真知子さんはそう思うようになり、それからあなたは悪計を練った」

「悪計」

と、由未がやや驚きの面持ちを見せた。表情を消して、夏木が言葉を継ぐ。

「雄二さんが美穂ちゃんを死なせたのかどうか。それをはっきりさせる方法がある。そう言ってあなたは、雄二さんに脅迫状を送ろうかと真知子さんに言った」

由未が息を呑む。伊佐は彫像さながら、微動だにしない。しかし目だけが彫像と違う。伊佐の双眸には様々な思いが宿っているのだ。

夏木が言う。

「あなたから脅迫状が届く。それを真知子さんや警察に知らせず、雄二さんが指定の場所へくれば、脅迫に屈したことになる。すなわち雄二さんは美穂ちゃんの死に関与。

私は潔白なのにこういうものが送られてきた。そう言って雄二さんが脅迫状のことを、真知子さんや警察に知らせれば、彼は潔白。つまり脅迫状をリトマス試験紙にする。

あなたはそう持ちかけた。美穂ちゃんの遺体が見つかり、精神的にとても不安定な真知子さんは、この提案に乗る。

四日前、あなたは脅迫状を作り、速達にして安中市内のポストに投函。そうすれば翌日必ず、雄二さん宅に配達される。あなたは一日も早く、白黒をはっきりさせたかったのでしょう」

伊佐の顔が苦悩にゆがみ、夏木が言葉を切る。

「どうにかなりそうだった」

やがて絞り出すように、伊佐が言った。

「真知子さんは友人。何度自分にそう言い聞かせたか。しかしそう思おうとすればするほど、真知子さんへの思慕が強まっていく。

雄二と暮らす真知子さん。その様子を想像するだけで、おかしくなりそうだった。

そんな折、愛香ちゃん誘拐事件が起きて、美穂ちゃんの遺体が見つかる。真知子さんから状況を聞けば、雄二が美穂ちゃんの死に関与しているとしか思えない。いや、雄二への悪感情から、私はそう思い込んだ」

堰を切ったように、伊佐が言葉を続ける。

「脅迫状どおりに雄二があの場所へ来れば、第二、第三の脅迫状を放ち、雄二を追い詰めてやろうと考えていた。雄二が参って警察に自首すればいいし、そこまでいかなくても、雄二が美穂ちゃんを死なせたと真知子さんが思い込み、離婚してくれればいいと、私は願った」

「そんな」

由未が言う。

「ああ、私は卑劣な男だ。軽蔑してくれて構わない。だが、真知子さんが私のところへ来て、ここで暮らしてくれるのであれば、どのような手段にも出る」

そのあとで声を落として、伊佐が言う。

「真知子さんに出会い、恋愛という感情が年を取っても枯れないことを私は知った。脅迫の罪を後悔していないが、真知子さんにはお詫びしたい。さあ、警察へ連行してくれ」

と、伊佐が腰をあげた。感情を殺した刑事の目で、夏木が立ちあがる。それから夏木は、ふっと視線を彼方に投げた。目を凝らす。

「うん？」

やがて夏木が首をひねった。浜中と由未は腰をあげ、夏木の視線を追う。一台のタクシーが走っていた。

「あのタクシーに、二十代か三十代の女性客が乗っていた。タクシーは崖へ至る道に入り、少しして『空車』表示で出てきたんだ」

夏木の言葉を理解するまで、数秒かかった。そのあとで浜中は、由未と顔を見合わせる。

「崖の近くで、真知子さんを降ろしたのでしょうか？」

由未が訊く。

「とにかく行ってみよう」

と、夏木が伊佐に目を向けた。

「私は逃げも隠れもしない」

夏木をまっすぐに見て伊佐が言う。

「信じましょう。よし、行くぞ」

「ひとつだけ伝言を」

そう言って、伊佐が夏木に言葉を託した。そのあとで浜中たちは、レオーネに向かって疾駆する。

21

浜中は登り坂の手前にレオーネを停めた。車を降りて、夏木や由未とともに坂を駆け登る。

登り切って小径に分け入り、それを進むと、群衆のざわめきにも似た水の音が聞こえ始めた。少しずつ、前方の視界が開けていく。浜中たちは歩度を緩め、腰をかがめて慎重に進む。

ほどなく崖が見えてきた。その突端に女性を認め、浜中たちは足を止める。三人それぞれ、手近な木の幹に身を隠した。

そろりと顔を出し、浜中は前方を凝視した。黒い洋服姿の痩せた女性が、こちらに背を向け崖の端に立つ。女性はどこか存在感が希薄で、その向こうの景色が透けて見えるかのようだ。

女性が喜多村真知子であることを確信し、浜中はすぐ近くにいる夏木に目を向けた。

ふたりはここにいろ——。

浜中と由未に手でそう示して、夏木がそっと木の幹から離れた。上体を伏せ、獲物を狙う豹さながら、しなやかに崖へ向かう。

ざわざわと、浜中の頭上で梢が揺れた。崖の端にいる真知子が身を投げるつもりなのか、それは解らない。だが真知子の存在はあまりに儚く、その身が風に舞いそうだ。

風よ止め。

浜中は祈り、けれど天には届かない。さらに強い風がきて、真知子の髪の毛が揺れて乱れる。

その背に夏木が近づいていく。

十メートル。

八メートル。

六メートル。

真知子に気づいた様子はない。浜中は強く両手を握り締める。あともう少しだ。

だが——。

次の瞬間、ふらりと真知子がこちらを向いた。夏木を見ても驚かず、双眸は虚ろで一切の表情がない。

ごうという音。凄まじい風。

浜中は棒立ちになった。強い風が吹きつけて、真知子の体がほんの一瞬、宙に浮いたように見えたのだ。そのあとで、真知子が崖の向こうへ倒れていく。

川へ落ちたらたいへんなのに、何かにすがろうとか、助けを求めたりとか、そういう動きを真知子は見せず、刹那、その表情に安堵の色さえ浮かべた。

すでに夏木は地を蹴っている。けれど真知子の重心はもう、ほとんど崖の向こうだ。崖の際で止まる。そういう走り方では、とても真知子を救出できない。

一切の躊躇を見せず、夏木は全速で駆けた。落ち行く真知子の腕を摑む。ぐいと真知子を引き戻し、その反動も手伝って、夏木の体が空に舞った。そのあとで崖下へ落ちていく。

真知子は崖の突端で前屈みになり、それから小さくうずくまった。乱れた風が吹きつける中、浜中と由未は走る。

崖の突端で浜中は足を止めた。見おろせば激流の中に、浮き沈みする夏木の姿がある。浜中にはもう迷いはない。

「真知子さんをお願いします」

浜中は由未に言った。風がその言葉を、浜中の口からもぎ取っていく。

浜中は崖から飛んだ。景色がぐんぐん上へと流れ、そのあとで足の裏に衝撃がくる。

飛沫に包まれながら、浜中は川に没した。あっという間に流されていく。川から顔を出すのが精一杯で、夏木を捜すどころではない。

すぐ目の前に突き出た岩。なんとか身をかわし、浜中は懸命に泳ごうとした。けれど体の自由が利かない。それほどに、川の流れは圧倒的だ。

だがそれよりも強い力で、突然左腕を引っ張られた。そちらに目をやれば、夏木がいる。水面に顔を出した小さな岩を左手で摑み、右手で浜中を摑まえてくれたのだ。

夏木に慌てた様子は一切ない。

「行けるか？」

左前方を目で示し、大きな声で夏木が言った。浜中はそちらに目を向ける。強く逆巻くうねりがあり、その向こうから岸にかけて、やや流れが緩い。

あのうねりさえ越えれば、なんとかなる。そう思い、浜中は夏木に点頭した。

「よし！」

言って夏木が、数を打つようにうなずき始めた。
一、二、三。
夏木が手を離し、浜中は流されていく。

あのうねりを、真横から突っ切るのはとても無理だ。浜中は全力で水を搔き、なんとか斜めにうねりを越えた。すると体にかかっていた水圧がぐんと緩む。

こうなればもう自由に泳げる。浜中は岸を目指した。浜中が飛び降りた崖の対岸だ。こちらも崖が聳えているが、垂直に切り立つほどではない。

浜中は岸に到達し、崖の岩に取りついた。体を安定させてから、夏木に目を向ける。

水面の岩からさっと手を離し、夏木がこちらに流れてきた。苦もない様子でうねりを越えて、鮮やかに浜中のところへ泳ぎ着く。そして岸壁の岩を摑んだ。

「助けられるために飛び込んだのか」

と、夏木が苦笑した。

「済みません」

「この次からは、気持ちだけ受け取るぜ。次なんて、ないほうがいいけどな」

「川の流れがあんなに速いとは……。飛び落ちた瞬間、体が千切れるかもって思いましたよ。あれ、どうしたんです、先輩？」

浜中は問うた。夏木が頬を引き絞り、虚空に視線を留めたのだ。ほどなくその双眸に鋭い光が灯る。それから夏木はほんの一瞬、哀しげに目を伏せた。すぐに顔をあげ、いつもの表情に戻って口を開く。

「さて、登れるか？」

浜中はうなずいた。岸壁には小さな石や岩が、無数に突き出ている。三点確保しながら登るのは、それほど難しくない。

「先輩は大丈夫ですか？」

浜中は逆に問う。夏木は高所恐怖症なのだ。

「登っている間、下を見なければ平気だ。さあ行くぜ」

夏木が言った。たくましく、力強く、岸壁を登っていく。浜中も続き、やがてふたりは崖の上に出た。

少し下流に橋がある。浜中と夏木はそれを渡り、林道を抜けてあの崖に出た。ずぶ濡れの浜中たちに気づき、由未がゴムまりのように駆けてくる。

「無事だったんですね！　よかった。ほんとうによかった」

浜中と夏木の前で足を止めて、由未が言った。その瞳が見る間に潤む。顔中に力を込めて、彼女は涙を堪えた。

「梅干し顔か」

言って夏木が笑う。

「やめてください」

と、膨れたあとで、由未は真顔に戻った。夏木も笑みを引く。

崖の先、突端から少し離れたところに真知子がいた。浜中たちはそちらへ向かう。だが、浜中たちが目の前にきても、真知子の瞳には感情が浮かばない。

気まずい沈黙が降りた。

昨夜、浜中は真知子にかける言葉が見つからず、無言を守った。そして由未が焦り気味に真知子に話しかけ、真知子の激昂を呼んだ。

こうなったのは自分のせいなのだ。だからもう逃げない。そう思い、浜中は懸命に言葉を探す。

「僕が飛び込まない方が、むしろよかったみたいです」

照れ笑いを浮かべつつ、浜中は言った。まるで大した言葉ではないが、会話の糸口になればと思ったのだ。

「そんなことない。宙を飛ぶ浜中さん、格好よかったですよ」

少しぎこちなく、由未が返す。

「川の中では、格好悪くて」

と、浜中は頭をかき、すると真知子の表情が仄かにほころんだ。そのあとで真知子は顔を歪め、それを隠すように両手を顔に当てる。

真知子の口から嗚咽が漏れた。ひとしきり泣き、濡れた瞳を由末に向ける。

「昨日はごめんなさい」

「いえ、そんな。悪いのは私です」

由未が応えた。

「いいえ」

と、真知子が話し始める。

美穂への思い、雄二への疑心。真知子の裡で様々な思いがうねり、ぶつかり合い、際限なく鬱屈が膨らんでいく。そして昨夜、由未の言葉にかちんときた。

「でもその裏で、私には計算が働きました」

「計算？」

夏木が問う。うなずいて、真知子が言葉を継ぐ。

「この刑事さんは若く潑剌として、それゆえに脆そうで、私の鬱憤を晴らすにはちょうどいいと思ったのです。傷つきやすそうで反論などしてこない。咄嗟にそんな計算をして、心に渦巻く負の感情を、ぶつけてしまったのです」

そう結び、心からという表情で、真知子は由末に詫びた。

「私の方こそ、改めてお詫びします」

由未が応え、夏木が口を開く。

「これでこの件はもう、落着にしましょう。ところで真知子さん、今、あなたは雄二さんへの疑心を口にしたが、脅迫状の件ですね」

「え？　もしかして」

驚きの面持ちで真知子が問う。伊佐と会い、脅迫状の件を聞いたと夏木が告げた。そのあとで言う。

「真知子さん、あなたはご存じないが、雄二さんは警察に脅迫状を提出したのです」

「だったらなぜ、それを私に言ってくれなかったの」

脅迫状の件を真知子や警察に知らせず、雄二が指定の場所へ行けばクロ。真知子や警察に知らせればシロ。

真知子はそう考えていた。雄二が警察へ行ったことを真知子は知らず、しかも雄二は脅迫状が指定した時間に出かけた。雄二はクロだと思い込み、真知子の裡に強烈な疑心が渦巻いたのだろう。

夏木が話を継ぐ。

「自分は美穂の死に関与していない。潔白だから金など払うつもりはない。雄二さんはそう言った」

「なぜ、私に黙って警察へ」

真知子が独りごちる。

「あなたに心配を、かけたくなかったそうです」

「そんな」

切ない吐息のように、真知子の口から言葉がこぼれた。少し間を置いて、夏木が言う。

「そういえば、伊佐さんからひとつ伝言を預かりました。要点だけ、伝えます」

「伝言……」

「『さようなら、ありがとう』と」

浜中はそっと夏木を窺った。

私は卑劣な男だ、合わせる顔がない。さようなら、ありがとう——。

伊佐は夏木にそう託したのだ。

「そうですか」

と、うつむく真知子から、少しずつ儚さが消えていく。風がそっと止むように、真知子の心の揺らぎが収まり始めたのだろうか。

22

安中警察署の大会議室。いつもより時間を早め、午後七時から捜査会議が始まった。夏木、加瀬、由未とともに、浜中は最後列の席にいる。

幹部席の泊が、真っ先に浜中を指名してきた。浜中は起立して、伊佐に会ったことや崖で真知子を保護したくだりを報告していく。

「喜多村真知子は怪我もなく、精神的にも大丈夫とのことであり、今は安中市内の自宅に戻っています」

と、浜中は今日の出来事を語り終えた。そのあとでひとつ、くしゃみを落とす。

浜中たちはあのあと、無線で各方面に連絡を取った。そして諸々片づいてから、ようやく長野原警察署でシャワーを借り、新しい服に着替えたのだ。濡れ鼠の時間が長すぎて、風邪を引いたのかも知れない。

「で、真知子はどうして家を出たんだ？」

泊が問う。

「様々な思いに突き動かされ、気がつけば自宅マンションを出ていたそうです。家を出た正確な時刻は覚えていないが、空がうっすら明るくなっていた。真知子はそう言っています」

「北軽井沢へ行くまで、真知子は何をしていたと？」

「安中駅へ行くと、もう電車が走っていた。適当に乗り継いだら前橋駅に着いたので、喫茶店に入り、それから前橋公園に移動。そのあとふっと思い立ち、電車とタクシーで北軽井沢へ向かったそうです」

「それじゃ見つからねえわけだ」

「はい」

「さて、浜中よ」

「はい」

「愛香が誘拐された夜。真知子は北軽井沢へ行き、翌日は清里だったよな」

「はいくしょん」

「返事とくしゃみを同時にやるとは、お前さん器用だな」

泊が言い、あちこちから失笑が漏れる。

「済みません」

と、浜中は頭をかいた。着席するよう手で示し、泊が口を開く。

「真知子のアリバイの、裏は取れたのかい？」

二係の刑事が腰をあげた。浜中が伊佐から聞いた店をまわり、店員たちから真知子と伊佐の目撃情報を得たという。

「真知子のアリバイは成立か」

泊が言った。刑事が腰をおろし、すると待ちかねたように、安中署の鈴木が挙手をする。与田管理官に指名され、鈴木は起立して口を開いた。

「真知子が保護されたことを無線で知り、そのあと聞き込み作業に戻りました。愛香が監禁された河田家の前で待機し、人か車がとおりかかれば話を訊く。そんなやり方です。

やがて酒屋の軽トラックがきましてね。五十年配の男性が運転しており、訊けば週に二回ほど、あのあたりに酒を配達するという。男性の名は金子実（かねこみのる）。金子酒店の店主だそうです」

「ほう」

泊が身を乗り出した。一拍置いて、鈴木が話を再開する。

「具体的な日付は覚えていないが、今年四月の恐らくは中旬。金子が軽トラックで河田家にさしかかると、道端に白いワゴン車が停まっていたそうです。

河田家の人々があの家に住んでいた頃、よく瓶ビールをケースで配達した。河田が戻ってきたのであれば、挨拶をしよう。

そう思い、金子は河田家の前で軽トラックを停めた。ワゴン車に目をやれば、運転席に男性がいる」

「それで？」

「ワゴン車の男性は、なぜだか顔をそむけたそうです。しかし河田でないことは解ったから、金子はそのまま行き過ぎた。

顔をそむけられて逆に記憶に残った。金子はそう言っています。それで金子に佐月高秀、喜多村俊郎、雄二の写真を見てもらいました」

空気がぐっと凝縮する。そんな緊張が座を支配した。だが、鈴木は緩やかに首を左右に振った。そして言う。

「一目見ただけであり、しかも相手はそっぽを向いたから、顔はよく覚えていないとのことです」

「そうか。ワゴン車の男の年格好は？」

「三十代から五十代だろうと、金子は言っています」

俊郎は六十二歳、雄二は三十三歳、高秀は三十二歳。俊郎を五十代と見る人もいるだろうから、三人とも範囲内だ。

「お前さん先日も、取ってきたよな」

泊が言った。

今年三月。河田家近くの道端に白い乗用車が停まり、帽子で顔を隠すようにして、運転席に男性がいた。それを河田家の隣家の女性が目撃したのだが、その情報を得たのが鈴木だ。

「地道な捜査に礼を言うぜ」

泊が言った。恐縮しながら鈴木が着席する。

「さて」

と、泊が居住まいを正し、座を眺め渡した。そのあとで口を開く。

「愛香が監禁された家の付近はひとけがなく、それほど車もとおらない。その場所で不審な男性が二回目撃された。そんな偶然、そうは起きねえよな」

泊の横で与田管理官が言う。

「目撃された不審者が誘拐犯であり、下見や下準備のために河田家の近くにいた。そう考えてさし支えないと思いますが、そうなると誘拐犯は男性です。ですが佐月高秀、喜多村俊郎、喜多村雄二の三名には、確たるアリバイがあります」

「真知子にもアリバイがあったから、奈緒子を含めて五人全員、アリバイ成立だ」

「犯人は身内ではなかった。ということになりますね」

「ああ、だがな」

苦い顔で泊が腕を組む。

愛香誘拐犯の目的は、美穂の遺体を掘り出させることにあった。つまり犯人は、遺体が後閑城址公園に埋まっていることを知り得た、または推測できた人物だ。

今のところ、そういう人物は誰ひとり浮かびあがっていない。

あの日貸別荘にいた五人は、美穂の失踪を目の当たりにした。失踪時の状況を何度も反芻してなにかを掴み、後閑城址公園へたどり着いた可能性はある。

ところが五人には、アリバイがあるのだ。正直言えば浜中は、心の片隅で安堵した。骨肉の誘拐劇でなければ、愛香の心にかかるであろう負荷は、少し軽くなる。

だが——。

これで愛香誘拐犯の目星どころか、犯人像さえ解らなくなった。捜査は膠着状態に陥りつつある。

「これからの捜査、どう進めますか？」

与田が泊に問う。

「うん」

と、泊が腕組みを解き、首筋をかいた。寄せた眉の間に焦燥が滲む。それが次々伝播して、大会議室に焦りと苛立ちが広がっていく。

浜中は少考し、そのあとで思い切って手を挙げた。

「おう、浜中」

泊が言った。腰をあげて、浜中は発言する。

「喜多村美穂の遺体を掘り出させ、その死を警察に捜査させる。それが誘拐犯の目的です」

「だな」

「なぜ美穂ちゃんは亡くなったのか。誰があの場所に埋めたのか。それらを白日の下に晒せば、愛香ちゃん誘拐事件を別の視点から眺められる。そういう気がします」

泊は無言。

「気がします、か。呑気なもんだ」

刑事の誰かが言った。

「まあどのみち、喜多村美穂死体遺棄事件も解決しなければならねえが」

と、泊が話を継ぐ。

「だが美穂はあの日、貸別荘から忽然と消え失せたとしか思えねえ。この謎、そう簡単に解けねえぜ」

「はい」

と、浜中はうつむいた。愛香誘拐事件と美穂死体遺棄事件。それらが左右に聳え立ち、心細いばかりの隘路(あいろ)だけが目の前にある。そんな心地に囚われていく。

落ち着かない沈黙が降りて、そこへ夏木が挙手をした。

第七章 錯綜

「夕方、高秀君と奈緒子が、愛香を連れてこっちへきてくれた。今もそこのソファにすわってる……。

愛香は客間で眠ったから、このまま三人とも、泊まってもらうつもりだ。ひとつでも寝息が多い方が、真知子も安心するだろうから。

父さんにも心配かけたけど、真知子は少し前に寝室へ入ったよ……。うん。それじゃ父さん、明後日」

そう言って、雄二が電話を切った。受話器を見つめ、喜多村はしばし放心する。それからそっと息をついた。今日の出来事に思いを巡らす。

朝、雄二から電話がきて、真知子がいなくなったと聞いた時、喜多村の目の前は昏(くら)くなった。

愛香は怪我ひとつせずに無事保護されて、誘拐した本人ながら、喜多村はそれを心から喜んだ。喜多村の計画どおりにことは進み、だがその矢先、こういう波風が立つとは思わなかった。

これで真知子が自殺でもしてしまえば、たいへんなことになる。

喜多村の思いは錯綜し、いても立ってもいられなかった。そこへ雄二から再度電話がかかる。警察に連絡したところ、全力で真知子を捜してくれるという。

ならば下手に動かず、それぞれ自宅で待機しよう。

雄二とそう話し合い、堪らない時間を過ごすうち、午後になって警察から、真知子が見つかったという報が入った。

真知子が無事でよかった。

改めて喜多村はそう思い、ふっと息をつく。すると先ほどの、雄二の言葉が耳朶に蘇った。

それじゃ父さん、明後日――。

今夜、警察から連絡があって、美穂が消えた時と同じ状態で、北軽井沢の貸別荘に集ってほしいという。そこで日程を調整し、明後日、北軽井沢へ行くことになったのだ。

警察はついに、美穂の死の真相を摑んだのか。

ならば間もなく、喜多村の闘いは終わる。

曙光

第八章

1

木々の匂いをたっぷり含んだ涼風が、浜中康平の頬を優しくなでて吹き抜けた。北軽井沢の、美穂が消失した貸別荘だ。

浜中の横には夏木大介、少し離れて加瀬達夫と希原由未。今日は朝からよく晴れて、午前中の日ざしが清々しく、浜中たちに降り注ぐ。

賑やかに落ちてくる鳥のさえずり。それをかき分けるようにして、車のエンジン音が聞こえてきた。貸別荘の扉は開け放たれており、ほどなくセドリックとシャレードが入ってくる。二台の車は駐車場所に停まり、佐月家と喜多村家の人々が車から降りた。

佐月高秀、奈緒子、愛香。

喜多村俊郎、雄二、真知子。

喜多村美穂が荼毘に付されて、まだ四日。喪に服しているのだろう、大人たちは全員、黒かそれに近い暗色の服を着ていた。愛香は紺のワンピースだ。

五人の大人の顔には、戸惑いと緊張がある。だが浜中は少し安堵した。真知子がしっかりそこにいるのだ。

抜け殻同然で、感情をあらかた失い、景色に溶け込んでしまいそうな不安定さ。

もはや真知子に、そういう印象はない。美穂を失い、つらく哀しいだろうけれども、それを受け止めようとする、ささやかな力強ささえ、浜中は感じた。浜中の隣で由未も少し安心した様子だ。

「おにいちゃん！」

言って愛香が、たたたっと駆けてきた。夏木の長い足にまとわりつき、顔中をほころばせる。すっかり夏木が気に入ったらしい。

「よう」

夏木が声をかけた。照れたふうに愛香が笑う。そのあとで夏木から離れ、浜中たちに向かって、ぺこりと頭をさげた。

「さて、始めましょうか」

少し間を置き、夏木が言った。加瀬がうなずき、持参した折りたたみの椅子を手に、ひとりで敷地の外へ出て行く。そのあとで浜中と由未は扉を閉めた。

美穂が消えた時の状況を再現してもらい、いくつかの事柄を確認できれば、消失の謎は解ける——。

一昨日の夜、捜査会議で挙手したあと、夏木はそう断言したのだ。

それから泊悠三捜査一課長の許しを得て、夏木と浜中は貸別荘の持ち主や佐月家、喜多村家の人々に連絡を取った。

「風邪気味だろう。少し休め」

連絡を取り終えたあとで、夏木がそう言ってくれた。だから一昨夜、浜中はたっぷり睡眠を取り、昨日は安中署内で書類仕事を片づけた。夏木のお陰で風邪の気配は消え、疲れもかなり取れた。

昨日夏木は、終日ひとりで出かけていたようだ。どこへ行ったのか、夏木は教えてくれず、浜中も訊ねていない。

「昼食を終えたところからで、いいのですね」

俊郎が言い、夏木がうなずいた。

昨年の四月十三日。佐月家と喜多村家の人たちは、このログハウスで昼食を取り、その時美穂は間違いなくいたという。再現はそこから始める。

佐月家と喜多村家の人々が、ログハウスの中に入っていった。

あの日すぐ近くで、工藤昭三という人物が、油絵を描いている。先ほど外へ出て行った加瀬は、工藤がすわっていた場所に陣取って、その役を演じる。

念のため警察は工藤の過去を探ったが、佐月家や喜多村家との接点は一切浮かばなかった。なんらかの思惑で、あるいは事件関係者に依頼されて、工藤が虚偽の証言をした可能性はないと見ていい。

夏木を先頭に、浜中と由未もログハウスに入った。

「では」

夏木の言葉に、みながぎこちなく動き出す。真知子と奈緒子、それに愛香が居間で横になる仕草をし、雄二は洋室に籠もった。俊郎が屋根裏部屋にあがり、高秀は庭に出る。

この状態で八十分ほど経過して、真知子が目を覚ますと美穂はいなかったという。

「時間を進めましょう」

夏木が言った。うなずいて、真知子が目を覚ましたそぶりで起きあがる。それから美穂を捜すべく、真知子はトイレへ行った。

浜中たちは真知子のうしろに立ち、彼女の動きを見つめる。トイレに人が隠れる空間はなく、あの日美穂がここにいれば、真知子が見逃すはずはない。

それから真知子は庭に出て、高秀と合流した。ふたりはログハウスに取って返し、奈緒子と雄二に声をかけ、屋根裏部屋の俊郎を起こす。

みなそれぞれに、あの日のことを懸命に思い出しつつ再現していく。

浜中にはそう見えた。美穂の死を隠蔽（いんぺい）するため、五人全員で口裏を合わせて、嘘の行動を取っているようには思えない。

雄二のいた洋室の窓からは、敷地の唯一の出入り口である両開きの扉が見える。だが雄二によれば昼食後、扉は一度も開かなかった。

浜中たちは洋室に入り、机の前に立った。机の向こうに窓がある。遮光カーテンがかかっているが、今は左右に引いてある。

さほど大きくない引き違いの窓だが、ガラスは透明だから、よく外が望めた。正面左手に両開きの扉があって、ほぼ全容が視界に入る。右手に停まっているはずの二台の車は見えない。

「今、思い返してみればどうです？」

夏木が問い、沈痛な表情が張りついたその顔を、雄二はわずかにかしげた。少考してから口を開く。

「あの日もカーテンはこの状態でした。だからやっぱり、扉が開けば気づいたはずです。よほど仕事に集中していれば見逃したでしょうが、あの日手がけたのは、急ぎだけれど面倒ではない書類仕事でしたし」

「そうですか」

夏木が質問を終え、再現の時が動き出す。

愛香はすでに目を覚ましており、食卓の椅子にすわっていたという。

愛香がその椅子にすわり、大人たちはログハウス内を捜し始めた。浜中たちはあとを追い、捜す様子を観察する。

やがて雄二たちは、ログハウス内を捜し終えた。

「見逃した場所、ありませんね」

浜中は夏木に言った。

「ああ」

夏木が応え、由未もしっかり首肯する。

夏木は一流の刑事だし、浜中も警察官の端くれだ。さらに由未もいる。三人の刑事の目が確認したのだ。あの日美穂がログハウス内のどこかにいて、それを雄二たちが見逃したはずはない。

2

愛香を連れて、雄二たちはログハウスを出た。庭を捜し始める。浜中たちは彼らのうしろについた。

庭に木はなく芝が敷かれ、駐車場はコンクリートだ。高床式のログハウスの床下しか、隠れる場所はない。

床下と地面の間は、およそ五十センチ。雄二たちは腰をかがめ、床下を丹念に眺めた。コンクリートの土台があって、支柱が十二本、そこから出ているだけだ。身を隠す空間はない。支柱はそれほど太くないから、その裏に身を潜めても、隠れ切れずに必ず見つかる。

浜中は夏木や由未とうなずきあった。美穂が庭にいて、雄二たちが見つけられなかった可能性も消えた。

駐車場にはセドリックとシャレードが停まる。真知子がそれを指さして、一行はそちらへ向かった。

数日前、浜中たちは雄二のマンションに赴き、シャレードとセドリックの車内に美穂が隠れられるか、確認した。だが念のため、あの日雄二たちがどのように二台の車を調べたのか、再現してもらうことにする。

まずはセドリックの扉を四枚すべて開け、隅々までという様子で、雄二たちは車内を見た。

美穂の身長はおよそ一メートル。座席と床の間に空間はあるが、とても潜り込めない。やはり車内に、美穂が身を隠せる場所はない。

真知子に声をかけられて、高秀がセドリックのトランクを開けた。灯油用ポリタンクがふたつ、一枚の黒いゴミ袋に入っている。その横には少々の洗車用具。

できる限り再現したいと夏木が申し出て、あの日と同じものを、トランクに入れてきてもらった。

ポリタンクがふたつ入って、ゴミ袋はほぼ一杯だ。袋とポリタンクの間に、美穂が隠れられるはずもない。洗車用具は小さなプラスチックの箱に収まり、こちらにも隠れる隙間はない。

高秀がトランクを閉めようとした。それを制して夏木が口を開く。

「あの日、トランクの下は見ましたか？」

「いえ」

そっけなく高秀が応えた。今日ここへきてからずっと、高秀には小さな苛立ちがある。

「失礼」

そう断って、夏木はポリタンクと洗車用具をトランクから出した。

トランクの底には、やや硬いカーペットが敷いてある。夏木がそれをはぐり、すると無愛想な鉄の板が剝き出しになった。中心が丸く凹み、予備タイヤが収まっている。だが、たとえ予備タイヤをどかしても、その空いた場所に美穂はとても入れない。

それを確認し、夏木はトランクを元どおりにした。

続いてシャレードだ。シャレードには左右に扉が一枚ずつと、うしろにハッチバックと呼ばれる跳ねあげ式の扉がある。

雄二たちはそれらをすべて開け放った。座席と床の間は、セドリックよりもさらに狭く、美穂は到底入れない。

ハッチバックのシャレードは、座席のうしろがそのままトランクだ。そこに小さなクーラーボックスと、川遊び用のおもちゃがバラで入っていた。

先ほどと同じように、夏木がそれらをどかして、トランクの底のカーペットを持ちあげた。予備タイヤが収まっており、けれどセドリック同様、タイヤをどかしても美穂が隠れることは絶対にできない。

これで敷地内の調べは終わった。

「それから外へ捜しに出たのですね」

夏木が言い、雄二たちは首肯した。夏木にうながされ、雄二、真知子、高秀、俊郎が扉に向かう。

奈緒子と愛香は留守番だ。

「道へ出たところまでで結構です」

夏木の言葉にうなずいて、雄二と高秀が両開きの扉を開けた。四人で外へ出て、少し先で足を止める。

夏木や由未とともに、浜中も外へ出た。道に立って左手に目を向ければ、少し先の林の中に、加瀬の姿がある。こちらを見る格好で椅子を置き、ひっそり腰かけていた。

加瀬に気づき、雄二たちは首をかしげた。あの日、工藤が絵を描いていたことは、まだ告げていない。

雄二たちをその場に残し、浜中たちは加瀬のところへ行った。

「どうですか、加瀬さん？」

声を潜めて夏木が訊く。

「内開きとはいえ、扉が開けばすぐに解るな」

「誰かが塀を乗り越えて、外へ出たとすればどうです？」

「ここ、そっちより少し地面が高いだろう。塀のてっぺんはすべて目に入るから、必ず気づく」

加瀬が応えた。

だがそうなると――。

浜中は首をひねった。

単独で美穂の遺体を敷地内に隠せば、ほかの誰かが必ず見つけた。五人で共謀して隠しても、のちに駆けつけた警察官が見つけたはず。警察官たちは別荘内を徹底的に調べ、二台の車のボンネットまで開けたのだ。

警察官が来るまで、工藤はこの場所に陣取っていた。その間に遺体を敷地外へ運び出せば、工藤の目に留まる。

その状況で美穂はいなくなり、一年あまりのち、後閑城址公園の駐車場から掘り出された。

この消失と移動の謎を、果たして夏木は解けるのか。

浜中はちらと夏木に目を向けた。やや沈鬱（ちんうつ）な面持ちで、夏木は黙考している。

「加瀬さん、お願いします」

やがて夏木が言った。小さな決意がその声に滲む。加瀬が腰をあげ、浜中たちは貸別荘の扉の前へ行った。敷地内にいる愛香に、加瀬が声をかける。

「さて、愛香ちゃん」

「なあに？」

小首をかしげて愛香が訊いた。

「おじちゃんと、近くのお店に行こう」

「えー」

「パフェかケーキ、おごってあげるよ」

加瀬の言葉に喜色を浮かべ、愛香は奈緒子を仰ぎ見た。加瀬が奈緒子に無言でうなずく。小さく首肯し、奈緒子が口を開いた。

「いってらっしゃい。私たちはここにいるから」

「うん！」

言って愛香が、加瀬のところへ走る。

「手、繋いでいいかな」

加瀬が問い、愛香がうなずいた。小さな手を上へ伸ばす。それを優しく握り、加瀬は去って行く。

その背を見送りながら、浜中はいっそう気を引き締めた。

恐らくこれから、夏木の謎解きが始まる。そこで語る事実を愛香に聞かせたくなくて、加瀬が連れて行ったのだ。

先ほどの愛香の表情を思い出し、浜中の胸が痛んだ。愛香はなんとなく、場の状況を察したのだろう。そしてケーキやパフェに、つられるふりをしたのではないか。

「中へ入りましょうか」

やや重い声で、誰にともなく夏木が言った。

3

浜中たちはログハウスに入り、各辺にふたりずつという格好で、居間の食卓を囲んだ。

浜中の隣に夏木、浜中たちの右手に雄二と真知子、正面に高秀と奈緒子、左手に俊郎と由未だ。

夏木は両手を軽く握り合わせ、やや身を乗り出し、肘の先を食卓の端に載せた。奈緒子と高秀に目を向けて、口を開く。

「お宅の庭の物置に、灯油用ポリタンクが五つありました。三つは古く、ふたつはやや新しい。ポリタンクは、前から五つあったのですか？　それとも三つしかなく、あとからふたつ買い足した」

唐突な問いに、奈緒子は戸惑いの面持ちだ。一方で高秀の顔には、ほんの一瞬あきらめの色が浮く。

それから高秀はドングリ眼で夏木を睨み、口を真一文字に結んだ。

高秀に口を開くつもりはない。そう見て取ったのだろう、吐息を落として奈緒子が言う。

「最初から五つです」

「ではふたつだけ、新しく買い替えたのですね」

「はい」

「それはいつです？」

虚空を舞う見えない蝶をゆっくり目で追うように、奈緒子は記憶を手繰る様子を見せた。それから口を開く。

「美穂のことがあったから、ポリタンクなど、気にも留めていませんでした。昨年の夏、それとも秋の初め頃、ふたつが新しくなっていることに気づいたと思います。それで高秀さんに聞いたら、蓋から灯油が漏れやすいふたつだけ、新品に買い替えたということでした」

ちらと奈緒子が高秀に目を向けた。その視線にはどこか冷えがある。

「ホームセンターで安かったのでね」

ようやく高秀が口を開いた。

「そうですか。では本題に入りましょう」

座の空気が張り詰めた。夏木が言葉を継ぐ。

「たった一か所、美穂ちゃんを隠せる場所がある。それは高秀さん、あなたの車だ。雄二さん所有のシャレードは小型車だから無理だが、セドリックならば隠せる」

腕を組み、高秀は無言。首をひねって、雄二が口を開いた。

「ですが刑事さん。先ほどお見せしたように、私たちはあの日、車の中を徹底的に確認しました」

「だが、後部座席は見ていない」

「見ましたよ。しかし床と座席の間に大して空間はない」

「座席の中です」

「え？」

雄二が目を瞠る。浜中も内心大いに驚き、だが努めて平静を装った。

「ちょっと待ってください」

と、雄二は眉根を寄せて沈思した。それから口を開く。

「座席の中とはつまり、後部座席の人がすわる部分ですか？」

「そうです」

「しかし座席の中には、詰め物がぎっしりでしょう。え？　まさか」

まじまじと雄二が夏木を見た。俊郎は表情を消し、奈緒子と真知子はまだ解らないという面持ちだ。

夏木が言う。

「高秀さんは自動車部品メーカーに勤務し、普通の人より車についてよほど詳しい。だからこの発想を得たのか、それは解らないが、ともかくも手順を話します。

座席の形に成形した、軟質ウレタンフォームというクッション材を、カバーで覆う。大雑把に言えば、車の座席はそういう作りです。

運転席、助手席、後部座席はそれぞれ、車の床の溝に嵌まっており、特殊な工具などなくても、割と簡単に外せる。

あの日、高秀さんはセドリックの後部座席を外した。ひっくり返せば座席の下部にはシートの合わせ目があり、それを開けば軟質ウレタンフォームが剝き出しになる。

後部座席の人がすわる部分。高秀さんはそこのウレタンフォームを、人型に千切り取っていく」

そうか！

浜中は心の中で合点した。一昨日夏木を追って川に飛び込み、そのあと浜中は「体が千切れるかも」

と口走った。あの一言で、夏木は謎を解くきざはしに立ったのだ。そして昨日、夏木は日産の販売店や工場へ行き、車に関する様々な情報を得たのではないか。

「人型に……」

おぞましそうに奈緒子が言い、真知子が呆然と高秀に目を向ける。

夏木が話を継いだ。

「美穂ちゃんの身長は、およそ一メートル。セドリックの後部座席の幅は、一メートル半近くある。人型にウレタンフォームを抜き取れば、美穂ちゃんの遺体をそっくり隠すことができます。それからシートの合わせ目を閉じ、高秀さんは後部座席を元どおりにした。のちにセドリックを調べた警察官たちも、座席のカバーを外してまでは調べない」

「しかし刑事さん」

雄二が言う。

「抜き取ったウレタンフォームは相当の量でしょう。それをどこに隠したのです？」

「あの日セドリックのトランクには、灯油用ポリタンクがふたつ入っていた」

「ウレタンフォームを千切り取って、ふたつのポリタンクに詰め込んだと？」

「ええ」

「人ひとり分の容量です。ふたつのポリタンクに入り切りますか」

「当時の美穂ちゃんの体重は、どのぐらいでした？」

「十五キロを少し超えたところだったか」

と、雄二が真知子に目を向けた。真知子がうなずき、雄二が口を開く。

「ポリタンクの容量は十八リットル、ふたつで三十六リットル。充分入るわけか。それにしても高秀君」

雄二が怖い顔を高秀に向けた。高秀はゆっくりと視線をさげて、沈黙を守る。

「何か言うこと、ないのか？」

怒りが滲む雄二の声だ。

「話を続けます」

刺々しい感情のやり取りを断ち切るように、夏木が言った。太い息をつき、雄二が高秀から目をそらす。

「こうして美穂ちゃんの遺体を隠し、高秀さんは翌日の夕方ひとりで、セドリックに乗ってここを出た。まずは近くの湖に行き、ペットボトルにでも湖水を汲む。

それから安中市へ向かい、途中でホームセンターに寄って、収納庫を買った。あれは組み立て式だから、セドリックに積める。

これらの準備を整えて、高秀さんは後閑城址公園隣の私有地へ行った。穴を掘り、美穂ちゃんの遺体を収納庫に入れて土中に安置。そしてペットボトルの湖水を遺体にかけた」

「どうしてそんなことを？」

雄二が問う。

「もしも美穂ちゃんの遺体が掘り返された時、着衣に藻が付着していれば、川か湖で溺死したと思われる。そう考えての策でしょう」

「そんな奸計を巡らせる男だとは、思わなかった」

と、雄二が吐き捨てた。

「済みません」

乾いた声で言い、高秀が頭をさげる。

指が真っ白になるほど、雄二は手を握り締めた。真知子は視線で射殺すように、じっと高秀を見つめる。

内心の怒りをつぶてにして投げる。そんな表情で、奈緒子は高秀に目を向けた。

「穴を埋め、高秀さんはその場を離れた」

夏木の声を聞きながら、美穂の死体を掘り出した時の様子を、浜中は回想する。

土中から収納庫の蓋が現れて、高秀は穴から出てきた。そのあと彼は穴から少し離れ、背を向けてへたり込んだ。

間もなく見つかるであろう美穂の死体。それを直視したくないから、高秀はああいう振る舞いに出たのではないか。

夏木が言う。

「千切ったウレタンフォームをポリタンクに詰めるのは容易だが、それをひとつずつ出すのはたいへんな作業になる。高秀さんはウレタンフォームが入ったポリタンクをどこかに捨て、新しいものを購入した。

あとひとつ。美穂ちゃんの遺体を出し、その部分がそっくり空洞になって、後部座席はへたりきった。誰かがすわれば、すぐ異常に気づかれる。高秀さんは大至急新しい後部座席を注文し、取り替えたはずだ。

私は昨日、日産の販売店や工場をまわり、後部座席の製造番号一覧表を入手した。今、手元にあります。

この貸別荘に停まるセドリックの、後部座席の製造番号とつき合わせれば、いつ、どの工場で作られたものか判明するでしょう。

さて、美穂ちゃんが消えた謎は、これで解けました。だが、誰が美穂ちゃんの命を奪ったのか、それは私には解らない」

「高秀君ではないのか」

すかさず雄二が夏木に問う。

「座席に遺体を隠したのは高秀さんだが、美穂ちゃんを死なせたのも、高秀さんとは限らない。あなた方には誰ひとりとて、昼食後のアリバイはありませんので」

浜中は彼らの証言を思い返す。

昼食後、高秀は庭に降り、雄二は洋室に入り、俊郎は屋根裏部屋にあがった。真知子と奈緒子は居間で昼寝したという。

ほかの誰にも気づかれず、美穂を死なせて庭に運び出す。あるいは庭に出た美穂を殺害する。五人全員、できそうだ。

「誰が美穂ちゃんの死に関与したのか、絞り切れないのです」

珍しく、少し弱気な夏木の口調だ。わずかに目を伏せ、夏木が話を継ぐ。

「愛香ちゃんを誘拐したのが誰なのか、それもまだ判明していない。つまり両事件とも今、自供すれば自首になります」

浜中はそっと夏木に目を向けた。

ふたつの事件の犯人がこの中にいるとすれば、美穂や愛香にとってあまりに哀しい。だから夏木は弱気を装い、雰囲気をしんみりさせて自首をうながし、せめて幕切れに、ささやかな救いを持たせようと思ったのか。

ここは待つしかない。

訪れた静寂の中で、浜中はその思いを強くした。

4

沈黙を破る者はいない。浜中はそっと座を見渡した。俊郎は額にうっすら汗をかき、やや苦しげだ。雄二はちらちらと、敵意のこもった視線を高秀に向ける。

真知子はひたすらに哀しげに見えた。奈緒子は目を伏せて、高秀は微動だにしない。由未は顔中に緊張の色を浮かべ、夏木は能面さながら無表情だ。

一秒、また一秒。無言の時が流れていく。

やがて――。

「愛香を誘拐したのは私です」

感情を殺した声で奈緒子が言った。

信じられない言葉を聞いて、浜中は混乱に襲われる。河田家近辺で不審な男性が二回、目撃された。その人物こそ誘拐犯であり、つまり犯人は男性なのだ。

あのあたりはひとけがなく、車もあまりとおらない。愛香誘拐事件と全く無関係の不審な男性が、二回目撃される。そんな偶然など、まずあり得ない。

奈緒子ははっきりした顔立ちだ。帽子をかぶったり、顔をそむけたりしても、中年男性に化けることは難しい。まして目撃者がふたり揃って、奈緒子を男性に見間違えるはずはない。

由未も半ば呆然という表情だ。夏木は目を細め、じっと奈緒子を見つめる。俊郎、高秀、雄二、真知子。四人の目も奈緒子に釘づけだ。

みなの視線を避けるように、まつげを伏せて奈緒子が言う。

「探偵に高秀さんの尾行を依頼し、慎重に愛香の監禁場所を選びました。調剤薬局で父宛に処方された睡眠薬を受け取り、小さな子がこれを飲んでも命に関わらないことを知り、愛香誘拐を決断したのです」

少し間を置き、夏木が口を開いた。

「探偵というあなたの言葉、それでようやく解りました」

「もしかして、河田家近くで男性を目撃した人が、見つかったのですね」

奈緒子が応える。警察は二件の目撃情報を、まだ公表していない。

「あなたの思惑どおりにね。あなたは何社の探偵事務所を、すっぽかしたのです？」

「四社ほどです」

「四分の二か。まずまずの確率だ」

夏木と奈緒子のやり取りが解らず、浜中の心の中は疑問符で満たされた。

夏木が言う。

「調査を依頼すべく探偵事務所に電話をかければ、指定した場所に担当者が密かにくる。男性か女性の指定もできる。

探偵事務所の中には、そういう便宜を図るところがある。あなたはそれを、高秀さんの尾行を依頼する際に知った。そしてのちに計画が固まった段階で利用する。

今年の三月か四月。あなたは電話帳を手に、片端から探偵事務所に電話した。

男性の担当者と、こちらが指定した場所で打ち合わせしたい。

あなたはそう申し出て、相手が了承すれば、河田家近くで待ち合わせの約束をする」

ようやく浜中にも見えてきた。夏木が話を継ぐ。

「だが約束の日時、あなたは河田家に行かない。三十分か一時間か。探偵事務所の男性担当者は、河田家の近くであなたを待ち続ける。

待ち合わせの約束をした時、自宅の電話番号を問われれば、でたらめを告げればいいし、その段階で話を打ち切ってもいい。

ともかくもこうして河田家の近くに、人目をはばかる男性を呼び寄せた。その目撃談が出れば捜査攪乱になるし、出なくてもあなたにさほど不利益はない」

「そのとおりです」

奈緒子が素直に認めた。

自供してなにかが吹っ切れたのか、潤んだ瞳は澄んでいる。

これで目撃情報の件は解ったが、浜中にはなお疑問が残る。

誘拐犯が指示書をポストに投函し、監禁場所で天窓から愛香を見張った時間帯、奈緒子は佐月家から一歩も出ていない。誰あろう浜中たちが証人だ。

「ポストと磁石について、話してください」

夏木が言った。

「やはりご存じだったのですね」

「相棒のお陰でね」

浜中は思い出す。

富岡区内のポストを虱潰しに当たっている時、浜中のポケベルに着信があり、浜中は慌てて大伯母の一乃に電話した。その結果、浜中と夏木はポストから集荷する郵便局員に出会う。

あの時夏木は、なにかを閃いたのだ。しかし磁石という言葉は初耳だから、浜中は内心で首をひねった。

「愛香の心身を傷つけないよう誘拐するには、どうすべきか。私が誘拐犯だと思われないために、どうすればよいか。くる日もくる日も、私はそればかり考えました」

と、奈緒子が話を継ぐ。

前者については、とにかく監禁場所を居心地よくするしかない。奈緒子はそう決めて、残る問題は後者だ。自分が誘拐犯ではないと思わせるため、どうするか。

探偵事務所の男性を、河田家近くへ呼び寄せる策略は浮かんだが、それだけではあまりに弱く、目撃者が出ない可能性も十二分にある。

愛香を誘拐した際、警察に通報しろと指示を出す予定だ。そうなれば刑事が自宅にくる。

奈緒子は刑事とともに自宅に籠もることになるはずで、そこへ誘拐犯から電話がかかれば、よもや警察は奈緒子が犯人とは思わない。

しかしどれほど知恵を絞っても、自宅にいながらにして、遠隔操作で外から電話することはできそうにない。

だから奈緒子は誘拐犯からの連絡、すなわち後閑城址公園の南駐車場を掘れという指示を、電話ではなく郵便で行うことにした。

安中市内のポストに指示書を投函すれば、知り合いに見られるかも知れない。

奈緒子は南隣の富岡市へ行き、いくつものポストを見てまわる。すると古びた丸ポストがあって、集荷にきた郵便局員が集荷扉を勢いよく閉めた。

「その光景を見た時、ふいに思いついたのです」

奈緒子が言った。夏木が丸ポストの場所を問い、奈緒子が応える。浜中たちが見た、あの丸ポストだ。奈緒子が話を続ける。

丸ポストの側面によれば、収集時間は午前十時と午後三時。奈緒子は何度も午前十時前に丸ポストへ行き、集荷の様子を探った。

集荷時間はかなり正確で、郵便局員はほぼ十時にくる。そして集荷扉を開けて郵便物を取り出すのだが、その際、取り残しはないかとポストの底を探る。だがポストの上部、投函口の少し上のあたりは探らない。

また集荷にくる局員は二、三人いて、誰もが集荷扉を強く閉める。

それらを確認し、ひとけのない時を見計らい、奈緒子は投函口から丸ポストの内部を覗き込んだ。

「これならなんとかなる。そう思い、私は封筒を用意しました。差出人は記さず、宛先は私自身。これを二通作り、一通にはなにも入れず、もう一通には平たくて軽いゴム製の磁石を入れたのです」

奈緒子の口から、ようやく磁石という言葉が出た。だが浜中にはまだ解らない。由未もかすかに首をひねった。

「その二通を手に、人目につかない早朝、私は丸ポストに行きました。なにも入っていない封筒を上、磁石入りの封筒を下。そのように重ねて手のひらに載せ、ゆっくり投函口にさし入れ、二通をポストの天井に貼りつけたのです」

丸ポストの中にあるのは、長方形の鉄の箱だ。冷蔵庫の側面に、何かのメモをゴム製の磁石で留める。それと同じように、二通の封筒は天井に貼りつくだろう。

浜中はそれをみなに説明した。そのあとで奈緒子が言う。

「翌日、私の家にその二通が配達されました。胸の高鳴りを押さえながら目をやれば、消印の集荷時刻は12-18。目論みどおりの結果に私は満足しました」

「待ってください」

浜中は思わず言った。

「ポストの天井に貼りつけたのだから、封筒は集荷されないですよね。あっ！　そうか」

やっと解った。浜中は口を開く。

「午前十時頃。郵便局員が丸ポストにきて集荷し、集荷扉を勢いよく閉める。その瞬間、磁石で天井に留められた二通の封筒は、衝撃によって落下した。そして次の集荷時間である午後三時に、集荷される。

だから消印が12-18であり、それは二通が、午前十時以降、午後三時までに投函されたという証明になる。だが実際には、二通は早朝に投函した。そうですね」

奈緒子がうなずき、雄二が言葉を発した。

「天井に留めることによって、集荷時間を一回分、ずらしたわけか」

「兄さんのお陰で、切手や消印のことに詳しくなれたから」

奈緒子が儚く笑う。そういえば俊郎の家には雄二に贈られた、使用済みの切手で作った貼り絵の賞状があった。

笑みを引いてまつげを伏せ、奈緒子が話を継ぐ。

二通の封筒を用意して丸ポストへ行き、投函箱の天井へ貼りつけて、自宅へ配達させる。それを奈緒子は何度も繰り返し、消印が必ず12-18になることを確かめた。

五月二十五日の夜。高秀が寝たあと奈緒子は愛香の部屋へ行き、睡眠薬を飲ませて少し待つ。それから月極駐車場に停めてある車に、愛香を乗せた。監禁場所へ行き、愛香を屋内へ運び入れて布団に寝かせる。

ここまでの流れの中で、誰かに目撃されたり、愛香が目を覚ませば、誘拐は延期するつもりでいた。けれど誰にも見られず、愛香もぐっすり眠っている。

奈緒子は監禁場所を出て、富岡市へ向かった。丸ポストへ行き、二通の封筒を天井に貼りつける。それが二十六日未明のこと。

「一通の宛先は佐月高秀、中には誘拐犯からの指示書。もう一通には磁石を入れて、宛先は東京都豊島区千早六丁目、宛名は川口太郎。二通とも、差出人欄にはなにも書きませんでした」

「なぜ、豊島区千早なのですか？」

浜中は訊いた。今回の事件とまるで関係ない地名だ。

「実在しない住所であれば、どこでもよかったのです」

「実在しない？」

「地図で調べたのですが、豊島区千早は四丁目までしかありません。川口太郎という名前も、とっさに思いついたものです」

「ではその封筒、宛先不明になりますね」

そう応えて、浜中は合点する。丸ポストでの、郵便局員と夏木の会話を思い出したのだ。

宛先不明で差出人の名がない郵便物は、どうなるのか。夏木はそう問い、配達を受け持つ郵便局で保管されると、郵便局員は応えた。そのあとで夏木は「全国の郵便局を調べるのは不可能だ」と言った。

奈緒子が投函した磁石入りの封筒は今、豊島区のどこかの郵便局に保管されているはずだ。けれど夏木の言葉どおり、奈緒子の自供がなければ、状況証拠となる磁石入り封筒を警察が見つけるのは、ほぼ不可能なのだ。そして封筒は一定期間後に、棄却処分される。

「誘拐犯からの指示書を入れた封筒は、計画どおり『61　5.26　12-18』の消印で、私の家に届きました」

奈緒子が話を結んだ。

その消印は、五月二十六日の午前十時から午後三時の間に、投函されたことを示す。しかし奈緒子はその間ずっと、浜中たちとともに佐月家にいた。

証拠を一切残さず、警察官を証人にして、奈緒子はアリバイを成立させたのだ。けれどまだ、天窓からの見張りの問題がある。

5

夏木に目でうながされ、浜中は口を開いた。

「五月二十六日の日中、誘拐犯は監禁場所の天窓から、何度か室内を覗きました。しかしその日、奈緒子さんは佐月家にいた。これについてお聞かせください」

うなずいて、奈緒子が話し始めた。

誘拐当日に雨が降って郵便が濡れ、消印が滲むかも知れない。また警察が消印の時刻に、さほど重きを置かない恐れもある。

奈緒子はそう思い、ほかになにか策はないかと考えを巡らせた。そして以前、真知子から聞いた話を思い出す。

ある日、真知子と美穂はデパートへ行き、屋上で風船をもらった。美穂が紐を持つと、風船はふわふわ宙に浮く。

美穂は嬉々として自宅へ持ち帰り、居間で紐を放した。風船は天井にぶつかって、留まる。

その夜。風船をそのままにして真知子と雄二、それに美穂は床に就いた。だが深夜、トイレへ行くために寝室を出た雄二が、大声をあげる。

風船からヘリウムが、少しずつ抜けたのだろう。風船は天井から下がり、床から一メートルほどのところに浮いていた。

慣れた自宅だから、雄二は廊下の電気をつけていない。開けっ放しの暗い居間に浮く風船。それを見て雄二は一瞬、人の顔がそこにあると思ったのだ。

「そんなこともあったな」

ぽつりと雄二が言い、その横で真知子が瞳を濡らす。

小さな沈黙のあとで、奈緒子が語り出した。

ヘリウム入りの風船と、祭りの時によく売られている、薄いプラスチック製のお面。奈緒子はそれを買い、すでに監禁場所として選定済みの河田家に赴いた。

まず、奈緒子は風船に面をかぶせた。紐を雨戸のところに結び、ちょうど天窓の外側に、風船が浮くようにする。

それから奈緒子は室内に入った。外に浮く風船が、天窓の磨りガラスに映る。風に揺れ、ちらちらとこちらを覗き込むような動きだ。

「思った以上に、それは人の顔に見えました。愛香にはかわいそうだけれども、あとは書き置きに『窓から見ている』と記して暗示をかければ、風船を人だと思い込む。私はそう考えて、けれどふたつ問題がありました」

と、奈緒子が話を続ける。

ずっと風船がそこにあれば、さすがに愛香も人ではないと気づく。風向きによって時々、磨りガラスに映るようにしなければならない。

この問題は、風船を置く場所によって解決できた。近からず遠からず、天窓から横へ二十センチほどのところに、風船がくればいい。

もうひとつの問題は、風船の消し方だ。奈緒子の計画どおりに事態が進行すれば、二十七日の夕方か夜、愛香は警察によって保護される。その時に風船があってはまずい。

「二十六日だけ天窓の外に浮き、その翌日に風船は、消えなくてはならないのです」

「だから庭の、天窓の下だけ濡れていた」

夏木が言った。

「なにもかもお見通しなのですね」

仄かな笑みを一瞬浮かべて、奈緒子が応える。ふたりのやり取りを耳にして、浜中はようやく理解した。

「氷ですね」

そんな言葉が浜中の口からこぼれた。うなずいて、奈緒子が話し始める。

事前に奈緒子は自宅の冷凍庫で、水をプラスチック容器を、奈緒子はクーラーボックスに入れて凍らせた。

二十五日の夜。そのプラスチック容器を、奈緒子はクーラーボックスに入れて、河田家に持参した。

まずは愛香を屋内に運び入れ、それからプラスチック容器を手に取る。水は完全に凍っており、プラスチック容器から、すっぽり出すことができた。

奈緒子は風船の紐に、取り出した氷の塊を結びつけた。そして氷を河田家の庭、雨戸のすぐ近くの地面に置き、風船が天窓の外にくるようにする。

こうすれば氷の塊が重石になって、風船はそこに浮き続ける。河田家は道から少し引っ込み、三方を木々に囲まれているから、道行く人は風船に気づきにくい。それにそもそも、家の前をとおる人は少ない。

氷はじわじわ溶けていき、やがて小石ほどの大きさになる。すると紐が氷から外れ、あるいは氷を持ちあげて、風船は空へ飛んでいく。

「二十六日の夕方から、二十七日の朝。その間のどこかで風船が飛んでいけばいいので、氷の大きさを決めるのには、それほど苦労しませんでした。

ただ、風船からヘリウムが抜けてしまうと、空に浮きません。

調べたところ、風船にヘアスプレーを吹きつけると、ヘリウムが抜けづらくなるそうです。試してみると、確かに風船は長持ちしました」

「脚立の件は？」

夏木が問う。

「河田家の庭の裏手に脚立があって、それを目にしたことも、この策を思いつくきっかけだったのでしょう。

誘拐当夜、脚立の踏み台部分にわざと土をつけ、警察の目に留まるよう駐車場の隅に置きました。今、振り返れば様々な策を弄したことが、われながら信じられません。けれどすべて事実であり、私は愛香にたいへんな心痛を与えてしまったのです」

奈緒子の声が涙色に染まる。けれど奈緒子は落涙を耐えた。夏木と浜中をまっすぐに見て、口を開く。

「これですべてお話ししました」

そのあとで固く結ばれた奈緒子の唇。それを見ながら浜中は思いを馳せる。

愛香が無事保護された時、奈緒子は愛香を抱き締めて「ごめんね、ごめんね」と繰り返した。誘拐犯としての、あれは奈緒子の本心だったのだ。

6

「まだ、あなたの口から語られていないことがある。愛香ちゃん誘拐の動機だ」

奈緒子に向かって夏木が言った。

「お話しします」

素直な口調で奈緒子が応える。そして彼女は話し始めた。

美穂が失踪して半年ほど過ぎた頃、高秀の様子がおかしいことに奈緒子は気づく。

どこか落ち着きがなく、ふと焦りを見せたあとで嘆息して、虚ろな視線を奈緒子に向けたりするのだ。

会社で何かあったのか。奈緒子はそう思い、高秀に水を向けた。しかし会社は業績が安定し、人間関係でもあまり悩みはなさそうだ。

高秀、奈緒子、愛香は健やかで、高秀の健康診断の結果にも「要再検査」や「要精密検査」はない。

「その頃の私たちにとって、たいへんな心配事といえば美穂のことでした」

表情を硬くして、奈緒子が言う。

「高秀さんが美穂の失踪に、関わっているのではないか。美穂のことで私たちに何か、隠しているのではないか。ある日ふと、そんな疑惑が私の中に芽生えました。

けれど不思議なことがありました。美穂がいなくなって、すでに半年以上です。その頃になってなぜ、高秀さんの様子がおかしくなったのか」

浜中は高秀に目を向けた。口元を引き絞り、やや険しげな面持ちだ。奈緒子が話を続ける。

「高秀さんを尾行してみようか。ある日ふと、私はそう思いました。浮気への疑念もほんの少しありましたし、高秀さんの行動を探り、なにもなければ安心できます。

けれど素人に、尾行などできません。そこで先ほど申しあげたとおり、今年の一月、探偵に依頼したのです。

二週間の調査が終わって、探偵事務所から届いた報告書。添付の写真を見て私は確信しました。後閑城址公園の南駐車場、美穂がそこに埋まっていると」

痛ましげに、哀しげに、濡れた瞳で奈緒子が言う。

「そのあと私は、後閑城址公園の南駐車場について、県に問い合わせました。

昨年の十一月に、整地だったあの場所が砂利敷きの簡易駐車場になったこと。いずれは後閑城資料館を建てる構想があること。

それらを知り、ようやく私にも解ってきました。

昨年四月。まだ整地だったあの場所に、高秀さんは美穂の遺体を埋めた。だが十一月に駐車場になってしまう。

資料館の建築工事が始まれば、地は深く掘り下げられて、美穂の遺体は必ず見つかる。しかし駐車場を造る際、地面は強く固められた。高秀さんには到底掘り出せず、美穂の遺体を別の場所へ移すことはできない。

焦り、諦め、苛立ち。高秀さんの心の中でそれらの思いが舞い乱れ、傍目にも様子がおかしくなったのでしょう」

と、奈緒子が冷えた視線を高秀に向けた。つられて目をやり、浜中は心の中で首をひねる。高秀から険しさが消えて、憐憫（れんびん）の面持ちになりつつあるのだ。

奈緒子が話を続ける。

「探偵事務所の報告書を手に警察へ行き、後閑城址公園の南駐車場を掘ってほしいと頼んでみよう。私はそう思い、しかしその頃……」

「群馬県警の不祥事が発覚したのですね」

夏木が言った。群馬県警が自殺で処理した、とある男性の死。それがのちに他殺と判明したのだ。

「これはだめだ、警察は動いてくれない。私はそう思い込み、しかしそのままにはできません。どうしよう、どうしよう。一刻も休むことなく、私は思案に耽りました」

奈緒子の裡からじわりと、昂ぶった感情が溢れてくる。

「美穂が事故死であれば、高秀さんが遺体を隠すはずはない。高秀さんは美穂を殺し、あるいは死なせて遺体を埋めたのです。

けれどそれをおくびに出さず、私たちと接してきた。それがどうにも許せない。許せない、許せない。その思いが次々と、私の心に突き刺さります」

奈緒子の声が熱を帯び、話に脈略がなくなっていく。

「二月のある日、奇妙なことが起きました。

『愛香を誘拐し、後閑城址公園の駐車場を警察に掘らせるのだ。そうすれば警察は、必ず美穂の死を捜査する』

私が家にひとりでいた時、そういう声が不意に聞こえたのです。はっとして、私はあたりを見まわしました。けれど誰もいません。

誰かの声ではなく、私の頭の中の思いだと気づき、ぞっとしました。けれどひとたび浮かんでしまえば、その発想を追い出すことはできません。

次第に思いは強まって、ふと気づけば、愛香の身の安全を最優先に考えて、誘拐計画を練ればいい。監禁場所で愛香が、不自由なく過ごせるようにすればいいではないかと、考えるようになっていました。

けれど愛香に、生涯消えない心の傷を負わせてしまう」

奈緒子が語り続ける。

「でも仕方がない。高秀さんが遺体を隠すから、いけないんだ。わずか四歳の美穂の命。高秀さんがそれを摘み取ったのが発端なのだ。

美穂の遺体が掘り出され、その死がつまびらかになれば、自首して誘拐の罪を償おう。誠心誠意、愛香に詫びよう。

それをささやかな免罪符にして、私は愛香誘拐を決意したのです。そしてまず、高秀さんに離婚を切り出しました」

心の中の嵐が去り始めたのか、奈緒子の声が落ち着きを取り戻していく。

「母親に誘拐されたのではなく、元母親に誘拐された。その方が少しは愛香にとっていいかなと思いましたし、佐月奈緒子として逮捕されれば、佐月家の方にご迷惑がかかりますから」

ふっと吐息を落とし、奈緒子が口をつぐむ。やりきれない沈黙が降りて、そのしじまを高秀が破った。

「美穂の遺体を車の座席に隠し、後閑に運んで埋めたのは私です。しかし私は美穂を殺していない」

瞬間、奈緒子の顔が怒りに染まる。

「この期に及んでなに言ってるの！　ここに探偵事務所の報告書と写真がある。みんなに見てもらいましょう」

と、奈緒子は自分の鞄に手を伸ばした。震える指先で、鞄を開けようとする。

「落ち着いてください」

夏木が奈緒子を制し、高秀に顔を向けた。

「高秀さん、あなたは美穂ちゃんを殺していないと」

「はい」

「では、誰が美穂ちゃんを殺害したのです？」

「それは……」

高秀は口ごもり、逡巡の表情で虚空に視線を投げた。そのあとで、眉宇(びう)に決意を浮かべて口を開く。

「美穂を殺したのは奈緒子です」

座の空気が凍りついた。浜中は混乱の大波に呑み込まれ、堪らずに口を開く。

「そんなはず、ありません。だって美穂さんの死の真相を明らかにするため、奈緒子さんは愛香ちゃんを誘拐したのでしょう。

もしも奈緒子さんが美穂ちゃんを殺害したのであれば、愛香ちゃん誘拐は意味なき犯罪になってしまう」

唇をわなわなと震わせて、奈緒子が言う。

「そうよ！　よりによって、私に罪をなすりつけるなんて」

「奈緒子」

高秀が優しげに呼びかけた。奈緒子は無言で高秀を睨みつける。憐れみの表情で、高秀が口を開いた。

「美穂を殺したのは君なんだ。そして恐らく君は、その時の記憶を失っている」

「なんですって」

呆然と奈緒子が応えた。

「部分記憶喪失か」

夏木が言い、浜中は思い出す。

六日前。浜中たちは佐月家へ行き、奈緒子と高秀に美穂失踪時の話を訊いた。すると奈緒子は、薄れかけた記憶を懸命に辿るような仕草をした。

翌日浜中たちは、雄二の住むマンションの駐車場で高秀たちに会う。その際も奈緒子は精一杯記憶を手繰る面持ちを見せてから、貸別荘でのことを話した。

自己崩壊するほどの出来事が起きた時、脳はそれを封印することがあるという。出来事を覚えていれば、自傷や自殺衝動に駆られると判断し、自己保身のため、その記憶だけを脳の奥に閉じ込めて、本人でさえ思い出せなくしてしまうのだ。

奈緒子は美穂を殺し、けれどそれを覚えていない。この記憶の欠落によって前後の出来事が曖昧になり、貸別荘のことを思い出す時、懸命に記憶を辿ったのだろうか。

由未が口を開く。

「美穂ちゃんを殺した記憶。それを失った奈緒子さんは、高秀さんが美穂ちゃんを殺害して埋めたと、心の底から思い込む。そして高秀さんの罪を暴くため、愛香ちゃんを誘拐した。そうなのですか」

由未の問いに応えず、夏木が奈緒子に目を向けた。

「私が美穂を……。嘘でしょう」

あらゆる感情が抜け落ちた。そんな表情で呆然と奈緒子が呟く。

7

貸別荘の前の道を、浜中は行く。先頭に夏木、うしろに奈緒子、浜中の横に由未。

残りの人たちは貸別荘にいる。高秀に逃亡の恐れはなさそうだが、あれから貸別荘に戻ってきた加瀬に、彼の見張りを託した。そして夏木の提案で、浜中たちは貸別荘を出たのだ。

南の空に一朶の雲。陽の陰った道を、浜中たちは無言で歩く。

やがて前方に十字路が見えてきた。手前の路肩に車が一台ひっそり停まる。一見普通の乗用車だが、浜中にはすぐ解った。群馬県警鑑識課の車輌だ。

浜中は車に目を向けた。車内に人の姿はない。付近でまだ何か、調べ物でもあるのだろう。

浜中たちは先の十字路を左へ曲がった。緩やかな登り坂があり、それを越えて林の小径に分け入る。

ほどなく視界が開けた。彼方に目を向ければ、当初美穂が転落したと思われた崖がある。

夏木が足を止めた。浜中たちも立ち止まり、四人で向き合う格好になる。

「さて、奈緒子さん」

落ち着いた声で夏木が言った。崖際に立てば耳を聾する激流の音も、それほど届いてこない。

「なんでしょう」

美穂を殺した記憶がまだ蘇っていないのか、奈緒子の表情には困惑と混乱ばかりがある。

「先ほど貸別荘でテーブルを囲む前、高秀さんからこれを密かに預かりましてね」

と、夏木が内ポケットから、白い封筒を出した。少し厚みを帯びている。

「美穂ちゃんの遺体がなぜ後閑城址公園に埋まっていたのか。その理由が明らかになった時、これをあなたに渡して欲しいという」

浜中には初耳だった。高秀と夏木がやり取りしている場面も見ていない。だがともかくも高秀は、今日、自らの罪が暴かれることを、半ば覚悟していたのだろう。

夏木が話を継ぐ。

「警察官立ち会いの下、あなたの手で開けて欲しいそうです。だから私はまだ、開封していない。封筒の中を見ておらず、今回の事件に関係ある品が入っているのか、それすら解らない」

夏木が封筒をさし出す。やや青ざめた面持ちで、首をかしげつつ奈緒子は受け取った。何が入っているのか探る様子でそっと封筒を押し、少し迷ったあとで封を切る。

封筒の口をわずかに開けて、奈緒子は覗き込んだ。中のものを取り出す様子を見せず、開封口をしっかり手で押さえて、夏木に目を向ける。

「高秀さんは、これを私にどうしろと？」

「そこまでは聞いていません」

「そうですか」

と、奈緒子が歩き出し、崖の端へ向かった。封筒の中に何が入っていたのか、浜中には解らない。

由未と顔を見合わせた。

真知子の件が頭をよぎったのだろう。

「まさか」

と、由未は呟き、奈緒子の背を追いかけようとした。それを夏木が鋭く制す。

浜中たちは黙って奈緒子を目で追った。まっすぐに崖の端へ行き、奈緒子は封筒を川に投げ捨てる。

そして踵を返し、戻ってきた。

「なにが入っていたのです？」

我慢できずに浜中は問う。

「私たち夫婦の、思い出の品です」

哀しげに奈緒子が応えた。

高秀が渡そうとしたその品を、決別の思いを込めて、奈緒子は川に投げ捨てたのか。

「思い出の品、ですか」

そう言って夏木が、内ポケットに手を入れた。魔術師が意外なものを見せる。そんな仕草で何かを取り出す。

「え？」

由未が声をあげ、浜中も目を見開いた。同じような封筒を、夏木は取り出したのだ。

「先ほどと同じものが、この中に入っています」

貫く視線を奈緒子に向けて、夏木が言った。奈緒子から目をそらさずに、封筒を浜中に渡してくる。

「開けてくれ」

夏木に言われ、浜中は封を切った。覗き込めば赤い布地の何かがある。浜中はそれを取り出した。赤いバンダナだ。

「これ、美穂ちゃんのお気に入り」

由未が言い、浜中もすぐに気づく。失踪当時、美穂は赤いバンダナをスカーフふうに、首に巻いていたという。だが後関城址公園で見つかった美穂の遺体に、バンダナはなかった。

先ほどの封筒にも同じものが入っていたと、夏木は言った。高秀は美穂のバンダナをふたつ手に入れて、夏木に託したのだろうか。

「嘘は泥棒の始まりだから、警察官が嘘をつくのはよくない」

と、夏木はおどけた笑みをうっすら浮かべた。すぐに頬を引き締めて、奈緒子に目を向ける。

夏木の言葉が理解できない。奈緒子はそんな面持ちだ。夏木が口を開いた。

「高秀さんから封筒を渡されたというのは、偽りでしてね。当時、美穂ちゃんが首に巻いたバンダナの購入先を真知子さんに聞き、同じものを私が買って封筒に入れたのです」

なぜ夏木はそんなことをしたのか。浜中の疑問に応えるように小さくうなずき、夏木が言う。

「推測も交じるが、あの日貸別荘で何が起きたのか。今からそれを話します。

午前十時過ぎ、あなたたち七人は貸別荘に到着した。直後、あなたは右の人さし指に怪我をする」

そういえば貸別荘の扉を開ける時、奈緒子はささくれで指を切ったと、俊郎が言っていた。

「あなたは絆創膏を指に貼った。そのあと昼食を取り、あなたと真知子さん、愛香ちゃんと美穂ちゃんは居間で昼寝を始める。

しかし美穂ちゃんはすぐ目覚め、あなたを起こした。あるいは美穂ちゃんが起きた気配で、あなたは眠りから覚めた。

美穂ちゃんは首にバンダナを巻いており、あなたはそれで美穂ちゃんの首を絞める」

「私、そんなことしていません。布団に入ってすぐ眠り、起きた時にはもう美穂はいなかった。そしてみんなで美穂を捜した。私の記憶はそうなのです」

揺るぎない真実を語る奈緒子の表情だ。彼女は懸命に話を継ぐ。

「先ほどあなたや高秀さんに、記憶喪失と言われた。でも私にすれば、記憶を失ったという意識はないのです。それに私が美穂をこの手で、殺すはずありません」

少し哀しげに目を伏せてから、夏木が口を開く。

「しかしあなたの先ほどの振る舞い。それがひとつの事実を語る」

沈黙が降りた。南の空の雲が去り、陽光がさしてくる。

「まさか」

とてつもない考えが閃いて、浜中は思わず声をあげた。夏木に目を向ければ、彼は無言で首肯する。

浜中は口を開いた。

「奈緒子さんは指に怪我をしたばかり。美穂ちゃんを絞め殺した際、絆創膏から血が滲んで指先を濡らし、奈緒子さんの血の指紋がバンダナに付着した」

「私は美穂を殺していません！　少なくとも、その記憶はないのです」

奈緒子の反駁(はんばく)にうなずいて、浜中は言う。

「もしそうだとすれば、あなたにとって封筒の中のバンダナは『美穂ちゃんのお気に入りの品』に過ぎません。ところがあなたは先ほど、躊躇せずにバンダナを川へ投げ捨てた。そして封筒の中身を問われ、夫婦の思い出の品と嘘をつく。

なぜか。

あなたにとってあのバンダナは『自分の血の指紋がついた、美穂ちゃん殺害の物的証拠』だからです」

首肯して、夏木が口を開く。

「ほんとうに記憶喪失であれば、『美穂ちゃんのお気に入りの品』であるバンダナを、川に捨てたりしない。バンダナを捨てたという行為こそ、美穂ちゃん殺害の記憶があることの証なんだ」

「奈緒子さんは、記憶喪失のふりをしていた……」

由未が呟く。

「部分記憶喪失。それはいつでも起こり得るのかも知れない。だがそう都合よく、自分が殺人を犯した記憶だけ消えないさ」

と、夏木は奈緒子に目を向けた。つられて目をやり、浜中はそっと息を呑む。追い詰められた小動物が見せるような、ぎらぎらとした光が奈緒子の瞳に宿りつつあった。

夏木が言う。

「貸別荘でのことを語る際の、記憶を辿るあなたの様子。なかなかの名演技でしたから、私も当初、あなたは部分記憶喪失だと思った。しかし賛美歌が、それは嘘だと教えてくれた。神に感謝しないといけない」

「賛美歌、ですか」

由未が首をかしげた。奈緒子から目をそらさず、夏木が口を開く。

「あの日のことに話を戻します。

美穂ちゃんを絞殺したあなたは、遺体を抱いて庭へ出た。高秀さんに事情を話し、この殺人を隠蔽したいと頼み込み、助力を仰ぐ。

高秀さんはセドリックの座席に、遺体を隠すことを思いついた。しかしどれほど急いでも、この作業には一時間近くかかる。

誰かが庭に出そうになったら止めてくれ。高秀さんにそう言われ、あなたはログハウスに戻って布団に入る。

静かに時間が流れて欲しい。

あなたはそう願い、誰かが動くかすかな音さえ聞き漏らすまいと、全神経を耳に集中させた。ところがそこへどこからか、賛美歌の合唱が聞こえてくる」

浜中の脳裏に、美しい旋律が舞い降りた。賛美歌三一二番の「いつくしみ深き」だ。心に曲が流れる中で、浜中は次々と思い出す。

六日前。浜中と夏木が佐月家を訪れた際、テレビから女性の声が聞こえた。

「教会の結婚式での合唱といえば、やっぱりこの曲ですよね。賛美歌三一二番」

翌日、浜中たちは北軽井沢へ赴き、聞き込みをした。

喜多村家の人たちが借りた別荘の近くに教会があり、美穂が失踪した日の午後一時頃、結婚式の列席者たちが庭で賛美歌を合唱したとの情報を、夏木と加瀬が得る。

列席者たちは恐らく、結婚式の定番である「いつくしみ深き」を合唱したのだ。

夏木が話を続ける。

「賛美歌の合唱を耳にして、真知子が起きたらどうする？　美穂がいないことに気づいて騒ぎ出す。だがまだ高秀の作業は終わっていない。合唱などやめろ。早く止まれ。

あなたはそう願い、堪らない時を過ごした。だからのち、テレビから『いつくしみ深き』が流れ出した時、その記憶が蘇って思わず顔をこわばらせてしまう。

あなたがほんとうに昼寝していたのであれば、そもそも『いつくしみ深き』は耳にしていない。あなたはあの曲を聴き、嫌な記憶を持っていたからこそ、表情を変えたんだ」

冷えた双眸を夏木に向けて、奈緒子は無言。由未が口を開く。

「奈緒子さんは美穂ちゃんを殺し、記憶喪失のふりをした。そこまでは解りましたけど、ではなぜ奈緒子さんは、愛香ちゃんを誘拐したのです？」

奈緒子と視線をぶつけ合いながら、夏木はなにも応えない。浜中は思いを巡らす。ふっと怖い考えが降ってきて、浜中の背に嫌な悪寒がかすかに走った。

8

「本物のバンダナは、どこにいったのでしょう」

自分に語りかけるように、浜中は言った。そしてせわしく思考を巡らせる。

血の指紋がバンダナについたはず。そのことに奈緒子は、あとから気づいたのではないか。美穂を殺害した時は動転し、バンダナにまで気がまわらなかったのだ。もしその時に気づいていれば、すぐに首から外し、のちに処分したはずだ。

バンダナを首に巻いたまま、美穂の遺体は高秀の手に渡った。遺体を隠す作業中、あるいはのちに埋める時、高秀はバンダナの血の付着に気づく。

このバンダナは、奈緒子が美穂を殺害したという強力な物証だ。

いずれ美穂の遺体が見つかった場合、これさえあれば美穂殺害犯として、自分が誤認逮捕されることはない。高秀はそう思い、あるいは奈緒子が美穂殺しの罪を自分に押しつける可能性さえ考慮して、ともかくもバンダナを手中に収めた。

奈緒子を見つめて浜中は言う。

「あなたにとって爆弾とも言える、血のついたバンダナ。高秀さんはあなたに渡さず、隠し持っていたのですね。

その状況でのち、美穂ちゃんを埋めた場所が簡易駐車場になった。やがて資料館の建設工事が始まれば、美穂ちゃんの遺体は必ず見つかる。そして高秀さんが血のバンダナを提出すれば、あなたは殺人罪で逮捕されます。あなたにはもう、罪を逃れるすべはありません」

「でもそうなると愛香ちゃんを誘拐しても、罪を重ねるだけですよね」

由未の問いに、浜中は首を横に振った。

先ほど夏木は貸別荘で、ことさらに弱気を装い、犯人に自白をうながした。だが、あれは夏木の罠だったのだ。

警察には、犯人の目星さえついていない。ならば真の狙いなど、到底解らないだろう。

奈緒子にそう思わせて、まずは自白させる。そして偽のバンダナという第二の罠を、夏木は仕掛けたのだ。

なぜ、夏木はそこまでしたのか。奈緒子があまりにも狡猾（こうかつ）だからだ。

浜中の胸中に奈緒子への怒りが湧いた。一瞬ののち、同じほどの哀しみが波のように押し寄せてくる。

錯綜する思いを断ち切り、浜中は口を開いた。

「やがて必ず殺人罪で逮捕される。それを受け入れてなお、なんとかならないものかと、あなたは懸命に法律を調べたのでしょう。そして刑事訴訟法の、とある条項に行き着いた」

「とある条項?」

由未が問う。うなずいて、浜中は言葉を継ぐ。

「刑事訴訟法第三一四条第一項。

『被告人が心神喪失の状態に在るときは、検察官及び弁護人の意見を聴き、決定で、その状態の続いている間公判手続を停止しなければならない』」

「公判停止……」

「殺人罪から逃れられないのであれば、罪を犯した時の記憶を失ったふりをして、裁判を止めてしまえばいい。奈緒子さん、あなたはそう考えたのですね」

「刑事訴訟法など、調べたことありません」

氷のように冷えた口調で奈緒子が応えた。哀しくて、浜中は首を小さく左右に振る。そのあとで奈緒子を見つめて浜中は言う。

「しかしただ、殺人の際の記憶がないことを主張しても、はいそうですかと裁判所が公判停止を認めるはずはない。

ではどうするか。あなたはここで発想を、異常なほどに飛躍させたのです」

「それが愛香ちゃんの誘拐⁉」

と、由未が目を瞠る。

「自分の子供であった愛香を誘拐してまで、高秀の罪を暴こうとした。それほどに奈緒子は高秀が美穂を殺したと思い込んでいる。つまり記憶喪失はほんとうなのだ。

裁判官にそう思わせようとして、あなたは愛香ちゃんを誘拐したのです」

冷ややかに、奈緒子は無言を守る。

その人自体を責める格好になるから、浜中は犯人を糾弾するのがいやなのだ。

犯人を貶(おとし)めず、蔑まず、罪だけを追及できればどれほどいいだろう。

浜中はそう思い、しかし罪はその人の心に根ざすと思い直し、感情を殺して口を開いた。

「殺人罪は、死刑又は無期若しくは三年以上の懲役。未成年者略取及び誘拐罪は三か月以上七年以下の懲役です。

誘拐罪で逮捕されても営利目的ではなく、監禁場所は愛香ちゃんへの配慮に満ちていた。だから恐らく執行猶予がつく。そして殺人罪の公判が停止すれば、両方の事件について、あなたは罪に問われない可能性が出てくる」

「優しさに溢れたあの監禁場所こそが、奈緒子さんの強い悪意の表れだった」

やるせない面持ちで由未が呟く。苦くうなずき、浜中は言葉を続ける。

「殺人罪と誘拐罪。あなたはふたつの罪を秤にかけた。でも奈緒子さん、罪と罪を秤にかけることなどできないのです」

知らず涙が出た。奈緒子がほんの一瞬、浜中の涙声をあざ笑う。涙を振り払い、浜中は話を続ける。

「記憶喪失を演じることにして、あなたはまず、高秀さんの尾行を探偵に依頼した。なぜか。部分記憶喪失であり、高秀さんが美穂ちゃんを殺したと、思い込んでいるからこそ取るであろう行動を、あなたは取ったのです。

探偵の調査料は高額だと、よく耳にします。けれどのち、記憶喪失を証明する重要な要素になるのですから、あなたは調査料を惜しまなかったでしょう。

次にあなたは、高秀さんの前で部分記憶喪失のふりを始めた。高秀さんに離婚を切り出したのは、『美穂を殺した高秀との婚姻関係を、奈緒子は解消したがっている』と、高秀さんに思わせ、部分記憶喪失を印象づけるためでしょう」

浜中はそう結んだ。切れるように奈緒子の唇が開く。

「私の記憶喪失が嘘だという証拠は、あるのですか?」

「あなたは先ほど、バンダナを投げ捨てました」

「では、私がバンダナを投げ捨てたという証拠は、どこにあるのです?」

浜中は言葉に詰まった。ここまでしぶとい犯人は初めてだ。

「もういいぜ!」

不意に夏木が大きな声を放つ。すると崖の左手から、足音が聞こえた。そちらに目をやれば、ほどなく誰かが姿を見せる。

「え?」

浜中は由末と顔を見合わせた。群馬県警鑑識課の鶴岡だ。こちらに駆けてくる。そういえば、ここへくる途中の路肩に、鑑識課の車輌が停まっていた。

「ずっと隠れていたから、蚊に刺されただろう。悪かったな」

夏木が言った。

「これも仕事だよ、夏さん」

鶴岡がそう応え、右手に持つベータ方式のビデオカメラを軽く掲げる。夏木が背広のポケットから、小さな録音機を出した。そして奈緒子に言う。

「あなたが封筒を投げ捨てた様子はビデオカメラに、ここでの会話はこの録音機に収録した。このふたつは重要な証拠品になるでしょう」

鬼女さながらの表情で、奈緒子が夏木を睨みつける。さらりと苦笑で夏木がかわした。それから頬を引き締めて、夏木が言う。

「もう終わりにしましょう」

いたわりのこもった声だ。

9

小さな沈黙のあとで、奈緒子が口を開いた。

「高秀さんと結婚し、先妻の子である愛香をなんとか懐かせようと、懸命に努力した。その時の私の気持ち、誰にも解らない」

　その口調はまだ、かたくなだ。

「愛香は私のことを絶対にママと呼ばず、おばちゃんと呼び続けた」

「だからある日、折檻を？」

　静かに夏木が問う。

「一度手をあげたら、止まらなくなってしまった」

　奈緒子の声に後悔が滲んだ。高秀に聞いた話を、ふと浜中は思い出す。

　奈緒子が高秀や愛香と暮らし始めて、しばらくしたある日。愛香はおどおど、奈緒子をママと呼んだという。

　ママと呼びなさい。奈緒子にそう折檻されて、愛香は怯えながら、ママと呼んだのではないか。

　奈緒子が言う。

「美穂におばちゃんと呼ばれるたび、折檻のことを思い出して苦い気持ちになった。おばちゃんではなく、奈緒子ちゃんと呼んで欲しい。

　美穂にそう言っても聞き入れず、真知子さんはおばちゃんという呼び方を、認めていた。『叔母なのだから、おばちゃんよねえ』ふざけないでよ！」

　真知子の声を真似て言い、そのあとで奈緒子は激昂を吐き出すように、息をついた。話を継ぐ。

「貸別荘に行った日、真知子さんとふたりの子供が昼寝に入り、私はうつらうつらしていた。そうしたら寝言かうつつで、美穂が私をおばちゃんと呼ぶ。

その瞬間に血がたぎり、かっとして、気がついたらバンダナで首を絞めていた。

高秀さんの子を授からない私を、どこか蔑む真知子さん。今でもふっと、時々私に怯える愛香。生意気な美穂。鬱屈していた様々な思いが爆発し、美穂を殺してしまったのだと思う」

自嘲の笑みをかすかに浮かべ、問わず語りを奈緒子が続ける。

「美穂が荼毘に付されたあと、真知子さんがいなくなったと兄の雄二から聞いた。その時私は、これで真知子さんが自殺でもすれば、たいへんなことになると思ったわ。なぜだか解る？」

と、奈緒子が由未に水を向けた。

「真知子さんに死んで欲しくなかったから、ですよね」

「違う。愛香誘拐事件をきっかけに真知子さんが自殺すれば、のちの誘拐罪の裁判で、私は情状酌量されなくなるかも知れない。そう考えたのよ」

奈緒子が吐き捨てた。けれどその横顔には、別の表情が仄めく。

もしかして――。

浜中とある思いを抱いた。

10

いつかきた、安中市内の小料理屋。その奥の座敷に浜中はいた。夏木、加瀬、由未とともに座卓を囲む。女性の店員がビールとつき出しを置いて、去ったところだ。

「お疲れさん」

それぞれのグラスにビールを注ぎ合ったのち、加瀬が言った。浜中たちはグラスを掲げ、乾杯はせずに口へ運ぶ。

伊佐昌利、佐月高秀、喜多村奈緒子。

群馬県警は三人の身柄を検察庁に送り、捜査本部は今日、解散した。ささやかな慰労の会を開こうと加瀬に誘われ、浜中たちは四人でここへきたのだ。

他愛ない話をするうち、料理がいくつか運ばれた。飲み物の追加を置いて、女性店員がふすまを閉めて去る。これで座敷には、浜中たちだけだ。

「三人、どうなるんでしょう」

由未が問い、加瀬が口を開いた。

「伊佐と高秀には、まず執行猶予がつく。だが奈緒子には、相当重い罪が言い渡されるだろう」

「ですよね」

由未がうつむいた。沈黙が降りてくる。

「妻を亡くして、高秀はつらかっただろう」

やがてぽつりと夏木が言った。グラスを置き、ややうつむいて言葉を継ぐ。

「愛香は先妻の忘れ形見だ。妻に注ぐはずだった愛情も、高秀は愛香に注いだことだろう。だが、高秀が愛香を可愛がれば可愛がるほど、奈緒子には様々な感情が湧いたと思う」

「愛情から負の感情が生まれることもある。気持ちや思いってのは、時に煩わしいな」

加瀬が言い、由未が口を開く。

「ビデオカメラと録音機を見せられたあとの奈緒子さん、負にすっかり包まれて、見ていて怖いほどでした」

「でも、もしかして」

と、浜中は思いをそのまま言葉にする。

「成長した愛香ちゃんに、『自己中心的で奸智に長けた奈緒子。その奈緒子に誘拐されたのだから、事故に遭ったようなもの』と思わせるため、奈緒子さんはことさらに、悪を誇張したのではないでしょうか」

夏木が言う。

「愛香の心にかかるであろう負荷を軽くするため、悪く振る舞った、か。お前らしい見方だな、相棒」

「浜中さん、優しい」

と、由未が言葉を続ける。

「それに私、驚きました。だって浜中さん、刑事訴訟法を暗記しているんだもの」

「僕らの仕事って、人の人生を大きく左右しますよね。だからせめて刑法ぐらい、暗記しておこうかなと」

「さすがだな、相棒。一杯飲めよ」

と、由未が夏木の口調を真似て、酌をしてくる。浜中は慌ててグラスを手に取った。

「浜中さんのこと、尊敬します」

ビールを注ぎながら、由未がまじめにそう言うから、浜中は思わずグラスを落としそうになった。

好ましげに浜中たちの様子を見てから、加瀬が言う。

「ところで浜中」

「なんでしょう」

「お前、希原に気があるだろう」

浜中はビールグラスを口に運んだ。

ずばりと言われ、浜中は思わずむせた。由未も顔を赤らめる。

「いえ、あの、由未さんよりも、どちらかといえばお父さんのほうが」

しどろもどろに浜中は応えた。

「父に気があるんですか、浜中さん⁉ でもだめ、父は母を愛してますから」

由未が一気に言った。夏木が会話に割って入り、浜中の夢は駐在所勤務なのだと語る。

「そうだったのですか」

「将を射んと欲すればまず馬を射よ、ってところだろう」

夏木が言った。

「私は馬、ですか」

と、由未が浜中を睨む。

「いえ、そんなことはございません」

慌てて浜中は否定した。由未が小さく笑む。

「案外似合いのふたりかもな」

加瀬が言い、夏木がうなずく。座が和み、浜中たちは料理と酒に手を伸ばした。ひとしきり飲食してから、加瀬が言う。

「死体遺棄罪の執行猶予が確定したら、高秀は愛香を連れて、松山市へ引っ越すそうだ」

かつて愛香の面倒を見た高秀の実母が、実父とともに松山市にいる。

過去は消えないが、未来を照らす光もまた、消えることはない。

愛香の笑顔を思い出し、浜中はそれを確信した。

解説

佳多山大地

そのうち、最後のかすかな、けいれんが消え去って、サイラスは締めあげた手をゆるめ、ぐったりとなった相手のからだが、ゆっくりと床にすべり落ちるのにまかせた。

——オースチン・フリーマン「オスカー・ブロズキー事件」／井上勇訳より

丹下も、心細くなったのか、それとも判断に迷うのか、指示を仰ぐようにこちらをちらちらと見る。しかし私としては、どうすることもできない。これから何が、どんなふうに始まっていくのか、まるで見当がつかないのだ。

——島田荘司「ＩｇＥ」より

0

誘拐は〝引き合わない犯罪〟だと言われる。たいてい年端もいかぬ子を攫(さら)ってきた犯人は、お目当ての身代金を受け取ろうとする際、警察の包囲網の只中にどうしても飛び込まなくてはいけないのだから。

そう、営利誘拐ならば、捜査陣の前に身をさらす危険が犯人には伴う。しかし近年、むしろ目立つのは営利を目的としていない誘拐犯の残酷な沈黙だ。子どもが突然いなくなったとき、犯人を名乗る人物から電話の一本も掛かってくれば、かえって親も警察も胸をなでおろすのが、悲しいかな今のご時世だろう。

小島正樹の手になる本書『誘拐の免罪符　浜中刑事の奔走』で、誘拐犯が人質に取ったのは五歳の女の子だ。人質の連れ去りに成功した犯人は、被害者宅の郵便受けに「追って指示を出す」旨、手紙を残していた。幸いなるかな、誘拐犯からの接触。だが、親と警察の予想を裏切って、犯人の狙いは金銭ではなかった。女児の命を手中にした犯人は、前代未聞の〝企み〟を周到に準備していたのだ……！

巻末解説の依頼を受けてから繙(ひもと)いた作品が期待以上の出来だと、筆を執る心も軽い。本書『誘拐の免罪符』は、綺羅、星のごとく輝く誘拐ミステリーの歴史的傑作群に比して、独自のアイデアと構成の妙を誇れる逸品だ。この長篇作品で、いよいよ小島正樹は大当たり（ブレイク）しておかしくない――いや、ブレイクしなくてはおかしいとまで確信が湧いてくる。昭和も終わろうとする時代を背景にしたオールドファッションも、現在加速度的に進歩する情報通信テクノロジーに〝誘拐犯罪の新手（しんて）〟を求めていない点でむしろ挑戦的だと評価していいだろう。

1

小島正樹は、いわゆる島田学派（スクール）出身の精鋭だ。現代本格派の雄、島田荘司の熱心なファンだった小島は、島田の代表的な名探偵キャラクターである御手洗潔のパスティーシュを公募する企画があることを知り、初めて小説創作に手を染めたという。『御手洗パロディ・サイト事件』（二〇〇〇年）の上巻に「鉄騎疾走す」を、さらに同趣向のアンソロジー『パロサイ・ホテル』（〇一年）の下巻に「雪に吊られた男」を連続採用された小島は、憧憬する島田との共著で『天に還る舟』（〇五年）を上梓する縁にも恵まれると、それから三年余の研鑽を積み『十三回忌』（〇八年）で単独デビューするに至った。この単独著書刊行から数えれば今年（二〇一八年）でデビュー十周年を迎える小島だが、自称「名探偵」の漂泊する青年、海老原浩一が難事件の解決に乗り出す看板シリーズに自ら「やりすぎミステリー」なる商標を貼り付けたのが飄逸（ひょういつ）だ。

謎解きのアイデア、トリックを一作の中に〝やりすぎ上等〟とばかり詰め込む小島の創作姿勢は、当然、陳腐な作り物の世界であることを読者に印象づけてしまう危険性と背中合わせ。それでも、二〇一四年刊行の文庫版が第六回エキナカ書店大賞に選ばれた『扼殺のロンド』（二〇一〇年）や年末恒例のムック「本格ミステリ・ベスト10」二〇一二年版で国内十一位にランクインした『龍の寺の晒し首』（一一年）に代表される海老原物の「やりすぎ」ぶりが、小島正樹という新人作家の株を斯界の注目銘柄に押し上げたことはまちがいないのである。

さて、本書『誘拐の免罪符』に登場する群馬県警の浜中刑事は、十年に垂んとする小島の創作キャリアのなかで重要な位置を占めるキャラクターと見ていい。猛者ぞろいの県警本部捜査一課において「切り札」とさえ呼ばれる浜中青年の人となりを紹介する前に、彼の全登場作品をリストアップしておこう（二〇一八年六月現在）。

---

①『龍の寺の晒し首』二〇一一年三月、南雲堂
②『祟り火の一族』二〇一二年十月、双葉社→一五年十二月、双葉文庫
③『浜中刑事の妄想と檄運』二〇一五年四月、南雲堂
④『浜中刑事の迷走と幸運』二〇一七年二月、南雲堂
⑤『誘拐の免罪符　浜中刑事の奔走』二〇一八年八月、南雲堂　※本書

警察官として上を目指す出世欲などまるでないのに、捜査の神様から一方的に愛された男――それが浜中康平だ。将来は〝田舎の駐在さん〟になるのを夢見て警察学校を卒業した浜中青年は、高崎市内の派出所勤務をふりだしに、ただただ地域住民のため親切心を発揮していただけなのに次々と手柄を立てる不運（？）に見舞われ、ついに県警本部の花形部署に引っぱられてしまったのだ。

先のリストで一般に〈浜中康平シリーズ〉として指折られるのは、③④⑤の三作品である。①と②は海老原探偵の事件簿に属するもので、もともと浜中刑事は①で一作かぎりのワトスン役を仕せられたと思しいが、浜中の卑しからぬ人品と無類の強運ぶりは血腥い殺人事件を扱う作品世界にドタバタの面白みと哀愁を持ち込んで、読後感は不思議と爽やかなものに。貴重なバイプレイヤーは、すぐに活躍の場を広げることになる。ちなみに、浜中の登場作品を作中の時間軸に沿って並べ換えると、①首ノ原連続首切り殺人（昭和五十九年十一月）→③骨董店主夫人殺しと自動車部品製造会社経理部長殺し（昭和六十年六月と七月）→②狩能家の惨劇（昭和六十年十二月～六十一年一月）→⑤愛香ちゃん誘拐事件（昭和六十一年五月～六月）→④フリースクール教諭殺害事件（昭和六十一年十一月）の順になる。

とまれ、海老原浩一シリーズから〝独立〟したからといって、浜中青年がいつも名探偵役を務めるようになるわけではない。浜中自身、名推理を閃かせることもあるが、先輩刑事をサポートするワトスン役に回ることもある。そんな浜中康平シリーズの方向性を一言であらわすなら、それは「脱やりすぎミステリー」。小島は自ら墨書した旗印をやや控えて、さらに広範な層の読者を獲得すべく新境地を開きつつある。

では、「脱やりすぎミステリー」の新境地とはどういうものか？　浜中康平シリーズ第一弾『浜中刑事の妄想と檄運』は、「浜中刑事の強運」と「浜中刑事の非運」の中篇二本を収録した作品集なのだが……一話目の犯行計画者は骨董商の諸井伊佐夫であり、二話目のそれは亡き妻の仇を討たんと決意した川澄晶一だった。

ああ！　特段の警告もなしに諸井だの川澄だのとは、決して筆が滑ったわけではない。『浜中刑事の妄想と檄運』に収められた二本の中篇は、どちらも倒叙物のスタイルが選択されているところに最大のセールスポイントがあるのですよ。

本格物のミステリーの醍醐味は、第一にフーダニット（犯人探し）にある。物言わぬ死体の発見から事件の幕は上がり、警察や名探偵役の人物が現場に乗り込んで証拠や関係者の証言を集めると、紆余曲折のすえ、ついに一群の容疑者の中から犯人を過（あやま）たず指摘する。もちろんこの犯人追及の際にハウダニット（どうして犯行を為しえたか）を検証するのは当然だし、ホワイダニット（なぜ犯行に至ったか）もきっちり押さえておく必要がある。こうした通常の叙述形式を〝転倒〟させる倒叙物とは、物語の初めから犯人が誰か明示しておくスタイルだ。物語の前半部で犯人の側から犯行の一部始終を描き、後半部においてその完璧にさえ思えるアリバイ工作なり証拠湮滅の穴をいかに捜査側が突き崩すかに謎解きの焦点を合わせてゆく次第。

年季を入れたミステリーファンには釈迦に説法だが、倒叙スタイルの創始者は科学的捜査を信奉する名探偵ソーンダイク博士の生みの親、オースチン・フリーマンである。一九一二年刊行のソーンダイク博士物の第二短篇集 The Singing Bone の一部作品で試みた件の作劇術は、従来ミステリーファンには小説作品よりもテレビのミステリードラマ『刑事コロンボ』（一九六八年初回）や『古畑任三郎』（九四年初回）で馴染み深い。フーダニットの興味を棄てる代わり、犯人と捜査側の主役との一対一の火花散る神経戦が前面に押し出されて、いかにも演者が立つのである。

ところで、正確を記すと、浜中シリーズ第一弾所収の中篇はどちらもオーソドックスな倒叙物ではない。一話目の「浜中刑事の強運」にしてから、犯人が自分のアリバイを確保するためにした行動のすべてを作者は描いていない。犯人側の事後工作の一部をあえて〝言い落とし〟することでハウダニットの興味をふくらます――こうした着手は東野圭吾『容疑者Xの献身』（二〇〇五年）の高度な達成による影響著しく、本邦における倒叙物の流行形になった感がある。続く二話目の「浜中刑事の非運」も愛妻家の男の入念な犯行計画を一部伏せているが、こちらはさらに倒叙物の語りの枠組を逆手に取るどんでん返しを仕掛けたところがミソである。

先に述べたように、もともと小島正樹は名うてのトリックメーカーで鳴らしていた。一作の中に「やりすぎ」と思えるほどの不可能犯罪と不可解現象を盛り込む〝手数の多さ〟に定評があった。しかし、癒し系の名刑事として浜中青年を独り立ちさせた『浜中刑事の妄想と檄運』では、あえて手数を控え、しっかり守りを固めながら必殺の一撃で読者をノックアウトする狙いだ。

ひと工夫された倒叙スタイルを、さらにひとひねり。シリーズ第二弾『浜中刑事の迷走と幸運』及び第三弾の本書『誘拐の免罪符』の二長篇でも、ひと工夫された倒叙スタイルの枠組自体に仕掛けを潜ませて、まったく読者は油断できないのである。

2

肝腎の本書『誘拐の免罪符』について、もうすこし詳しく見ていこう。全八章から成る物語は、誘拐犯の行動と内面を切り取る奇数章（一、三、五、七章）と女児誘拐事件のさなかに〝掘り起こされる〟過去の殺人事件の顚末も描く偶数章（二、四、六、八章）に分かれる。物語を一本の川に見立てれば、奇数章はすべて断章と呼ぶべき長さの伏流で、偶数章が地上の本流である。

もし本書が偶数章の本流だけで出来ていれば、その前半部は正体不明の犯人が引き起こす予測不能の誘拐劇だ。だが、問題は先行して始まる奇数章の伏流である。そこでは、あからさまに誘拐犯が誰か示唆されてある。つまり、倒叙スタイルの語りの枠組だ。読者は物語を読み進むにつれ、どうして作者がかかるスタイルに固執したのかと首をかしげるだろう。が、なんとも憎いことに、かしげる首の角度さえ作者の小島はみごとに計算済みなのだ。小説本篇より先にこの巻末解説に目をとおす読者もいるだろうから、これ以上は詳しく言えないが、じつのところ『誘拐の免罪符』はフーダニットの興味を簡単に手放してはいないのである。

ところで、二十一世紀の島田スクールは、ホワットダニットをひとつの理想に掲げる。島田荘司は最新の評論書『本格からＨＯＮＫＡＫＵへ』（二〇一八年）のなかで、ミステリーの始祖エドガー・アラン・ポーが「モルグ街の殺人」（一八四一年）を執筆したときの発想の根源は、誰がレスパネー母娘を殺したのかというフーダニットの意外性の妙でも、どうやって密室状態の部屋から殺人犯は脱出したかというハウダニットの稚気でもなく、じつはホワットダニットの蠱惑だったはずだと説いている。

先行類例作皆無の中で、ポーは『モルグ街の殺人』をその感覚(引用者注:「What」の感覚)で描いた。この石造りの一室で、いったい「何が」進行しているのかまるで解らない。見当もつかない。ただ強い恐怖だけがあり、周囲に参考例が皆無だから、事態がこの先どこに向かうものかも不明。暗闇を手探りで進むこうした不安な感覚こそが、彼の目指す創作だった。(中略)ポー一人を除き、彼の後方に行列してジャンルを作り、その達成の歩留まりを高効率に磨いていったアングロ・サクソンの才たちが、ただひとつ見落としたもの、それが「Whatdunit」である。したがって閉塞を打破する一本の道は、現在も変わらず、この一語の陰に隠れている。

島田荘司の、いわゆる奇想理論の真髄——それがホワットダニットだ。

『誘拐の免罪符』の本流の前半部、誘拐事件の進行をサスペンスフルに描く段で、小島正樹はホワットダニットを意識し実践したと思しい。いったい女児を連れ去った者は何をやろうとしているのか？この先、何が起きるのか？　じつに読者の「What」の感覚に触れる、特異な雰囲気の誘拐事件を描くことに丹精しているのである。

本書の物語の本流は、前半部の急流から一転、後半部では出口のない深い淵にその流れは落ち込む。メロドラマチックな家族心理劇の綾に、一件落着しない誘拐事件と過去の殺人事件の真相究明が別ちがたく絡んで、アガサ・クリスティーの中期の傑作群——とりわけ夫婦関係の問題を総決算したような『ゼロ時間へ』（一九四四年）を髣髴させると評しても過褒と思わない。従来のやりすぎミステリー路線の小島正樹を支持する向きもあるだろうが、洗練された騙しの技巧を凝らした『誘拐の免罪符』は小島の現在までの最良の収穫だと信じる。

誘拐の免罪符　浜中刑事の奔走

2018年　8月15日　第一刷発行

著者　**小島正樹**
発行者　**南雲一範**
装丁者　**岡 孝治**
校正　株式会社**鷗来堂**
発行所　株式会社**南雲堂**
東京都新宿区山吹町361　郵便番号162-0801
電話番号　(03)3268-2384
ファクシミリ　(03)3260-5425
URL http://www.nanun-do.co.jp
E-mail nanundo@post.email.ne.jp
印刷所　**図書印刷**株式会社
製本所　**図書印刷**株式会社

ISBN 978-4-523-26575-7 C0093